watsons

감·추·고·싶·은·

이·야·기·

감추고 싶은 이야기 1

펄 발렌시아 N세대 연애 소설

초판 1쇄 찍은 날 § 2003년 11월 4일
초판 1쇄 펴낸 날 § 2003년 11월 14일

지은이 § 펄 발렌시아
펴낸이 § 서경석

편집장 § 문혜영
편집책임 § 이종민
마케팅 § 정필 · 강양원 · 이선구 · 김규진 · 홍현경

펴낸곳 § 도서출판 청어람
등록번호 § 제1081-1-89호
등록일자 § 1999. 5. 31
어람번호 § 제4-0029호

주소 § 경기도 부천시 원미구 심곡1동 350-1 남성B/D 3F (우) 420-011
전화 § 032-656-4452 팩스 § 032-656-4453
http://www.chungeoram.com
E-mail § eoram99@chollian.net

ⓒ 펄 발렌시아, 2003

값 9,000원

ISBN 89-5505-863-2 (SET)
ISBN 89-5505-864-0 04810

펄 발렌시아 N세대 연애 소설

감·추·고·싶·은·
이·야·기· 1

도서 출판
청어람

감·
추·
고·심·
싶·은·이·
야·

작가의 말 / 006
캐릭터 소개 / 012
#1 설레임을 닮은 수연 / 019
#2 아련하게 다가온 사랑 느낌 / 071
#3 수혁 이야기 / 108
#4 아픈 만큼 조심스러운 / 114
#5 깊어짐이 두려운 이슈 / 154
#6 민수 이야기 / 198
#7 상처가 된 엇갈림 / 204
#8 앞선 오해의 시작 / 239
#9 서로에게 향해지지 않는… / 275
#10-1 닿을 수 없는 간절함 / 328

잃어지고 싶었다. 한순간, 가진 게 너무 많다는 생각이 들었다. 누구나가 말하는 재벌이니 갑부니 그런 물질적인 것이 아니라, 자세히 파악조차 안 되는 무언가를 나는 참 많이 가진 사람이라는 생각이었다. 행복하다고 스스로를 평가할 수 있는 사람과 그렇지 않은 사람. 평범하기 그지없는 일상 속에서 간단하지만 즐거운 일을 발견했을 때 드는 생각. 두려움. 그렇다. 너무 극단적인 표현일는지는 모르지만, 일종의 두려움을 나는 언제부턴가 심하게 앓고 있었다. 컴컴한 방 안 유일하게 켜진 모니터의 불빛에 시선을 맞춰 손가락을 두들겨 한 글자 한 글자를 만들어내고, 그것들이 모여 하나의 문단과 나아가 글을 완성시킬 때의 기분. 가상이지만 사실적인 인물을 만들어 또 다른 인물들과의 상관 관계를 부여하는 것은 곧 자신만의 세계를 창조한다는 묘한 짜릿함. 꽤 거창하게 말이 되어지긴 하는데 여튼 소설은 어느새 내게 그런 의미를 주는, 즐거우면서도 못지 않게 두려운 존재가 되어버렸다.

누구나가 쓸 수 있지만 아무나 쓸 수는 없다는 인터넷 소설. 인터넷 소설이란 장르의 특성상 작가 혼자서는 절대로 좋은 작품을 만들어낼 수 없다. 수없이 많은 생각과 퇴고를 거듭하여 오랜 후에야 빛을 보는 일반 소설이 아닌, 때로는 손 가는 대로 또 때로는 마음이 이끄는 대로 키보드를 눌러 글을 연재하고 독자들의 반응에 울고 웃는 인터넷 소설은 작가 못지 않게 독자 또한 굉장히 많은 영향을 끼친다. 어디선가 읽은 적이 있는 글귀. 소설은 연재하는 그 순간, 작가만의 글이 아닌 독자 모두의 글이 된다는 말. 카페의 한 회원이 올려놓은 이 말을 읽으며 제법 감동을 받았드랬다. 그와 동시에 단순히 글을 올린다는 것보다도 누군가에게 읽히게 된다는 걸 먼저 염두에 두게 됨으로써, 나도 작가로서의 어떤 막중한 책임감을 느끼게 되었다.

내 처녀작인 [감.추.고.싶.은.이.야.기]. 처녀작이라는 표현 역시 상당히 부담스런 책임감을 부여한다. 뭐든 처음은 미숙하고 모자라기 마련이라지만, 첫 작품부터 난 너무나 과분한 사랑을 받았던 것 같다. 한 편 한 편 올릴 때마다 직접 키보드를 두드려 감상글과 멜을 보내주던 독자 분들. 어쩌다 보니 일정한 시간에 올리게 되었던 나를, 늦게까지 기다려 주며 오늘은 왜 안 올라왔냐고 귀여운 독촉을 아끼지 않던 님들. 늘상 말했듯이 그들은 기꺼이 내 소설의 이유가 되어주었다. 더 이상은 정말 나 혼자만의 글이 아닌 셈이었다. 그러면서 나를 기억해 주는 사람들이 생기고, 내 글에 울고 웃어주는 팬들이 생기고… 행복하다는 걸로는 많이 부족했다. 아주 많이 부족할 만큼 매 순간 그들로 인해 가슴이 참 벅찼다. 두려움보다 더 큰 희열이 나를 사로잡았다. 은연중 이래서 글을 쓰는구나 하고 느끼게 된 것이다.

[감.추.고.싶.은.이.야.기]에는 두 명의 남자 주인공이 등장한다. 뭐 뻔한 삼각

관계인가라고 생각하는 사람들도 물론 있겠지만 나름대로 특색있게 쓰고 싶었다. 신선하진 못하더라도 절대 식상하지는 않게 만들고 싶었다. 따스하고 온화한 성격에 매너 좋은 신사 지수혁. 그리고 쿨하며 반항적인 이미지의 차갑고 때로는 귀여운 이민우. 전체적인 글의 흐름과 문체에 대해 격려를 아끼지 않아준 독자 분들이, 두 남자 주인공으로 편을 갈라 독촉 멜을 보내올 때면 난 꽤나 즐거운 고민을 해야 했다. 점점 완결의 형태를 갖춰갈 때쯤엔 거의 협박메일(-_-)을 받기도 했다. 자신이 원하는 주인공과 엮어줘야 한다는……. 이제야 밝히지만 장난스레 말해도 진짜 무서웠다. 그렇게 결말을 바꿔주지 못함에 조금은 미안했다고 하는 게 맞을까. 하하.

소설을 쓸 때 내가 가장 유념에 두는 것은 바로 적절한 동기부여와 시간적 배열이다. 등장인물이 어떤 행동을 하기 위해 그보다 먼저 나타나야 할 것들. 복선이라고 표현할 수도 있는 것들에 상당히 많은 생각을 한다. 지금 상황에서 이러한 말과 행동을 하는 게 혹여 생뚱맞지는 않을까. 이것보다 차라리 저렇게 행동하고 말하는 게 등장인물의 성격이나 사고방식, 되어진 상황에 더 적합한 건 아닐까. 갑자기 생소한 내용이 나와 버리면 독자는 당황한다. 어째서 내용이 이렇게 되가는지 충분하고도 지루하지 않게, 그리고 간결하지만 모자라지 않게 묘사하는 게 참 중요한 것 같다. 또한 시간적 배열. 한 편 한 편을 쓸 때마다 하루에 일어날 수 있는 모든 일들에 대해 나는 생각한다. 아침과 점심 사이, 아니면 1시간 내지는 30분. 사람의 감정이란 누구도 예측할 수 없는 것이기에 변화 또한 굉장하다. 매 순간순간 생각하고 반응하는 게 달라질 수 있다는 말이다. 고로 하나의 행동으로 인해 일어날 수 있는 모든 경우의 수를 생각한다. 물론 간혹 빼먹을 수도 있겠지만(-_-) 그만큼 치중하고 있음을 피력하고 싶다.

그리고 무엇보다 중요한 건 바로 주인공들의 심리묘사인데, 내가 임하는 모든 소설들에 가장 중요하게 기반을 두고 있는 부분이다. 내 소설은 줄거리 위주가 아니다. 절대 에피소드만으로 글을 이끌어 나가지 않는다. 사소하더라도 한 사건에 대해 각 인물들이 생각하는 바를 최대한 자세히 표현하려고 노력한다. 등장인물 한 사람 한 사람이 어떠한 일들에 관하여 느끼고 바라보는 감정이 다를 수 있으니, 최대한 그들의 입장에서 느끼고 생각하려는 것이다. 때문에 간혹 글이 좀 길어지거나 진행이 늦어지기도 하지만, 이것조차 감싸준 독자 분들께 나는 감사한다. 저절로 감정이입이 되어 글을 잘 읽었노라 격려를 아끼지 않았던 그들 덕분에 고수할 수 있었던 내 집필방식이니까.

지금까지의 내용으로 충분히 느끼겠지만 내 소설의 주인공은 단연 독자들이다. 어느 정도는 내 스스로의 만족을 위해 쓴다고 말해야겠지만, 상당히 많은 부분을 독자들은 펄 발렌시아라는 작가에게 질책이 되어주는 고맙고도 사랑스런 존재들이다. 나는 지금도 소설을 쓰고 있고 앞으로도 계속 쓸 것이다. 한 작품 한 작품이 이어져 나가는 동안 얼마나 더 많은 사람들을 만날지는 모르지만 나는 절대 인연을 소홀히 여기지 않는다. 기나긴 감상멜이 아닌 짧은 한마디라도 나를 기억해 주는 분들이 있는 한, 나는 그들을 위해 앞으로도 기꺼이 내 작품을 바칠 것이다.

이쯤에서 등장시켜야 할 Special Thanks To. 그 수많은 아이디를 모두 기억할 수는 없다. 간혹 되는 데까지 나열한다 해도 꼭 하나둘은 빠뜨릴지도 모른다. 여기서 또 내 우스운 두려움이 작용한다. 이름을 안 써줬다고 삐쳐 버리면 어쩌나. (-_-) 하하하. 그래도 너무나 힘이 되어준 특정 몇몇 분들께 이 자리를 빌어서 감사의 마음을 전하고 싶다.

연재시 끊임없는 감상과 격려로 펄 발렌시아를 일으켜 준 가을바다님, 한 편 한 편 늘 감동받아 주신 고마운 민우야사랑해‥님, 발렌시아의 정신적 지주 선아 언니, 연소창의 멋진 운영자이자 늘 아껴주는 친구 +푸룬+이(이젠 엘리라고 해야 하나. -_-), 위드펄발(팬 카페) 운영자이자 넘도 이쁜 동생 해뜨는날님, 기나긴 감상글과 잡담으로 언제나 넘치는 사랑 보여주는 시스♡님, 하루도 빠뜨리지 않고 감상방 책임져 주셨던 momolyta님, 추천과 감상 꼬박꼬박 챙겨주셨던 연소창 인기작가 비밀사쥬님, 눈물의 메일로 왕팬이길 자처하셨던 만두단발소녀님, 항상 그립고 보고 싶은 행복하세요..님, 그외 펄 발렌시아를 기억하고 아껴 주셨던 모든 분들 사랑합니다. 진심으로 감사드립니다. 언제까지나 여러분을 위해 부족하더라도 발전하는 모습으로 여기 이 자리에 있겠습니다. 앞으로도 많이 많이 사랑해 주세요. 〉_〈)//

끝으로 아직까지 출간 소식을 모르는 사랑하는 우리 가족들, 웬일로 책까지 냈냐며 신기하고도 의심쩍어할(-_-) 나의 소중한 친구들, 편집에 신경 써주며 늦은 밤 통화를 즐겼(?)던 청어람 종민 언니, 일러스트 넘넘 이쁘게 그려주신 이명희님, 모두모두 감사해요. 사랑합니다. 사랑하겠습니다. 그리고 절대 빼먹을 수 없는 우리 위드펄발 가족들!! 언제나 함께해 주세요!! 리러스클럽도 대박!! 많이들 놀러오시길!! 후후. 감사합니다. (--)(__)

—많이 쌀쌀해진 11월의 늦은 새벽, 펄 발렌시아 올림.

✿ 캐릭터 소개

지 수 혁(24)

국내일류 선진그룹의 후계자.
자살한 어머니의 그림자 속에 갇혀 살아온 인물.
귀공자풍의 잘생긴 외모와 누구에게나 친절한 세련된 매너.
하얀 피부 조금 긴 커트 형태의 머릿결과 짙은 갈색 눈동자.
180cm 정도의 훤칠한 키에 고급정장을 즐겨 입는다.
기분 좋게 웃는 눈웃음이 예쁘고 매력적인 사람.
저체적으로 수려한 외모를 지닌 따스하고 사려 깊은 성격.

이 민 우(19)

수혁의 동생. 후처 출생이라는 아픈 상처를 지닌 인물.
지회장의 천대로 인해 어린 시절부터 심히 삐딱하게 자랐다.
예리하고 차가운 눈빛, 결 곱게 떨어지는 눈부신 은빛머리가 매력 포인트.
훤칠한 키와는 달리 아기처럼 뽀얀 피부에 까맣고 맑은 눈동자를 지녔며,
여자에게 함부로 해하는 거칠고 방향적인 성격이 오히려 매력이다.
전체적으로 차갑고 쿨하며 샤프한 느낌의 외모를 지닌 인물로서, 싸움에도
능하기에 귀여움과 카리스마가 공존하는 조금은 냉랭한 성격.

민 혜 원(20)

행복원이라는 고아원 출신의 맑고 여린 성격을 지닌 인물.
얼굴조차 모르는 부모에 대한 막연한 그리움을 담고 살아가기에,
때때로 짓는 슬픈 눈빛 가득 아련하고 애틋한 분위기를 풍긴다.
165cm 정도의 적당한 키, 허리까지 내려오는 까맣고
결 고운 긴 생머리에 밤색 고운 눈동자, 화장기 없이 하얀 얼굴이
그저 아련해 감싸주고픈 마음을 들게 한다. 가끔은 귀엽게 어리버리한
모습도 있고, 약간은 소심하기도 한 성격.
전체적으로는 순수하고 가녀린, 마음만은 한없이 따스하고 착한 캐릭터.

손 은 규(19)

명성그룹의 외동아들이자 민우의 둘도 없는 친구.
워낙 눈치가 빨라 '귀신'이라는 별명이 있을 정도로 타인에 대한 배려가 깊다.
신사적이며 반듯한 외모에 노는 만큼 성적도 좋은 이른바 진정한 범생.
때로는 친한 사람들에게 고칠점을 쏘아 붙여 주기도 하는
냉정하고확실한 성격.
180cm 정도의 키, 약간 긴 검은색 트머리와
시니컬히 웃는 바웃음이 매력적.
누구보다 민우를 아끼는 인물로서, 여자에 별 관심없이 살아온 바른 생활맨.
또한 이복동생인 민우를 살갑게 대하는 수혁을 진심으로 존경하기도 한다.
전체적으로 신사적인 분위기의 매너 좋은,
친구를 위해 사랑도 포기하는 의리의 캐릭터.

김 우 진(19)

은규와 함께 민우에게 힘이 되어주는 진실된 친구.
걸렁걸렁한 이미지로 어필하는 구속받기 싫어하는 자유연애주의자.
워낙 눈치가 없어 은규에게 호된 구박도 받지만 절대 기죽지 않는 성격.
노는 걸 좋아하고 일회용 만남을 즐기는 전형적인 N세대 바람둥이의 결정판.
원칠한키, 귀여운 눈웃음과 검고 짧은 커트머리, 늘상 건들대는 흐느적한 모습.
누구에게나 친절하지만 유독 서은을 갈구기 좋아하는 장난 꾸러기.
분위기 파악을 못해 은규와 티격태격한대도 절대로 미워 할 수 없는
활력적인 캐릭터.

이 서 은(18)

국내재벌 은성그룹의 외동딸. 부족한 것 없이 자란 철부지.
어려서부터 일편단심 민우만 챙기려드는 집착적인 성격 탓에
민우스토커라는 별명. 또한 민우 이외의 남자에게는 절대 관심조차

두질 않고 냉정히 대하기에 얼음공주로도 불림.
고2 라는 나이가 무색할 정도로 어른스러운 외모와 화장에
능한 조금은 논대(?)싶은 캐릭터.
집안 믿고 까부는 당돌하기도 한 인물로 주로 묶거나 롤로 머리를
말고 다니는 멋쟁이. 억지부리기 좋아하고 자신밖에 모르는 이기적인
성격이지만 오직 민우만 보는 순애보.

김 은 주(22)

또 하나의 초일류그룹인 우주그룹의 외동딸. 사업계승을 위해
부지런히 유학을 마치고 대학에 편입한 능력있는 경영학도.
어깨까지 오는 컬이 들어간 긴 갈색 단발머리와 정장을 즐기는 날씬한
몸매. 매사에 당당하고 자신감이 넘치는 성격으로 이지적이라 더욱
세련되어 보이는 인물.
수혁과의 결혼을 이루기 위해 혜원을 상처 주는 조금은 잔인한 캐릭터.
서은과 마찬가지로 부족한 것 없이 살아왔기에 무엇이든 빼앗기는 걸
못 견디는 성격.

김 유 민(19)

우주그룹 은주네의 사촌. 우성고 우두머리.
민우에 대한 열등감과 시기로 잔뜩 삐뚤어져 있는 성격의 소유자.
'몬스터'란 별명답게 누구하나 찍어서 괴롭히길 좋아하는 파탄주의자.
비슷한 재벌가문 아들이란 이유만으로 비교되는 민우를 지극히 싫어한다.
짙은 눈썹과 시종일관 험상궂게 유지하는 표정이 무섭지만 어딘가 귀엽
기도 한 캐릭터. 또한 기생오라비처럼 곱상하게 생긴 외모가 싸움실력과는
언밸런스한 느낌. 나중에 만나게 되는 혜원으로 인해 자신에게도
연민이 자리하고 있음을 알게 되며, 그로 인해 한없이 삐뚤기만 하던
성격을 새로이 다잡는 계기를 갖게 된다.

지 회장(54)

수혁과 민우의 아버지. 선진그룹을 이끌어 온 전 회장.
사업에만 매달려 일생을 바쳐 온 인물로 수혁에 대한 기대와 신뢰가
끔찍하다. 그에 반해, 잠깐의 불장난으로 여겼던 외도로 얻은 민우를
아들로 인정하지 않는다. 자신의 욕심만을 위해 무엇이든 관철시키는
적잖이 이기적인 성격의 소유자. 그럼에도 겉모습은 전직 대기업
회장답게 꽤나 중후하고 멋스럽기도.

원 장 님(40)

이름 이지선. 민우의 생모이자 행복원의 원장.
처음이자 마지막 사랑의 결과로 얻은 민우를 미혼모라는
죄책감에 버린 인물. 5년 동안을 어둠 속에서 숨어 지내다 속죄하기 위해
쭉 고아들을 키워온 희생적인 캐릭터. 그렇게 만나게 된 혜원에게,
민우에 대한 미안함과 사랑을 담아 더욱 헌신해 왔다.
상처를 안고 살아온 만큼 여리고 가냘픈 성격, 이따금 슬프게 혼자 눈물
을 흘리기도 한다.

유 수 정(18)

서은의 단짝친구. B급 재벌가 집안 딸.
덜렁대고 나서기 좋아하는 성격으로 단짝인 서은과는 시도 때도 없이
투닥거린다. 수혁을 흠모하며 그런 이유로라도
서은에게 잘 보이려 하는 얌체 같은 성격. 그래도 민우 때문에 힘든
서은을 우울하지 않게 해주는 발랄캐릭터이기도 하다.
새치름한 이미지와 혼자 삐죽이는 입술이 귀여운, 깻잎머리를 즐기는 인물.
우진만큼이나 눈치없긴 해도 역시 미워할 수 없는 캐릭터다.

한 지 원(23)

선진그룹 사장실 주임비서.
가난한 집안 때문에 일찌감치 사회생활에 뛰어든 소녀가장 스타일.
반듯하고 단호한 이미지와 뭐든지 열심인 약간은 독종(?)캐릭터.
어느덧 남몰래 수혁을 사모하게 되어 혼자 가슴앓이해 온 가엾기도 한 인물.
일처리에 빈틈이 없고 후배비서들을 잘 챙기는 맏언니로서 편안한 인상.
수혁의 행복을 위해 혜원에게도 친절을 베푸는 모습이
실로 아름다운 사람.

민경&수진(22)

선진그룹 사장실 보조비서.덜렁대는 성격인 민경과 흡사 은규와 같은 눈
치를 지닌 수진. 입사년 정도 된 동갑내기로 늘상 티격태격하며 서로를 챙
겨주는 단짝. 그러나 수혁에 대한 지원의 마음을 알고 있는 수진은 역시나
마음고생이 좀 있다.

주 영 (17)

혜원의 고아원 동생. 밝고 활달한 성격.
꽃을 좋아하는 모나지 않은 성품과 혜원을 잘 따르는 해맑은 캐릭터.

손 성 훈(45)

명성그룹 소유의 호텔 최고 매니저.
은규의 작은아버지.
민우를 아끼며 언제든 기댈 곳을 제공해 주는 고마운 존재.

김 실 장(45)
선진그룹의 핵심간부. 수혁의 최고측근.
눈빛만 봐도 수혁의 기분을 알 수 있는 사려 깊고 사람 좋은 성격.

김 회 장(52)
우주그룹의 회장. 은주의 아버지.

아쿠아비트(Aquavit)… 생명의 물.

아주 오랫동안 목말라 했던 가여운 내게

하나의 완전한 빛으로 다가온 네가 있었어.

아직은 아무 말도 할 수가 없다고…

마치 오래된 영화의 앞부분이 기억나지 않는 것처럼

충분히 아프고 힘들기만 한 마음을 부여잡고

그렇게 난 내 안에서 널 지워 버렸다.

언젠가 죽도록 후회하게 되겠지만…

이미 널 보내기로 한 순간 죽어버린 나지만…

그래도 지금 내가 이렇게 웃을 수 있는 건

아직도 끝나지 않은 너를 향한 나의 노래가 남아 있기에…….

도저히 감춰지지 않는 나의 노래를…

어떻게 해서도 감출 수가 없는 나의 이야기를…

이제는 제발 멈출 수밖에 없는 나의 사랑을…

지금도 기다리고 있는 어리석은 나를 넌 용서할 수 있겠니.

설레임을 닮은 우연

> "아무것도 모르고 살았던 지난날의 내가 너무 한심해.
> 이렇게까지 목이 메이도록 누군가를 그리워할 수 있다는 거
> 조금도 지치지 않고 계속해서 눈물로 찾아 헤맬 수 있는
> 많이 슬프지만 순간순간 깨어 있음에 감사하려는 마음까지
> 언제부턴가 그렇게 내 안에 가득 들어찬 너라는 향기.
> 그 순수함을 만나 내게 있어 세상의 빛은 바뀌었다."

[지금 무지 미안하죠, 나한테?]

이런, 나 지금 뭐 하고 있는 거니…….

웅장하면서도 꽤나 유명한 듯, 익숙한 클래식 음악이 귓가를 때린다. 호화로운 장식들, 천장에서 눈부시게 빛나고 있는 값비싼 샹들리에. 척 봐도 비싸 보이는 온갖 뷔페 음식들이 ㄷ자 모양의 긴 테이블 위에 차려져 있고, 수없이 모인 많은 사람들은 마치 약속이라도 한 듯 하나같이 고급스런 옷차림으로 칵테일 잔을 들고서, 그렇게 가식적인 인사들을 나누고 있었다.

"아이구, 축하드립니다, 지 회장님."

"박 사장 아닌가? 자네 요즘 재미 좋은가 봐. 연락이 통 없어."

“재미는요. 안 그래도 힘써주신 덕분에 겨우 먹고 살 만해졌습니다.”

“하하. 이 친구, 이거 두 번 먹고 살 만했다간 우리 회사까지 인수하려 드는 거 아냐?”

“원, 회장님도. 하하하!”

꽤나 기분 좋은 듯 여러 사람들의 인사를 받으며 쉴 새 없이 웃어 젖히는 중년의 이 신사가 아무래도 이 파티의 주인공인 듯하다. 뭐야, 장난 아니게 화려한데? 그나저나 이건 무슨 파티일까? 초대받은 사람들만이 자리할 법한 호사스럽고 귀한 분위기. 하지만 정작 자신은 파티의 제목이나 목적 따위를 전혀 모르고 있다는 사실에 갑자기 조금 당황스러워진다.

“많이 기다렸죠? 가요.”

“예? 아… 예.”

국내에서 손꼽히는 대형 호텔 연회장. 초대를 받았다 해도 장소가 장소인지라 안내 데스크에서의 절차를 밟고 온 그가 살짝 웃어 보이며 안으로 이끈다. 불과 열 발자국 정도 떨어져 지켜봤던 실내는 안으로 들어서며 느끼게 된 호화로움과 별반 다를 것은 없었다. 다만 아직까지 한 번도 구경해 본 적 없는 상류사회 사람들의 분위기란 것에 조금은 숨이 막혀올 뿐이다.

“긴장할 것 없어요. 그냥 내 옆에만 있으면 되니까. 아까도 말했지만 말은 할 필요 없구요, 내가 인사하면 따라서만 해줘요. 알겠죠?”

“…알겠습니다.”

애써 태연하려 노력해 보지만 점차 굳어지려는 표정이 자신조차 역력히 느껴진다. 미안한 마음에 따라오긴 했지만 좀처럼 상황정리가 잘 안 되는 듯.

"아버지."

"오, 우리 수혁이 왔구나."

"수혁 도련님 오셨습니까? 오랜만에 뵙네요."

"어쩜, 커갈수록 저렇게 더 멋져지실까. 명문가 도련님은 역시 뭐가 달라도 다르다니까. 호호호~"

으쓱해진 지 회장과 곁에 모여들어 한마디씩 인사를 건네는 사람들에게 수혁이 예의 갖춰 웃으며 인사한다.

"오늘 이 자리, 수혁 도련님께는 좀 부담이 되시겠습니다?"

"누가 아니래요. 사실은 오기 싫었어요. 아버지 때문에 오긴 했지만."

"아니, 이 녀석 보게. 누가 들으면 억지로 불러낸 줄 알겠구만."

"그럼 아니신가요? 저 그만 집에 갑니다?"

"하하하, 녀석."

"하하하, 도련님도."

도련… 님? 그가 시킨 대로 연신 웃으며 고개만 까딱이고 있지만, 사실 자신에게 관심을 갖는 사람은 거의 없었다. 곁으로 몰려드는 사람들은 하나같이 자신이 아닌 옆에 있는 그에게만 인사를 건네고 웃어 보이며, 한 번이라도 눈에 들려 애를 쓰는 기색이 역력했다. 이 사람 꽤나 대단한 사람인가 보네? 찰랑이는 옅은 갈색 머릿결, 귀공자풍의 잘생긴 하얀 얼굴, 유명 브랜드의 고급 벨벳 정장과 안쪽에 받쳐 입은 은색 실크 셔츠, 그리고 살짝 짓는 눈웃음과 어우러져 사람 좋아 보이는 부드러운 미소까지, 경황이 없었던 탓인지 미처 눈치 채지 못했지만 이 사람 꽤나 매력적이다.

“그런데 작은도련님은 안 오시나 보죠?”

“그러게요. 이번에 고3 올라가신다더니 공부하시느라 바쁘신가?”

순간 왠지 모르게 얼굴이 잠깐 굳어지는 지 회장.

“아, 흠흠, 그 녀석 시험 기간이라기에 공부 좀 하라고 냅뒀네.”

“그렇구나. 다음번엔 꼭 데려오세요. 수혁 도련님이랑 같이 계신 걸 보면 눈부셔서 제가 다 뿌듯하다니까요.”

“원, 이 사람, 능청은… 자, 수혁아, 그만 이쪽으로 와서 인사 드려라. 여기는 대한기업 김 사장, 여긴 경영부 조 실장.”

“아, 예. 안녕하십니까?”

“영광입니다. 오늘 자리 축하도 드리구요.”

연이어 몰려드는 사람들에게 계속 인사하는 것도 여간 힘든 게 아님을 새삼 느끼는 혜원이다. 그냥 고개만 까딱이며 웃기만 하면 되는 자신보다도 하나하나 신경 써서 웃어주고 악수 나누고 하는 수혁이라는 사람이 괜스레 대단해 보인다. 다들 꽤나 유명한 기업 쪽 사람들인 것 같다. 이렇게 사교모임을 갖고, 만나고 인사하고 웃고… 즐거운가 보네. 정말 즐거운가 봐, 이 사람들. 근데… 난 어쩐지 조금 숨이 막힌걸. 잠깐만 자리 좀 피하고 싶은데… 잠깐 어디…

“…저기, 저 잠깐 화장실 좀……”

최대한 소리 죽여 귓가에 속삭이자 그가 역시나 부드럽게 웃어주며 고개를 끄덕인다. 주위 사람들에게 조심스레 고개를 숙여 보인 후 얼른 출입문 쪽에 위치한 화장실로 향한다.

쏴아아.

조금은 소란한 물소리에 묻혀 손을 씻다가 문득 앞쪽의 거울을 들여다본다. 연분홍빛 벨벳 소재의 고급 이브닝 드레스가 어깨까지 깊게 파인 채 살짝 몸매를 드러내 주는 게 꽤나 비싸 보인다는 생각. 그리고…

[어머! 이런, 죄송합니다. 정말 죄송해요. 어떡해…….]

잘한다, 민혜원. 그래도 명색이 오늘이 첫 알바였는데. 아주 보기 좋게 손님에게 주스를 컵째로 쏟아 부은 건 알바를 하지 말라는 하늘의 계시였던 걸까. 아니면 이렇게 이 사람을 따라와 이질감이나 실컷 맛보라고 하늘이 벌 주기 위해 정해놓은 순서였단 말인가.

"하긴 내가 이런 옷을 언제 또 입어보겠냐."

마치 실수하길 기다리기라도 했다는 듯 그는 단 한 마디 화조차 내지 않았다. 꽤나 고급스러운 옷이라서 이 사람 세탁비를 물어주려면 오늘 일당으로도 턱없이 모자르겠다는 생각에 어디 가서 돈을 구하나 고민했지만 그는…

[지금 무지 미안하죠, 나한테?]

세탁비를 안 받겠다고 했다. 그리고는 놀라서 뛰어나온 카페 매니저에게 뭐라고 몇 마디를 소곤거리더니,

[부탁 하나만 들어줘요, 세탁비 안 받는 대신에. 아주 간단한 거니

까… 괜찮죠?]

근처 대형 백화점에 데리고 가더니 금세 이렇게 파티복을 차려입히고, 미용실에 들러 한껏 치장해 주고 지금 이곳으로 데려온 것까지가 불과 한 시간 만에 일어난 일들이었다. 갑자기 생각해 낸 부탁이라기엔 그는 왠지 너무나 능숙한 듯했다. 그리고…

"그래서 어떻게 됐어?"

"그래서는 무슨… 궁금하니?"

흠칫!

갑작스런 누군가의 말소리에 당황한 혜원이 자신도 모르게 맨 끝 칸으로 들어가 버린다. 뭐야, 못 올 데 온 것도 아닌데. 나 지금 왜 당황한 거지? 바보 같다.

"당근이지~ 너 내가 오빠들한테 얼마나 목숨 거는지 몰라?"

"하이구, 이봐요. 목숨 건 애들이 한둘인 줄 아서? 그나마 넌 약과야. 오빠들이랑 한 번 자보려고 기를 쓰는 애들이 좀 많냐?"

낯선 여자 두 명이 바로 앞쪽에서 나누는 얘기에 혜원의 이마가 조금 찌푸려진다.

오빠들? 한 번… 자? 골 빈 애들이구만.

"결론은 뭐야. 경쟁률이 살인적이니까 포기하라는 거야?"

"잘 알아듣네. 너 정도 상판으로는 솔직히 말 건네기도 무리지 뭐."

"칫, 기집애. 그러는 너도 인사 한 번 제대로 못해본 건 마찬가지 아냐? 기업파티 참석한 것도 근래 들어서 빈번해진 거지, 그전엔 아니었다며?”

“야, 야, 그래도 난 웬만큼 오빠들이랑 친한 애들이 다 친구잖냐. 안 그래도 조만간 자리 마련해 준댔다, 서은이가.”

“그러니까 내 말이… 나도 힘 좀 써줘~ 응? 수정아~”

뭐, 거기서 거기 같긴 해도 둘 중에 조금 더 앙칼진 목소리의 수정이라는 아이가 참 싸가지없다고 생각하는 혜원이다.

“으이그~ 알았어, 앞으로 너 하는 거 봐서.”

“정말? 정말정말? 앗싸~ 앞으로 정말 잘할게~”

“알았으니까 잔말 말고 파우더 좀 줘봐.”

“응? 그래, 여기~ 아차, 근데 말야~”

“근데 뭐?”

수다를 짧게 떨었으면 했건만 왠지 얘기가 좀 길어진다 싶던 혜원이 파우더 꺼내는 소리에 살짝 변기 위에 걸터앉는다. 그리곤 앞쪽으로 흘러내리는 머리카락을 살짝 쓸어 넘기는 혜원이 가만히 눈을 감았다 뜬다.

“아까… 수혁 오빠랑 같이 온 그 여자 누구야?”

멈칫.

문득 불려진 수혁의 이름에 혜원이 조금 귀를 솔깃한다. 사실 수혁의 이름보다는 ‘같이 온 그 여자’라는 말이 심기를 조금 건드린 탓일 거다.

“설마하니 사귀는 여자는 아니겠지? 그럼 나 죽을 거야.”

“사귀는 여자? 쿡, 아냐, 그런 거.”

“그럼? 그럼 누군데? 아는 여자야?”

“하여튼 파티 처음 온 거 또 티 낸다~ 걔 그냥 땜방이야, 땜방.”

움찔.

‘땜방’ 이라는 말에 혜원의 얼굴이 순간 무표정.

“땜방… 이라니?”

“수혁 오빠, 원래 파티 때마다 아무나 하나씩 바꿔서 데려와. 내가 본 여자만도 한 다스가 넘을걸?”

“하, 한 다스씩이나??”

“진짜 애인이라서가 아니라 말하자면 ‘파티용 연인’ 인 셈이지. 내노라하는 재벌집들 다 참석하는데, 혼자 오면 그 사람들이 가만 놔두겠니? 여기저기 데리고 가서는 자기 딸들 소개시키느라 난리겠지. 길거리든 어디든 잠깐만 시간 내달라고 저 얼굴로 부탁하는데, 어느 정신 나간 애가 마다하겠냐? 게다가 비싼 드레스 사줘, 꾸며줘. 이런 데 평생 못 와보는 애들 한둘 아니잖아. 신경 쓰지 마.”

아… 그렇구나. 마침 찾고 있었던 건가. 내가 아니라… 데려올 인형을?

“그래? 난 또 괜히 긴장했네. 그럼 그 여잔 파티 끝나면?”

“그대로 바이바이지. 수혁 오빤 두 번 다시 연락 안 해. 여자한테 관심없는 것도 그렇지만 솔직히 ‘일회용’ 인 거 돌대가리 아니면 다 알지. 파티 끝나고 여자 쪽에서 100% 대시하는 거 같긴 한데 수혁 오빠가 누구냐. 쭉빵들 열 트럭 갖다 줘도 쳐다도 안 볼 위인 아니냐. 일밖에 모르는 일.벌.레.”

"하긴~ 그게 더 매력이긴 해~"

"걔만 안됐지 뭐. 보아하니 꽤나 착각하고 있는 것 같던데. 파티의 주인공인 양 으스대는 표정이라니. 꼴값이야."

"쿡, 누가 아니래. '일회용' 주제에. 깔깔깔."

……. 솔직히 상관은 없었다. 그냥 세탁비 안 물어내는 것만도 다행이었는데… 좀처럼 나아지지 않는 굳은 얼굴로 혜원은 그저 멍하니 바깥의 웃음소리가 사라지길 기다리고만 있었다. 쿡, 뭘 기대했던 거야? 어차피 한 번으로 끝날 건 알고 있었잖아. 근데 이상하지. 뭔가, 자꾸만 뭔가가 많이 아쉬운 느낌이야. 이런… 나도 어쩔 수 없는 속물이었나.

"후우. 나 진짜 뭐 하는 거냐, 지금……."

여자들이 사라지자마자 화장실 문에 머리를 기대고 눈을 감아버린다. 아무것도 아닌데… 이깟 파티쯤 데려온 거 절대 아무것도 아닐 텐데… 다른 무엇보다도, 괜스레 그의 웃음을 기대했던 자신이 못내 한심하기만 하다.

"…감사합니다. 사실 오늘 이 자리는 아시다시피 제가 주인공이 아닙니다."

아주 오랜 후에야 화장실을 나선 혜원의 눈에 어느새 정돈된 채 연설을 듣고 있는 사람들이 보였다. 그리고…

"오늘 저는 공식적으로 여러분들 앞에서 중대한 발표를 해드리고자 합니다. 그 발표의 주인공, 우리 선진그룹의 후계자로 저의 장남

지수혁 군을 소개하겠습니다."

짝짝짝짝짝!!

우렁찬 박수 소리, 연회장 가득히 터지는 카메라 플래쉬들, 그리고 모든 사람들의 주목을 받으며 천천히 마이크 앞에 서는 수혁이다.

"감사합니다. 사실 지금 많이 떨리는데요, 아버지께 혼날 것 같아서 참겠습니다."

"아하하하하!!"

수혁의 애교 섞인 말에 편안해진 모습으로 사람들이 웃어버리고 분위기에 쉽게 적응하지 못하는 혜원은 그저 조용히 뒤쪽 벽에 기대어 자리한다.

"열심히 하겠습니다. 많이 도와주십시오. 부족한 것 투성이라 후계자로 부적절할지도 모르겠습니다만 아버지의 명성을 떨어뜨리지 않을 정도만이라도 노력하겠습니다. 감사합니다."

역시나 우렁찬 박수 소리에 수혁은 연설을 마치고 조금 뒤로 물러서며 기분 좋게 씩 웃어 보인다. 그리고는 뭔가를 찾듯이 연회장을 한 바퀴 쭉 둘러보는 수혁. 순간 눈이 마주친 혜원과 그 덕에 조금 더 웃어 보이는 것 같은 수혁의 얼굴. 하지만…

…착각하지 말자. 짐짓 태연하게 눈을 내리까는 혜원. 순간 가슴이 두근거린 건 무슨 이유에서였는지 알고 싶지도 않다.

"자, 계속해서 즐겨주십시오. 다시 한 번 참석해 주셔서 감사드립니다."

답답함… 이제 그만 가도 되지 않을까 하는 생각. 지 회장의 말에 다시금 왁자지껄 파티 분위기로 변한 연회장을 한 번 슬쩍 둘러본 후 이내 혜원은 아주 천천히 출입문 쪽으로 향한다. 그때,

"가려구요?"

멈칫.

나 진짜 뭐 죄졌냐. 가만히 돌아보니 수혁이다. 언제 다가온 건지 거리낌없이 지어 보이는 그의 따스한 눈웃음에 조심스레 눈길을 피한다.

"아, 저… 할 일도 다 끝난 것 같은데 갈게요, 그만."

"그래요? 파티… 지루했어요?"

"아, 아뇨. 그런 뜻이 아니라… 그냥 가고 싶네요. 부탁 끝나신 거라면 이만 갔으면 하는데…….."

"아, 그러세요, 그럼. 아무튼 고마워요. 덕분에 오늘 무사히 넘겼어요. 사실 오고 싶지 않은 자리였기에 파트너를 못 구했었거든요."

저기, 미안한데요. 나 변명 같은 건 들어주기 싫거든요? 자세한 내막 먼저 알아버려서 미안해요. 원하는 대로 인형 노릇도 제대로 못해준 것 같아 그것도 미안하네요. 정말… 정말 미안합니다.

"…저기요?"

"예, 예?"

"얼굴이 많이 안 좋은데… 무슨 일 있는 건 아니죠?"

아, 그러고 보니 그를 따라 여기저기 돌아다닌 시간 동안 그는 내 이름조차 묻질 않았었구나.

"아녜요. 괜찮습니다. 아무튼 오늘 실례 많았구요. 그럼…….."

"잠깐만요."

분명하게 인사를 하고 돌아서려는 혜원의 팔을 실례되지 않게 수혁이 살짝 붙잡는다.

"오늘 부탁 들어준 거 너무 고마워서 그러는데 혹시 나한테 부탁할 거 있으면 하세요, 뭐든지."

아무것도 몰랐다면 아주 매너 좋은 남자로 보였을 텐데 이거 어쩌죠?

"뭐, 저처럼 피하고 싶은 파트너 동반 모임이라던가 아님 잔심부름 같은 것도 괜찮구요."

"저기요."

잠시나마 착각해서 미안합니다. 전 그쪽이 혹시나 절 맘에 두신 건 아닌가 했었어요. 그런 게 아니란 거 확실히 알겠으니까 이만 퇴장할게요… 역시 이런 말 난 못하겠다.

"…오늘 제가 카페에서 너무 큰 실수를 했어요. 세탁비 청구 안 하신 것만으로도 절 도와주신 거예요. 저야말로 제대로 못 도와드린 것 같아 마음이 안 좋긴 하네요. 여러모로 죄송했습니다. 안녕히 계세요."

후닥닥!!

갑자기 어렸을 때 읽었던 신데렐라 이야기가 생각나는 건 왜인지. 근사한 왕자님이 행여나 이름을 물어볼까, 아무 말도 못한 채 서둘러 도망 나가던 재투성이 아가씨. 시간이 지나 마법이 풀리면 원래의 초라한 모습으로 돌아가야 하기에… 지금의 모습은 그저 장난처럼 차려진 화려한 마법의 힘에 불과하기 때문에… 그렇지만 왕자는 신데렐라를 진심으로 사랑했잖아.

"…하아, 춥다."

한참 빠르게 걷다 보니 어느새 차가운 밤공기가 노출된 어깨를 마구 스쳐 간다. 이런, 아무리 정신이 없었어도 그렇지 내 옷을 백화점에 두고 왔나 봐. 갈아입고 가야 하는데… 백화점 벌써 끝났을 시간이지, 쳇.

[오늘 부탁 들어준 거 너무 고마워서 그러는데 혹시 나한테 부탁할 거 있으면 하세요, 뭐든지.]

문득 더뎌지려는 걸음을 다잡는 혜원의 눈빛이 되뇌여지는 수혁의 말로 처연해진다. 일회용이라며… 파티 끝나면 곧바로 바이바이라던데… 매너 좋은 남자로 기억되고 싶었나 보군요. 그런 거라면 성공했네요. 충분히. 섭섭한 마음에 위로는 됐으니까.

[뭐, 저처럼 피하고 싶은 파트너 동반 모임이라던가 아님 잔심부름 같은 것도 괜찮구요.]

그래도 사람 좋아 보이게 참 잘생겼었는데. 날 보고 따뜻하게 웃어 주던 건 진심이었으면 했는데.

"아차차!! 알바!!"

그 사람이 뭐라고 말했든 간에 혜원이 카페를 나설 때의 매니저는 그다지 썩 밝지 못한 얼굴이었다. 물어보나마나 나 잘린 거겠지? 그것도 겨우 얻은 자리였는데. 이제는 돌아갈 수도 없게 와버렸는데. 마땅히 할 줄 아는 것도 없고… 나 왜 이렇게 한 거 없이 나이만 먹었냐.

[…언제라도 힘들면 돌아와야 된다. 너 이렇게 보내는 거 아무래도 맘이 안 좋아.]

전날 밤을 꼬박 울며 밤샜다는 걸 그렇게 모른 척 다독여 주셨어도 원장님은 다 알고 계셨겠지. 그럼에도 독립해서 살겠다는 자신을 막지 못하고, 끝내 돌아서서 울어버리던 뒷모습을 기억한다. 장장 19년 간 친부모, 친형제처럼 살아왔던 원장 선생님과 행복원 친구들이 떠올라 괜스레 눈시울이 시큰거렸다. 지금 사정이 최악의 상태로 되어버려 언제까지고 한식구처럼 평생을 함께 살자던 친구와 동생들이 하나둘씩 입양되어 떠나고, 갈수록 하루하루 더 고민에 빠지는 원장님을 볼 때마다 자신만이라도 독립해서 잘사는 게 도리라고 생각한 혜원이다. 물론 사회에서 자리를 잡고 돈도 많이 벌어서, 언젠가는 자신을 기다리고 있을 원장님과 동생들 곁으로 돌아가리라는, 작지만 소중한 꿈도 있다.

근데 나 이러다가 내 앞가림이나 잘할까 몰라. 갈수록 드는 생각 한 가지, 행복원에 보낼 돈은 고사하고 자신만이라도 먹고 살 수 있으면 기적이겠다. 아까 그 사람한테 실수한 것도… 정신 차려, 민혜원. 너 이렇게 감상에 빠져 있을 때가 아냐.

마음을 다잡아보지만 처음 만난 현실의 냉혹함에 자꾸만 약해지는 자신이 느껴진다. 아무것도 모르고 살던 행복원에서의 민혜원은 이제 더 이상 존재하지 않을 거라는 사실에, 더 이상은 어리광 부리면 받아줄 원장님도, 힘들 때마다 곁에서 힘이 되어주던 친구와 동생들도, 돌아보면 바로 뒤에 항상 있던 사람들이 없다는 사실에… 울고 싶다. 나 자꾸 왜 이러니. 이런…

당연하긴 하다. 이렇게 다 늦은 야심한 시각에, 그것도 눈에 띄는 이브닝 드레스를 입고서 여자 혼자 처량맞게 터덜터덜 걷는 게 이상하긴 할 거다. 그래도 뭐, 그것까진 좋았는데…

"으아!! 야, 뛰자!! 뛰어!!"

힐끔대는 사람들의 시선을 용케 잘도 무시하며 걷고 있던 와중, 갑자기 비가 쏟아질 건 또 뭔지. 아무래도 이건 하늘의 계략이라며 울상이 되는 혜원이 뛰려고 해도 몸에 달라붙은 채 좀처럼 벌어지지 않는 치마폭에 한숨만 내쉰다. 어느새 사람들은 빠르게 뛰어다니고, 그저 길 한복판에 가만히 서 있으려니 혼자 바보가 된 것 같은 기분에 좀… 어쩌지? 그냥 번쩍 치켜들고 뛰어? 어차피 이 시간에 아는 사람도 없을 텐데 그냥 미친 척하고 뛰어갈까?

치마 상태가 협조를 참 안 해줄 기세다. 입고 있을 땐 몰랐는데 난감한 상황이 되니까 알겠는 건 어쩌자고 이리도 몸에 쫙 붙어 있는 건지. 아무리 주변을 열심히 둘러봐도 근처에 마땅히 비 피할 데는 없고, 게다가 지금의 걸음으로는 비가 그칠 때까지 걸어도 절대 집에 못 갈 듯한데. 뛰어야 하나, 말아야 하나. 뛰.까. 마.까. 뛰.까. 마.까. 뛰.까. 마.까. 뛰.까. 마.까. 뛰.까. 마.까… 그때!

"이봐. 좀 비켜주지."

화들짝 놀라며 뒤를 돌아보자 웬 오토바이 한 대가 서 있다. 검은 헬멧을 쓴 채 눈 부분만 밀어 올린 그가 조금 못마땅한 눈으로 바라보고 있다.

"안 들려? 그렇게 서 있지 말고 좀 비키라구."

순간 갑자기 거세어지는 빗줄기에 혜원이 두 눈을 질끈 감았다 뜬
다. 차가운 빗줄기에 움츠러든 어깨를 힘없이 와들와들 떨고 있는 혜
원.

"이런, 왜 또 갑자기 많이 오고 지랄이냐."

인도에서 사람보고 비키라는 오토바이. 어지간히 억지인 듯싶었지
만 비에 홀딱 젖은 혜원은 기운없이 가만히 옆으로 물러선다. 그런
혜원을 힐끔 쳐다보며 다시금 시동을 걸어 달릴 채비를 하는 듯하더
니,

"혹시 대가리에 총 맞았냐? 이 빗속에 그러고 가만있게?"

쓰읍, 나도 뛰고 싶다고! 아니면 택시라도 잡아타고 가야 하는데
원래 내 옷을 백화점에 두고 와서… 그러고 보니 진짜 돈이 하나도
없어서. 굵은 빗줄기 사이로 그의 눈길에서 못내 예리함을 느낀 혜원
은 그저 아무 말도 못하고 침묵으로 응수한다. 그런 혜원을 여전히
차갑게 응시하는 눈빛은 갈수록 더욱 날카로워지고.

"차림새를 보아하니 결혼식장에서 도망이라도 친 건가? 아님… 술
집?"

오들오들.

조금씩 더 추워진다 싶더니 이제는 아주 눈에 띌 정도로 떨고 있는
혜원. 비에 젖어 축 늘어진 채 여린 어깨 밑까지 길게 늘어진 혜원의
결 고운 검은 머리카락과 여리게 떨리는 맑고 붉은 입술에 그의 시선
이 고정된다. 그러다가 자신을 바라보는 눈길을 느끼고는 천천히 고

개를 들어 눈을 맞추는 혜원. 쉴 새 없이 흘러내리는 빗물에 이내 여리게 흔들리고 마는 고운 갈색 눈동자. 그런 혜원을 조금의 흐트러짐도 없이 바라보는 오토바이의 눈빛이 순간 크게 일렁인다. 왠지 모르게 아까부터 자꾸만 마음 한구석이 조금씩 알 수 없는 무언가로 젖어드는 느낌인데. 아파… 마음이 아려와… 모르겠어… 넌 왜 그런 눈빛인 거지? 나… 난 지금 왜… 왜 이렇게 널… 너… 를…….

"감기 걸리기 전에 타. 움직이기도 힘든 것 같은데."

오들오들. 생각해 볼 것도 없다. 이대로 조금만 더 있다간 정말 쓰러져 버릴지도 모른다. 그렇게 그를 조금 더 바라보다가 살며시 그의 오토바이에 오른다.

"꽉 잡아. 그렇게 잡다간 뒤로 날아가 버린다구."

조심스레 그의 재킷을 잡으려던 혜원의 손을 잡아채 자신의 허리에 크게 두르고는 곧 오토바이가 굉장한 속도로 출발한다. 온몸에 와닿는 세찬 바람에 혜원이 그만 눈을 감아버린다.

"정신이 좀 들어?"

아지랑이처럼 가물거리며 점차 흐릿하게 보여지는 시야. 더 이상 춥지 않은 걸 보니 바깥은 아닌 것 같은데.

"그렇게 입고 있을 때부터 알아봤어. 감기라는데 고생 좀 하겠다."

약간 어지러운 기운에 다시 눈을 감았다 뜬다. 낯선 광경, 꽤나 크고 화려한 방 안, 두꺼운 이불 사이에 들어간 자신이 굉장히 큰 침대 위에 누워 있는 것까지 파악이 된다. 쉭쉭 소리를 내며 옆 쪽에 틀어져 있는 가습기와 온갖 오토바이들의 사진으로 도배가 된 방, 거기다 방 안 가득 은은히 풍겨지는 감미로운 향기까지… 내 방은 아닌 것 같은데?

"정신을 잃어서 집 주소를 알 수가 없었어. 아무 짓도 안 했으니까 오해는 하지 마."

아… 오토바이… 그 사람네 집인가? 춥다. 어지러워. 감기라 그랬지, 참.

"쉬고 싶어? 나가줄까?"

"콜록… 아… 저기……."

작게 기침하며 몸을 일으키는 혜원의 시야로 앞쪽의 가죽 소파에 흘러내릴 듯 기대어 앉아 있는, 왠지 모르게 차가운 느낌의 그가 마주 보여진다.

"일어나지 마. 하루 정도는 쉬어야 된댔어."

"괜찮아요. 그보다 감사합니다, 태워다주셔서."

"뭘, 오는 길에 주워온 것뿐인데. 너무 감동하진 마."

주, 주워온… 이 사람 왠지 매우 싸가지없을 것만 같은 불길한 예감이.

"근데 물어봐도 돼, 그 시간에 왜 거기 그러고 있었는지?"

은빛으로 물들인 머리를 가볍게 쓸어 올리며 고개를 약간 삐딱하게 한 채로 그가 묻는다. 하얗고 귀티나는 얼굴에 아무렇게나 걸쳐 입은 검은색 셔츠 너머의 유연한 목선. 주위를 둘러싼 차갑고 강렬한 분위기에 은근히 사람 마음을 묘하게 끌어당기는 눈빛까지.

“아, 말하자면 길어요. 그보다 신세지기 싫은데 그만 가봐야……."

얼른 다리를 빼고는 몸을 일으키려던 혜원이 그만 기운없이 휘청거리며 주저앉는다.

“이봐!!"

놀라며 벌떡 일어난 그가 얼른 다가와 혜원을 부축해 다시 침대에 뉘인다.

“보기보다 고집있네? 말했잖아, 하루 정도는 쉬랬다구. 신세진다고 돈 안 받을 테니 하루만 쉬었다 가. 알겠어?"

“아… 저 그렇지만 난……."

“불 꺼줄 테니 푹 자라구. 난 거실에 있을 테니까 혹시라도 필요하면 부르고. 잘 자."

탁.

얼른 문을 닫고 나가 버리는 그의 뒷모습을 한참이나 쳐다보는 혜원. 오늘은 참 여러 가지로 정신없는 하루다. 아니, 그보다도 정말 어지럽다. 아, 왜 이렇게 몸이 으슬으슬 추운 건지. 방 안 온도는 이미 충분히 높아져 있는데 아무래도 감기에 제대로 걸린 듯하다.

“수고했다, 오늘. 많이 떨렸을 텐데도 제법 잘하더구나."

“잘하긴요. 앞으로를 생각하니까 자꾸만 눈앞이 까마득한데요."

“허허, 하긴 이제부터가 시작이지. 열심히 해야 한다."

“네, 아버지. 많이 도와주세요."

어느새 비가 그친 정원을 지 회장과 그의 아들 수혁이 천천히 걸어

들어온다.

"오셨어요, 회장님."

현관문을 열어주며 김씨 아줌마가 그들을 맞는다.

"그래요. 민우는 들어왔나?"

"예, 아까 한 시간 전쯤에 들어오셨습니다."

새벽 1시가 조금 안 된 시간. 기어이 지 회장의 이마가 조금 찌푸려지고 만다.

"한 시간? 시간이 몇신데 여태 뭐 하다가 이제 기어들어 와? 하루가 멀다 하고 외박하지를 않나. 어디서 그렇게 못되어먹은 버릇만… 에이."

"그만 하세요. 제가 잘 타이를게요."

"오냐. 피곤할 텐데 그만 들어가 쉬어라."

"예, 쉬세요."

천천히 계단을 올라온 수혁이 마침 욕실에서 나오는 민우와 마주친다.

"이제 들어온 거야? 아버지 화나셨어. 내려가서 문안 인사라도 드려."

"그 딴 거 안 키워. 형 얼굴 봤으니 됐어, 난."

"민우야."

수건으로 머리를 거칠게 털며 눈을 내리까는 민우.

"잔소리는 사절이야. 형까지 그러면 나 진짜로 집 나가."

"알았어, 알았어. 밥은 잘 챙겨 먹고 다니는 거야?"

“눈물나네. 걱정 마셔. 형이야말로 오늘 잘했어?”

“말도 마라. 혼자 잔뜩 긴장해서… 쿡, 볼 만했지.”

“에이, 아깝다. 그런 건 봐줘야 하는 건데.”

수혁이 웃옷을 벗으며 방으로 들어서자 민우가 따라들어 와 수혁의 침대에 걸터앉는다.

“누구였어?”

“뭐가?”

“파트너 말야. 이번엔 어떻게 구해서 데려갔어?”

궁금한 얼굴로 묻는 민우의 머리를 조금 헝클어뜨리며 수혁이 씩 웃어 보인다.

“카페에서 우연히 만났지.”

“오~ 우연히? 우연히 어떻게? 어떻게 만났는데?”

“그만 해라, 이민우. 안 그래도 자꾸 생각난다.”

“뭐가? 그 여자가? 아까 데려갔던 여자가 생각난다는 거야, 지금?”

은색 셔츠의 단추를 서너 개 풀며 수혁이 잠시 허공을 응시한다.

[세탁비 청구 안 하신 것만으로도 절 도와주신 거예요.]

하아, 이상하지. 왜 자꾸만 당신이 머리 속에서 떠나질 않을까. 처음 그 카페에 들어가게 된 것도 사실은 결코 우연만이 아니었는데.

“말도 안 돼. 형 파트너 갖고 나 친구들하고 내기도 한단 말이야.”

“내기할 게 없어서 형을 갖고 내기를 하냐? 이런.”

“왜, 어때서? 어떻게 구했나, 어떤 스타일인가, 그런 거 맞추는 게

얼마나 스릴있다구."

검고 긴 생머리에 하얀 얼굴, 그리고 괜스레 슬퍼 보이는 투명한 눈동자를 지녔던, 자신도 모르게 자꾸만 안아주고 싶은 마음이 들게 하던 아련한 분위기의 그녀. 처음이었다. 누군가에게, 그것도 단지 파티용 파트너였을 뿐인 이에게 이렇듯 새로운 관심과 애틋한 그리움 따위가 생겨나다니. 원체 여자에게 관심이 없는 성격인지라 이번이 더욱 특별하고 이상한 건지도 모른다. 단지 그것뿐인지도 모른다. 다른 때와 다른 건 그것뿐인지도 모를 일이다.

"피곤할 텐데 그만 쉬어. 파트너 얘긴 내일 들을게 참, 나 거실에서 잘 거다."

"왜? 니 방에 또 여자 있냐?"

"쿡, 잘도 안다. 나도 아주 우연~히 주워온 여자니까 혹시나 들어가면 죽인다."

"저런, 천하의 카사노바 같으니. 잘 자라. 문 닫고 나가."

"OK."

민우가 나가고 가만히 침대 뒤쪽에 기대어 누워보는 수혁.

[저야말로 제대로 못 도와드린 것 같아 마음이 안 좋긴 하네요. 여러모로 죄송했습니다. 안녕히 계세요.]

잡고 싶었다. 무슨 말을 해서라도 그녀를 잡아두고 싶었다. 그냥 보내면 안 됐었는데. 아직 이름도, 나이도, 아무것도 아는 것이 없는데. 내 이름은 알까? 솔직히 말해서 이것저것 물어보면 귀찮다고, 그냥 세탁비 물어주겠노라 그렇게 나올까 봐 두려웠어, 나. 이런 적이 없는데… 단 한 번도 이런 적이 없었는데, 나.

"후우, 어쩌지……."

끝내 두 눈을 감고는 가만히 손을 들어 이마에 올린다. 이토록 불안해하는 이유. 자꾸만 맴도는 그녀를 떨쳐 내지 못하는 자신. 찾고 싶은데 아무것도 아는 것이 없기에, 다시 한 번 우연에 운명을 걸어 보고만 싶기에… 그리고,

사라락.

살며시 눈을 뜬 수혁의 눈가가 조금씩 여리게 떨려온다. 사랑을 믿지 않겠노라 다짐했었던 굳은 맹세가 한순간에 깨져 버린 건… 그녀와의 한순간이 어느새 이토록이나 깊숙이 아프게 자리해 버린 걸 깨달은 건… 그래도 이미 너무 많이 늦어버린 것만 같은데.

"…하아… 흡……."

벌써 한 시간째다. 어느덧 새벽 4시를 향해가는 시계. 문득 잠에서 깨어 잠깐 살펴보러 왔다가 혜원의 신음 소리에 놀란 민우였다. 일찌감치 의사에게 보이고 약까지 먹여서 안심했는데, 저렇듯 식은땀에 끙끙 앓는 소리까지 심상치가 않다. 혹시… 뭐 잘못되는 거 아냐? 하긴 비를 너무 맞긴 했어.

무작정 따라가 버렸다. 친구들과 밤늦게 약속을 잡아놨건만 우연히 보게 된 혜원을 그냥 따라갔다. 단순한 호기심. 그 야심한 시간에, 것도 그렇게 추운 날씨에 참 대단하다고 생각한 것뿐이었다. 저렇게 입고 도대체 어딜 가는 걸까? 아니, 조금만 더 솔직히 말해 보자면 이

런 건수를 놓칠 민우가 아니었다. 얼굴도 제법 반반하겠다, 여차하면 잘 꼬셔서 한 번 놀아볼까 했는데 이런, 너무 귀찮잖아. 이 자식 괜히 주워왔나 봐. 쓰읍.

　그러면서 다시 물수건을 짜서는 혜원의 이마에 조심스레 올려주는 민우. 참내, 살다 살다 별걸 다 해본다고 생각하는 중이다. 조금씩 잦아드는 혜원의 신음 소리에 민우는 소파를 끌어다가 혜원의 앞쪽에 놓고 앉는다. 그러고 보니 한 시간째 일어서 있었던 듯 다리가 조금 저리다(야옹야옹…;;). 아주 조금을 망설이는 기색으로 있다가 가만히 고개를 들어 혜원을 바라보는 민우. 검고 긴 부드러워 보이는 머릿결, 투명하리만치 하얀 얼굴과 붉은 입술, 까맣고 긴 결 고운 속눈썹, 그리고 지그시 내리 감긴 눈꺼풀에 가득한 아련함. 소파 위쪽에 대충 엇갈려 기대었던 손을 조심스레 뻗어 혜원의 머리를 귓가로 넘겨준다. 그러는 순간 아주 잠깐 혜원의 볼 쪽에 손등이 닿았다 싶더니…

　두근.

　낯선 감정, 알 수 없는 낯선 느낌에 순간 멈칫하는 민우. 뭐야, 나… 나 지금 뭐야? 당황한 민우가 얼른 손을 거둔다. 여전히 진정하지 못하고 심하게 흔들리는 눈빛. 한 번도 이렇게 솔직한 반응을 보여주지 않았던 심장이라 무척이나 낯설기만 한 느낌. 이러지 않았어. 나, 이런 적 없었잖아. 즐기고 노는 와중에도 여자에게 이런 설레임 같은 건… 정말이지 한낱 여자 따위에 이런 뭔지 모를 가슴 떨림 같은 것은…….

서둘러 자리에서 일어선 민우가 어찌할 바를 몰라 뒤돌아선 그대로 조금을 망설인다. 그럼에도 쉽사리 아픈 혜원의 곁을 비울 수는 없어 일렁이는 눈빛으로 혜원을 훔쳐보는 민우. 확실하지는 않지만 지금 뭔가가 상당히 위험한 것만 같다.

정성스레 가리워진 하늘색 커튼 사이로 아직은 어렴풋한 햇살이 비춰짐에 혜원이 눈을 뜬다. 어젯밤보다는 몸이 많이 가뿐해진 것 같다. 어라? 이게 뭐지? 몸을 일으키려다 순간 이마 위의 뭔가를 발견하곤 들어보는 혜원. 네모 반듯하게 접혀진 물수건이 아직까지도 조금 축축한 듯하다. 나, 밤중에도 많이 앓았었던 건가? 가만히 고개를 돌려보니 침대 옆 소파 위에 잠들어 있는 누군가가 보인다. 옆으로 비스듬히 누운 채 팔을 둘러 두 다리를 감싸 안은 그. 눈부신 은빛 결 고운 머리와 다시금 느끼는 하얗고 부드러워 보이는 피부. 아기 같은 얼굴로 꼭 감고 있는 두 눈에 왠지 모를 애틋함이 묻어난다. 이 사람… 어제의 그 오토바이구나. 고마운걸. 곤히 잠든 그를 보며 소리 나지 않게 이불을 걷어 올리고 일어선다.
　“……!!”
　순간 멈칫하는 혜원. 아주 천천히 고개를 떨구며 아래쪽을 쳐다보노라니 집 안 난방 시스템이 너무 완벽해서 몰랐던 걸까. 긴팔 셔츠를 간당간당 걸치고 있는 자신. 다행히도 속옷은 입고 있는 듯하지만 누, 누가 이 옷을 갈아입혔단 말인가. 오토바이… 너니?
　[아무 짓도 안 했으니까 오해는 하지 마.]

하긴 비 때문에 많이 젖었을 테니… 에휴. 괜스레 그를 탓할 자격은 없었다. 옆 쪽을 보니 가지런히 옷걸이에 걸어둔 자신의 분홍빛 이브닝 드레스가 보인다. 하나, 제정신으로 저걸 다시 입을 용기는 없다. 뒤적뒤적 그의 옷장을 뒤져 짙은 청바지 하나를 꺼내 입고는 드레스를 챙겨 든다. 많이 고맙기는 하지만 아무래도 깨기 전에 가는 게 좋을 듯하다. 살금살금 걸어 방문 밖으로 나온 혜원이 서둘러 그의 집을 벗어난다. 아직까지도 어스름히 남아 있는 새벽 기운에 조금 더 움츠러드는 몸을 추스린다.

“아줌마, 혹시 머리 긴 여자애 나가는 거 못 보셨어요?”
“네? 글쎄요. 전 못 봤는데요, 작은도련님.”
시무룩한 얼굴로 식탁에 앉는 민우에게 수혁이 싱긋 웃으며 말을 건넨다.
“뭐야. 밤 사이에 사라진 거야?”
“에이씨, 몰라. 밥이나 먹어.”

정말 고마웠습니다. 은혜는 꼭 갚을게요. 지금은 연락처도 못 남기지만 다시 한 번 고맙습니다. ─혜원.

그래도 제법 일찍 눈을 떴다고 생각했는데, 어느새 혜원은 사라지고 난 후였다. 머리맡에 한 장의 종이 쪽지만 남겨놓은 채 그렇게 소리도 없이 가버린 혜원이 야속하기만 하다. 혜원… 이름이 혜원이구

나. 그래도 그렇지, 연락처도 없고. 이거 찾으려면 꽤나 고생 좀 하겠는걸. 괜히 심술 부리듯 툴툴거리며 수저를 드는 민우다. 그때,

"민우, 너 어제 몇 시에 들어온 게냐?"

천천히 부엌으로 들어서며 지 회장이 짐짓 엄하게 묻는다. 잠깐 멈칫하는 것 같던 민우가 그대로 눈을 내리깔더니 다시 수저를 들어 입으로 가져간다.

"어제 몇 시에 들어왔냐고 묻지 않니?"

"몇 시는 왜요? 집에 들어와 잔 게 다행이지 않나요?"

"뭐야? 이놈 자식 말버릇 좀 보게. 이런……."

"저, 제가 어제 다 얘기했어요. 그만 식사하세요, 아버지."

"고얀… 됐다. 얼른 먹고 출근해라. 아비 먼저 나가마."

"아버지, 그래도 식사는……."

"으흠, 흠."

수혁의 만류에도 지 회장은 괜한 헛기침을 해대며 바로 부엌을 나가 버린다. 그러나 민우는 이와는 전혀 아랑곳없이 계속 식사를 한다.

"민우 너 식사할 때만이라도 비위 좀 맞춰 드리는 게 어때?"

"식사할 때만이라도 나 좀 편하게 내버려 두는 게 형이야말로 어떠셔?"

"하여간 한마디도 안 진다니까."

"아버지 없으니까 밥맛만 좋구만. 얼른 먹어."

졌다는 듯 작게 한숨을 내쉬며 수혁도 다시 수저를 든다. 차갑고

예리한 민우와 따스하면서도 강인한 수혁. 닮은 듯 닮지 않아 보이는 두 사람. 세상 거칠 것 없이 막무가내인 민우도 수혁의 한마디에는 짐짓 수그러든다. 서로를 잘 알고, 또 서로를 많이 의지하기에 그만큼 서로에게 믿음을 주는 존재이기에 가능하다. 아버지는 같고 어머니만 다른, 흔히들 말하는 이복형제란 것… 남들은 수군댈지 몰라도 당사자들에겐 심히 가혹한 관계. 더구나 두 어머니 중 하나가 혼인신고도 하지 못한 천한 첩의 신분이었다면, 그래서 받아들이고 싶지는 않았지만 남들의 이목 탓에 겨우 받아들일 수밖에 없었던… 지금의 민우와 같은 존재였다면 더욱 잔인한…….

✳

"……."

아무 말도 못하고 멍하니 있는 혜원에게 집 주인이라는 아줌마는 계속 자기 할 말만 해대고 있었다.

"그래서 내가 아무리 생각을 해봐도 안 되겠어서 말이지. 미안하지만 오늘 안으로 방을 좀 비워줘야겠어."

카페의 매니저가 혜원의 유일한 연락처인 집 주인 아줌마께 전화를 드린 것이다. 예상은 했던 거지만, 그렇게 확실하게 잘려 버리니까 왠지 너무도 많이 속상한 느낌이다. 행복원을 나와 여기저기 헤매이다가 겨우겨우 갖은 애원으로 얻게 된 작은 월세방. 보증금도 없이, 거기다 선불 조건도 봐주기로 했었지만 애초에 아르바이트를 하며 책임지고 지급하겠다고 했기에 아르바이트마저 잃은 지금의 혜원을 아줌마는 받아줄 수가 없는 것이다.

"사정이 딱해서 어떻게든 봐주고 싶지만 나도 월세 받아서 애들 학비 대는 형편이라 힘들어. 거기다 애기 아빠는 퇴직해서 집에서 놀고 있고. 방도 이거 하난데 월세 제대로 안 들어오면 우린 안 된다구."

"정말… 정말 염치없는 거 아는데요. 당장 나가라고 하시면… 전……."

"아가씨 아르바이트 구하느라 거의 한 달을 기다려 줬잖아. 근데 겨우 얻은 것마저 잘렸다면서. 그럼 또 일자리 구하느라 시간 더 보내야 할 텐데 우리 사정도 좀 이해해 줘야지. 미안하지만 그렇게 알아."

"아, 아줌마… 아줌……."

혜원의 얼굴을 더 보기가 미안한 듯 서둘러 나가고 마는 아줌마. 차마 붙잡지도 못하고 그렇게 앉아서 망연자실해 버리는 혜원이다. 더 이상은 애원할 수도, 해서도 안 될 것 같다. 각자 사정이란 게 있는 건데, 자신만 봐달라고 할 수는 없으니. 조금 고개를 떨군 채 멍하니 있던 혜원이 천천히 일어서서 짐을 꾸린다. 한 달여 간을 살았지만 짐이라 봤자 옷가지가 든 가방 하나가 전부다. 갑자기 많이 서글퍼진다. 이러면 안 되는데 하면서도 자꾸만 자신이 초라해짐에…

또르르.

입술을 잘근 깨물며 손등으로 거칠게 눈가를 훔친다. 행복원을 나와 처음으로 흘린 눈물이기에, 그만큼 더 아프고 힘겨운 건지 모른다. 이제 또 어디서부터 어떻게 시작해야 하는 건지… 한없이 캄캄해

지는 눈앞이 또다시 눈물로 흐려질까 혜원은 서둘러 집을 나선다.

✻

"뭐야, 어젠 어떻게 된 거야?"

담임의 조례가 끝나기 무섭게 우진과 은규가 민우의 곁으로 모여 든다.

"클럽 앞으로 모이래 놓고 깜깜무소식이라니."

"미안하게 됐어. 나 없이도 잘들 놀았잖아."

"쿡, 그런대로 놀긴 했지만 역시 부킹 건수는 반으로 줄더라구."

"자식들, 나의 위대함을 다시 한 번 느꼈겠구나?"

옆에 있던 우진이 피식 웃으며 민우의 배를 살짝 때린다.

"꺄악~ 우진 오빠가 민우 오빠 쳤어~"

"너무 좋다~ 아침부터 셋이 함께 있는 모습이라니. 아름다워. 으흑."

하루 이틀 해본 게 아닌 듯 복도 창가에 아예 자리 잡고 서서는 발을 동동 구르며 어쩔 줄을 몰라 하는 여인네들. 대화 내용만으로도 충분히 알 수 있듯이 민우와 우진, 은규는 이곳 선일고의 전설로 불리우는 대표적 꽃미남 삼총사, 일명 바람의 아이들이란다. 선일고는 민우의 아버지 지 회장의 회사인 선진그룹이 이사주주 및 총회를 맡고 있는 사립 남녀공학으로써 나름대로 엄격한 물갈이를 거쳐 입학 허가를 내준다는 꽤나 까다로운 명문가문의 학교이다(원래 소설설정이 다 이런 법이다. 쩝;;). 차갑고 쿨한 이미지와 반항적인 성격이 매력인 민우, 껄렁하지만 부드러운 이미지와 누구에게나 친절한 우진, 반

듯하고 지적인 이미지의 신사적이지만 냉랭한 은규까지 최고 고참 학년인 이들 세 명의 존재는 여학생들의 선망의 대상에서 신입생들의 입학요망원인 1순위라 하기에 충분했다.

"그나저나 니네 형 어제 파트너 결과 뭐냐?"

은규의 말에 민우가 '아' 하는 표정을 짓고,

"아차차~ 아침에 못 물어봤다."

"뭐야? 이런~ 뭐 하느라 못 물어봐?"

"그러게 말야. 아침에 별일없……."

[정말 고마웠습니다. 은혜는 꼭 갚을게요.]

…별일없었던 게 아니군. 뭔가 말하려다 그냥 입을 다물어 버리는 민우를 보며 우진과 은규의 고개가 동시에 오른쪽으로 기운다.

그렇게 갑자기 사라져 버려서 혼자 안절부절못했었지. 밤새도록 걱정하게 만들고 귀찮아 죽겠더니 아침엔 또 소리도 없이 나가 버리고… 또 계속 이렇게 걱정하게 만들고… 쳇.

"뭐냐, 빨리 불어라."

움찔.

바로 앞까지 얼굴을 맞대고는 심오한 표정으로 묻는 은규.

"뭐, 뭘 불어?!"

"눈치 8단, 찍어붙이기 9단, 합이 17단이다. 불어라!!"

"뭐야, 이민우. 어제 또 우리 몰래 한탕한 거야? 역시 선수~"

우진이 녀석까지 합세해서 아주 난리다. 저, 저 자식들 저렇게까지 눈빛이 반짝반짝하다니. 크헉.

"아.무. 일.도. 없.었.어. 신.경. 꺼."

뭐, 사실 이렇게 내뺀다고 물러설 녀석들이 아닌 건 알았지만 그래도 어떻게든 화제를 돌려야 했다.

"아, 아무튼 오늘 집에 가자마자 형 파트너 물어볼게."

"우리가 궁금한 건 그게 아니야, 친구."

"불어줘~ 불어줘~"

하여튼간에 은규랑 우진이 녀석의 합공플레이는 아무도 못 말려~!!

"알았어, 좋아. 너희들 어제 내가 바람맞힌 것 땜에 아직까지 삐쳐 있는 것 같은데 오늘 다시 모이자. 내가 확실히 쏠게."

"역시~ 이민우 눈치 마이너스 5단이야~"

이제야 의도를 파악한 민우를 우진이 한 번 더 놀린다. 같이 웃으면서도, 아무 생각 없이 늘 하던 대로 그렇게 웃어버리면서도 민우의 눈가엔 어느새 자꾸만 걱정으로 자리하는 그 누군가의 얼굴이 어른거리고 만다.

✼

"사장님?"

무려 세 번 정도나 더 불려진 후에야 수혁은 김 실장을 똑바로 쳐다볼 수 있었다.

"아, 미안해요. 아직 호칭이 익숙지 않아서."

"하하, 아닙니다. 곧 익숙해지실 텐데요 뭘. 자, 가시죠."

김 실장의 에스코트를 받으며 수혁은 경영부실 안으로 걸음을 옮긴다. 사실 솔직히 말하자면 호칭이 익숙지 않다는 건 변명에 불과했다. 자꾸만 자신도 모르게 정신을 놓게 되는 것, 순간순간 떠오르는 무언가에 왠지 아련함만 느껴지는 것, 이유는 정말 간단하고도 분명한 것을… 굳이 자기 자신에게 설명하려 하지 않아도 알 수 있는… 다시 만날 수 있을까. 한순간도 머리 속을 떠나지 않는 혜원에 대한 그리움 따위가 분명했다. 아무것도 아닐 거라고 스스로를 위로하려던 수혁의 노력은 아직 아무 힘도 안 되는 듯하다. 이름을 물어보지 못했던 것을 후회하고, 용기 내어 붙잡지 못했던 그 짧은 순간을 자책도 해보지만… 시간이 짧았기 때문이라고 누가 말해 준다면…….

"작년 2분기 경영실적입니다. 매출 부분과 상황실적을 대조해 보시면……."

올해로 스물넷. 국내 최고로 손꼽히는 거대한 대기업의 후계자로 낙점되기에 아직은 너무 이른 나이임에는 분명하겠지만, 그럼에도 수혁의 경영능력이나 일에 대한 성취도만으로 따져 보자면, 그의 나이 따위는 조금도 문제될 게 없다는 걸 모두들 알고 있다. 지 회장이 누구보다 아끼고 신임하는 장남이자 후계자 위임식까지 마친 상황에서 이제는 선진의 모든 부분을 책임져야 할 막중한 임무를 지게 된 수혁. 귀공자풍의 온화한 외모, 누구에게나 보여주는 친절하고 따스한 웃음. 자신과 배다른 동생임에도 민우를 너무도 아끼고 잘 보살펴 준다는 것은 정평이 나 있는 사실. 다만 자신에 대한 아버지의 기대를 너무 잘 알아서인지 어려서부터 아버지의 사업에 대해 깊이 관여하게 되었고, 자의 반 타의 반으로 수혁은 '일벌레'라는 호칭을 얻었다. 사업에 있어서는 지극히 공과 사가 분명하며 일처리도 명확하고 냉정한 카리스마도 존재하는 뛰어난 수완가라고 다들 그렇게 평가하는 그, 다정다감하고 부드러운 신사적인 성격의 수혁은 여자를 멀리하기로도 유명한데, 그런 그에게 다가서려는 여자들은 너무도 많기에 이는 야속한 현실일 것이다. 그렇기에 난생처음으로 무언가를 느끼게 한 혜원이 더 더욱 너무나 특별한 존재가 아닐 수 없을 듯하다.

어디 가서 찾아봐야 할지… 어제 만났던 그 카페로 가면 만날 수 있을까? 우연이 한 번만 더 일어나 줄 수 있을까?

좀처럼 일이 손에 잡히질 않아 수혁은 말 그대로 안절부절. 그의 눈가에 맴도는 혜원에 대한 그리움은 어느새 너무도 아프게 자리해 버린 것만 같다.

✳

적잖이 망설여지는 오른손을 들어 번호판 바로 앞까지 가져갔다가…

[연락 안 할게요. 마음 약해져서 돌아오고 싶어질지 모르잖아요. 용서하세요.]

달칵.

이내 수화기를 내려놓고는 고개를 떨궈 한숨을 내쉰다. 약해지지 않겠다고는 했지만 자꾸만 주저앉고 싶어지는 자신이 못내 가엾기만 하다. 이제… 정말 어디로 가지? 가방을 고쳐 들고는 공중전화 부스를 나서는 혜원의 얼굴이 많이 어둡다. 어느 쪽으로 가야 할까 두리번거리고 있을 때쯤,

"으에엥!! 으앙!!"

가만히 왼쪽을 보니 아주아주 귀엽게 생긴 꼬마가 콧물을 잔뜩 묻힌 채 울고 있다. 어찌하나 고민할 겨를도 없이 어느새 다가서고 있는 혜원.

"꼬마야, 왜 우니?"

"아아아아아앙~ 으아아아아앙!!"

이, 이놈 보게, 너 지금 나 들으라고 더 크게 우는 거냐?? 확 그냥 두고 갈까 부다. 고얀 것.

"자, 저기 울지 말고 누나한테 말해 볼까?"

"우아아아아아아아아아앙~!!"

오, 옴마나, 나보고 어쩌라구, 너. 참내.

"으아아아아아아아아아아앙~!!"

약 30분 경과.

"으아… 아… 앙… 으… 앙……."

그리고 지칠 때까지 한없이 울고 있는 꼬마—울다 지쳐 가는 중. 거의 째진 목소리로 돌변함—옆에 같이 가만히 쭈그리고 앉아 있는 혜원. 좀처럼 달래볼 엄두가 나지 않아 선택한, 참으로 무식한 방법이 아닐 수 없다.

"자, 자, 이거 먹어가면서 울어."

"훌쩍… 으앙… 할짝할짝… 으앙."

어린것이 참으로 대단한 고집일세. 쩝. 원래의 목적은 울음을 그치게 하려고 쥐어준 막대사탕이건만 본래의 목적을 완.쥰.히. 상실한 채 꼬마가 울다 지칠 때쯤 허기를 달래주는 맡은 바 역할을 아주 충

실히 해내고 있었다.

"착하지? 자, 그거 먹으면서 누나한테 말해 볼까? 왜 울어?"

"훌쩍… 할짝할짝. 훌쩍… 할짝."

오, 오, 옴마나. 나 정말 더 참아야 하는 거죠? 이렇게 어린애한테 화내면 안 되는 거 맞죠. 크흑.

그렇게 또 30여 분 경과.

"할짝할짝… 냠냠."

으흠.

"할짝… 할짝… 냠."

흐으음.

"냠냠… 할짝할짝."

어, 어떡하지. 나 더 이상은 못 참을 것 같은데. 정말 더는 안 되겠는지 말없이 가만히 자리에서 일어서서는 천천히 꼬마를 내려다보는 혜원이다. 미안하다, 꼬마야. 이 누나가 좀 많이 바빠서 말이지(사실은 바쁠 것도 없지만 다 그렇게 말하는 거란다). 너는 너의 길을 가렴. 이 누나도 나의 길을 갈게. 그럼 안녕.

"어, 엄마. 훌쩍."

멈칫.

"엄마 찾아줘. 훌쩍."

너… 너… 너 나 약 올리는 거 정말 맞지? 으흐흑.

"그래, 울지 마. 이 누나가 엄마 찾아줄게. 뚝!"

"뚝!"

오늘 깨달은 새로운 교훈 하나. 애기들 울 때 달래려면 그냥 아무 말 말고 지칠 때까지 기다려라. 지들이 필요하면 안 물어봐도 다 불게 돼 있다.

✳

"수상해."

"후우~ 뭐가?"

옥상에 지그시 기대앉은 민우가 담배 연기를 내뿜으며 은규에게 되묻는다.

"아무리 봐도 너 뭔가 있어."

"있긴. 아까부터 자꾸 헛소리할래?"

점심 시간이 조금 지난 한적한 오후. 웬만하면 지적하는 선생이 잘 없기에 자습하겠단 핑계로 도서관이 아닌 옥상에서 시간을 때우는 그들이었다. 밤늦게까지 신나게 논 우진은 한쪽 옆에서 새근새근 잠이 들었고, 우진과 같이 놀았다지만 정신력 강한 은규가 집요하게 민우를 후벼 파고 있었다.

"진명여고 킹카들 어제 오는 거 너 알고 있었잖아."

"응. 근데?"

"근데? 거봐. 너 그것부터가 수상해. 평소 같으면 열일 젖혀두고 어떻게든 한 건 하려고 오는 녀석이."

이 자식, 그렇게 안 봤는데 우진이 놈보다 독하네그려. 우진아, 은규보다 지지리 궁상독박이란 거 취소할게.

"야, 야, 누가 들으면 내가 뭐 여자에 환장한 놈인 줄 알겠다."

"내가 한 가지만 알려줄까? 너 지금 갈수록 니 무덤 파고 있다?"

움찔.

우, 우진아, 은규보다 싸이코 말미잘 슈퍼싸가지라고 했던 것도 취소할게. 민우가 다시 담배를 입에 물고는 길게 빨아들인 후 내뱉는다. 살짝 뒤로 젖힌 그의 고개를 따라 흘러내리는 턱선이 가히 예술이다.

"자식아, 왜 이렇게 사람을 못 믿냐. 아무것도 아니라니까."

"진짜 아무것도 아니야?"

"그래, 아무것도 아니라니까. 신경 쓸 것 없다구."

"너 아까는 아.무. 일.도. 없.다.고 했었는데, 지금은 아.무.것.도. 아.니.라고 그러는 거 알어?"

흠칫.

우, 우진아, 좀 일어나 봐, 임마. 나 은규가 무서워.

"아, 글쎄, 아무것도 아냐. 그냥… 그… 냥."

예리한 은규의 눈빛 탓인지, 그전에 너무 정곡을 찔린 때문인지 이러지도 저러지도 못하는 민우. 그런 민우를 가만히 쳐다보던 은규가 다른 곳으로 고개를 돌려 허공을 응시한다. 그리고,

"아직은 뭔지 잘 모르겠지만 마음 가는 대로 해."

순간 담배를 쥐고 있는 민우의 손끝이 왠지 조금 떨리는 것 같다는 느낌.

"지금까지 그만큼 했으면 됐잖아. 내가 보기에 너, 이번엔 다르다구."

조금씩 까맣게 타 들어가는 담배 끝이 손가락 쪽으로 점차 올라오는 듯싶더니,

"어쩌면 내가 너무 앞서 가는 것도 같은데, 그래서 아직은 이런 말 하기 좀 꺼려지기도 하는데 말이지."

손가락으로 털어내기도 전에 알아서 바닥으로 떨어져 버리는 담배 끝. 그렇게 힘없이 아스라지는 형태가 문득 괜스레 자신과 닮아 보인다는 묘한 허탈감.

"단순한 반항이라기엔 너, 너무 많이 아팠잖아. 이젠 그만 해. 그래도 돼, 민우야."

바닥에 떨어진 담뱃재가 때마침 불어온 바람에 이리저리 흩날리고 마는 것을 물끄러미 바라본다. 자꾸만 아파오려는 마음… 하지만 못내 인정할 수가 없는 절실한 가슴 저림… 그래서…

"사랑이라는 거 그렇게 어려운 게 아닌 거, 이젠 너도 알잖아. 진심은 통한다는 것도."

"난 그 딴 거 몰라. 알고 싶지도 않구."

끝내 담배를 멀리 던져 버린 민우가 거칠게 머리를 쓸어 올리며 일어선다. 바람을 타고 흩날리는 눈부신 은빛 머리… 왠지 모르게 시선을 피하려 하는 것 같다는 착각.

"나 먼저 내려간다. 바람 좀 쐬다 와라."

그리고는 주머니에 양손을 꽂은 채 옥상 문을 열고 나가 버리는 민우. 그렇게 애써 아무렇지 않은 척하는 민우의 뒷모습이 자꾸만 슬퍼 보여서… 차갑고 거칠고 반항적으로 보이지만 사실은 누구보다도 여

리고 따뜻한 민우를 너무 잘 알아서… 혹시나 위로한답시고 따라나
갔다가 원치 않는 민우의 눈물이라도 보게 될까 봐… 민우야…….

"그러게 가만 놔두라고 했잖아."

"……."

언제부터 깨어 있었는지, 뒷모습을 보이고 누운 채로 우진이 나지
막이 입을 연다. 한참이나 허공을 응시하던 은규도 이내 눈을 감으며
가만히 자리에 누워버린다. 자신들이 위로해 주기엔 너무도 큰 듯한
친구의 아픔에 짐짓 할 말을 잃고 만다.

✻

벌써 두 시간째.

[급히 볼일이 좀 있어서 이만 퇴근할게요. 늦지 않게 들어갈 테니
아버님껜 그렇게 전하시구요.]

종업원이 다가와 조심스레 세 번째 리필을 해주고 간다. 방금 따라
낸 헤이즐넛 커피가 은은한 향으로 온몸을 감싼다. 역시… 다시 만난
다는 건 무리일까. 어떻게 일을 마쳤는지도 모르게 대충 결재 서류들
을 넘기고는 점심쯤부터 자리해 있는 수혁이다. 혹시나 했지만 예상
대로 혜원은 보이지 않았고, 매니저에게 어렵게 구한 연락처는 이미
부재중. 자신에게 의아한 생각은 한참 전에 포기했다. 난생처음이라
더욱 끌리는 건지도 모를 일이다. 자꾸만 맴도는 그녀의 아련한 눈동
자, 쉽사리 지울 수가 없는 그녀에 대한 잠시 동안의 느낌들. 무작정
차를 몰고 어제의 그 카페로 들어와 그렇게 수혁은 혜원을 기다리고
있었다.

확인하고 싶은 것뿐이야. 다시 만나서 내 감정을 확인해 보고 싶어. 내가 지금 왜 이러는지 나도 모르겠어서… 도대체 이런 감정을 뭐라 하는 건지… 제발이니 그저 알고 싶으니까.

소곤거리며 아까 전부터 수혁을 훔쳐보는 여종업원 서너 명은 좋아서 난리다(원래 잘생긴 사람은 그냥 바라보고만 있어도 마냥 좋은 법). 두 손을 맞잡고 가만히 턱을 괴고는 한참이나 허공을 응시하는 부드러운 그의 눈빛. 이따금씩 무얼 생각하는지 혼자서 살짝 미소 짓기도 하는 근사한 남자. 혹시… 세 시간을 마저 채우던 수혁이 끝내 자리에서 일어난다. 계산을 마치고 카페를 나서는 그의 머리 속에는 오로지 어제의 한 여자가 사라지지 않고 있다.

멈칫멈칫.

엄청나게 고민되는 표정으로 그렇게 서서 움직이지조차 않는 혜원. 한 손에는 자신의 옷 가방을 힘 주어 쥔 채, 또 다른 한 손에는 어제의 분홍빛 드레스를 쥔 채 아까부터 저렇게 백화점 앞에서 어쩔 줄을 모른다.

[고마워요, 아가씨. 이 사례를 어떻게 해야 할지… 고마워요.]

알고 보니 상습범이었던 그 꼬마. 집에서 얼마 떨어지지도 않은 거리에서 툭 하면 그렇게 땡깡을 부린단다. 이것아, 넌 심심해서 그랬을지 몰라도 난 네 녀석 덕분에 아르바이트를 못 알아봤단 말이다. 으헝헝. 그래도 예쁜 누나라서 애가 관심 끌려고 그랬을 거라는 애엄마의 말이 좀처럼 위로가 되지 않아 혜원은 정성스레 차려준 밥까지 얻어먹고 그 집을 나섰다(참, 어디 가도 밥 굶진 않을 위인이다).
지리를 몰라 꽤나 오랫동안 헤매다가 잘못 들어선 게 아닌가 하고 오
던 길로 나와보니 어제의 그 백화점 앞. 별안간 빠르게 돌아가는 혜
원의 머리 속에는 안 그래도 돈이 궁하기에 어제의 드레스를 환불하
라는 일종의 계시 같은 것이 울려 퍼지고. 그래도 사람이 양심이 있
지, 달라고 안 했다고 금방 팔아버릴 수 있냐고 나름대로 항변을 해
보긴 하는데… 어쩌나? 어쩌면 좋지?? 어.쩌.지. 어.쩌.지. 어.쩔.까.
어.쩔.까. 어.쩔.까… 결과는…

"저기요."

우, 읍쓰. 딱 걸렸다는 말이 절로 나오는 상황. 괜스레 철렁 내려앉
는 가슴을 쓸어 내리며 조심스레 돌아본 혜원의 눈에 보이는 사람
은…

"또 보네요?"

멈칫.

죄송합니다. 사람이 돈에 궁해지니까 말이죠. 이러면 안 된단 거
저도 잘 아는데 말이죠. …그냥 보고 싶었다. 솔직히 어제 그렇게 파
티장을 벗어나면서 그에게 적잖이 미안한 마음을 감출 수가 없었다.
자신이 초라하게 느껴져서 나올 수밖에 없었음에도 그에게 괜히 쏘
아붙이고 만 것 같아 내내 찜찜했던 혜원, 그리고 마침 이렇게 만나
게 된 수혁. 우연인 걸까 하는 괜한 기대감.

"백화점에 가려던 길이었어요? 같이 갈까요?"

"아, 아뇨. 아니에요. 죄송합니다."

다시 한 번 느끼지만 이 사람의 웃음은 한없이 따스하고 부드러우면서도 가슴이 아파. 어딘지 그저 말 못할 상처를 감추려고 짓는 웃음이라는 느낌이 들어서 자꾸만 나도 모르게 가슴 한구석이 아려옴에 슬퍼져. 왜 그런 걸까?

갑자기 죄송하다는 혜원의 말에 덩달아 당황한 건 수혁도 마찬가지. 무슨 뜻이냐고 눈빛으로 묻는 수혁에게 정말 죄짓다 들킨 혜원은 그저 안절부절. 조금씩 어스름히 찾아오는 저녁과 그렇게 조금씩 서로의 눈을 맞춰보는 두 사람.

"정말 죄송합니다."

어쩔 줄 몰라 하며 고개를 떨군 채 그렇게 눈치만 보고 있는 혜원. 그런 혜원을 바라보고 있노라니, 왠지 너무나도 귀여운 모습에 자꾸만 터져 나오려는 웃음을 꾹 참는 수혁이다. 괜찮다는 혜원을 근처 레스토랑으로 데려와 이것저것 주문한 후에야 수혁이 물었다. 아니, 실은 그에 앞서 제 발 저린 혜원이 죄송하다는 말과 함께 백화점 앞에서의 행동을 친절하게 설명해 주던 찰나였다.

"…계속 고민하고 있던 참이긴 했지만 정말 죄송해요."

"아니요. 죄송할 거 없죠. 이젠 그쪽 건데 뭐가 죄송해요. 안 그래요?"

"그, 그래도……."

"나 치사하게 옷 한 벌 입혀줬다가 도로 뺏는 그런 사람 아닙니다. 괜찮아요."

정말 괜찮다는 듯 환하게 웃어 보이는 수혁.

[수혁 오빠, 원래 파티 때마다 아무나 하나씩 바꿔서 데려와.]

하지만 혜원은,

[길거리든 어디든 잠깐만 시간 내달라고 저 얼굴로 부탁하는데 어느 정신 나간 애가 마다하겠냐? 게다가 비싼 드레스 사줘, 꾸며줘… 이런 데 평생 못 와보는 애 한둘 아니잖아. 신경 쓰지 마.]

맞다, 나 정말 바본가 봐. 이깟 드레스쯤 이 사람한텐 아무것도 아닐 텐데. 그렇게 아무한테나 줘버려도 전혀 신경 쓸 거 없다는 걸 내가 잠시 잊었구나. 조금 굳은 얼굴을 애써 풀며 혜원이 감사하다며 웃는다. 그런 혜원에게 조심스레 입을 여는 수혁.

"실례가 아니라면 무슨 사정인지 물어봐도 되나요?"

"아, 그냥 돈이 좀 필요해서요."

이렇게 아무렇지 않은 척 말하는 게 얼마나 힘든지… 혹시 알아요? 새삼 그의 앞에 자신의 존재가 한없이 초라해지기만 하는 순간이다.

"실은 어제 아르바이트 자리를 잃어서 새로 구해야 하거든요. 근데 당장 돈도 없고 해서 염치없게 그런 생각 한 거예요."

"혹시 나 때문에 잃은 건가요? 그래요?"

"아, 아니에요. 정말 아니에요. 신경 쓰실 거 없어요."

말과는 달리 너무도 굳어버린 혜원의 얼굴을 눈치 채버린 수혁이 잠시 입을 다문다.

"주문하신 식사 나왔습니다. 맛있게 드십시오."

마침 맛있는 냄새와 함께 서빙되어 나온 이태리 음식들이 차려지고, 잠시 침묵하던 수혁이 입을 연다.

"그러고 보니 그쪽 이름도 모르네요. 전 지수혁입니다."

"…민혜원이에요."

가만히 고개를 들어 눈을 마주하는 혜원. 맑게 일렁이는 듯한, 약간은 슬퍼 보이는 눈빛으로 그렇게 숨 막히도록 아련한 혜원의 눈빛에 조금 멈칫하다가 이내 웃어 보이는 수혁. 생각만으로도 아려오던 마음이 마주하고 있음에 더욱 다잡을 수 없을 정도로 벅차오른다.

"나보다 어려 보이는데 나이는요?"

"올해 스물이에요."

"와~ 그럼 제가 오빠 맞네요, 네 살이나."

"그래요?"

사람을 편하게 해주는 수혁의 환한 웃음. 자신도 모르게 긴장을 놓는 혜원의 얼굴이 밝게 웃고,

"집은 이 근처예요?"

"예? 아, 예. 가까워요."

"그래서 이 근처에서 이렇게 자주 보는구나. 그죠?"

"…예."

이 상황에서 집까지 없다는 소리 난 절대 못해.

천천히 식사를 즐기며 그렇게 대화를 이어가는 두 사람.

"그럼 이제 어떡해요, 아르바이트는?"

"또 구해야죠 뭐. 금방 구해질 거예요."

“내가 하나 알아봐 줄까요?”

“예? 아, 아뇨. 아니에요.”

짐짓 정색을 하며 고개를 가로젓는 혜원. 혹여 거만하다거나 부담스러워서는 전혀 아니었다. 다만 신세지고 싶지 않다는 마음, 지금으로서는 딱 그것뿐이었다.

“그러지 말고 내가 알아봐 줄게요. 나이가 어리니 마땅히 할 만한 게…….”

“정말 괜찮아요. 제가 구할 수 있어요. 금방 구해질 거구요.”

“사양하지 말아요. 따지고 보면 이게 다 나 때문인데.”

기대고 싶다. 한 달 남짓이지만 정말 많이 힘들었다고… 솔직히 아무나 곁에 있으면 기대고 싶을 만큼 지금도 힘들다고… 안 되겠죠? 이것저것 생각해 주는 수혁의 모습에 조금은 슬픈 미소를 짓는 혜원이다.

＊

“여기 있을 줄 알았지.”

어딘가 조금은 앙칼진 말투.

저벅저벅.

서서히 다가오는 발소리에 소각장 벽에 기대어 섰던 민우가 그쪽을 향해 고개를 돌린다.

“이 사장 아들이라지만 너무하는 거 아냐? 이제 명색이 고3도 되셨는데 공부 좀 하셔야지?”

“까분다.”

한 번 더 담배를 입으로 가져가 쭉 빨아들이고는 멀리로 내던진다. 천천히 입으로 연기를 내뿜는 민우를 가만히 바라보더니 그대로 민우의 품에 안겨오며 진하게 입술을 맞대는 서은. 익숙한 듯 천천히 눈을 감으며 거리낌없이 서은의 입술을 받아들이는 민우다.

"언제부터 있었어?"

"얼마 안 됐어. 담배 하나만 피우고 가려고 들른 거야."

"칫, 빈말이라도 나 만날까 들렀다고는 안 하네. 쿡."

이서은. 선진그룹과 쌍벽을 이루는 또 하나의 국내 초일류기업인 은성그룹의 외동딸. 꽤나 어릴 때부터 집안끼리 알아온 터라 스스럼없이 지내는 사이인 두 사람. 그리고 워낙 여자를 밝히는 민우를 모른 척하며 항상 그의 곁을 맴도는 서은에게도 민우는 언제나 가깝고도 먼 존재이다. 하지만 민우에게 있어 서은은 그저 만나고 즐기는 여러 명 중 하나일뿐.

"어젠 왜 안 왔어? 우진 오빠가 같이 못 왔다고 그래서 알았잖아. 전화도 안 하고."

"뭐, 그냥 좀……."

[—혜원.]

움찔.

다시금 다가오는 서은의 입술에 민우가 그만 멈칫하고 만다. 아련히 떠오르는 무엇… 하루 종일 지겹도록 맴도는 그 무엇… 자꾸만 속상하리만큼 떨쳐지지 못하는… 그래서 더 숨 막히게 아프고 안타깝게만 느껴지던…….

“그만 해.”

거칠게 서은을 밀쳐 내며 시선을 피한 민우가 이내 똑바로 선다. 웬만하면 중간에 밀치는 적이 없는 민우를 알기에 서은이 많이 의아한 얼굴이다.

“그만 가자. 오늘 내가 쏘기로 했어. 같이 갈 거면 따라와.”

“업고 가. 자~”

교내에서 알아주는 얼음공주. 오직 민우에게만 보이는 귀여운 땡깡. 하나, 기분이 좋지 않은 민우가 서은을 한 번 힐끔 보더니 그대로 소각장을 돌아 나가 버린다. 뭔가… 뭔가 지금 좀… 한참이나 멍하니 서 있던 서은이 곧 못 이기는 척 민우의 뒤를 따라간다. 왠지 모르게 민우가 무척이나 낯설게만 느껴진 순간이다.

“저기… 민우 오빠.”

헬멧을 쓰려던 민우가 가만히 돌아보니 1학년 명찰을 단 여학생 두 명이 서 있다. 조심스레 자신을 향해 내밀고 있는 무엇.

“이게 뭐야?”

“선물… 이요. 받아주세요.”

많이 긴장한 듯 제대로 눈도 못 맞추는 여학생을 보며 민우가 피식 웃는다.

“나한테 주는 거야? 왜?”

“아… 저… 조… 좋아해요, 오빠!”

“우얼~ 좋아한댄다, 민우야.”

많은 용기를 내어서 건넨 여학생의 대담한 말에 옆 쪽에 있던 우진이 휘파람을 불어댄다.

"그래? 고맙네~ 난 뭘 해주나?"

"예? 아… 저 오늘 시간 되세요?"

"오늘은 좀 곤란한데. 오빠가 선약이 있어서 말이지. 대신~"

"……!!"

갑작스레 손을 뻗어 여학생의 허리를 끌어안더니 볼에 짧게 키스를 해주는 민우.

"답례는 이 정도로 해둘게. 선물 고마워~"

헬멧을 마저 쓰고는 오토바이 위에 올라타는 민우를 보며 넋을 잃은 여학생이 조금 물러선다.

"오늘따라 답례가 너무 과하다~"

"시끄러. 빨리 타고 허리나 잡아."

민우의 오토바이 옆에 서 있던 서은이 조금 퉁명스럽게 쏘아붙이자 민우가 뒤도 안 보고 말한다.

"진짜 오늘 이상하네~ 오빠, 혹시 무슨 일 있어?"

"입 닫아, 먼지 들어가. 간다."

서은이 올라타자마자 빠른 속도로 교내를 빠져나가는 민우의 오토바이.

"저 자식, 진짜 오늘 이상하다니까."

"먼저 간다, 빨리 와라."

얼른 시동을 켠 은규가 우진을 앞서 민우를 따라 나간다. 아무리 천하의 막 나가는 바람둥이라지만 웬만한 집안 애들 아니면 상대 않

는 민우이기에 처음 본 신입——=검증필요;;——에게 입맞춤은 아무래도 과할 수밖에 없는 일. 대부분의 여자들이 차마 다가가지 못한 채 그저 바라보기만 할 정도로 차가움이 매력인 민우에게 이처럼 용기있게 대시하는 여학생도 대단한 거지만 오늘따라 아주 날을 잘~ 고른 듯. 조금을 더 어리둥절하게 있던 우진 역시 이내 오토바이를 몰아 교정을 빠져나간다. 정말 오늘 민우가 이상하긴 하다.

✱

"정말 괜찮아요. 걸어가면 되는 거린데, 차 타긴 우습잖아요. 가세요."

집. 없.다.고. 난. 말. 못.한.다.

저녁 식사를 끝내고 밖으로 나온 수혁이 집까지 혜원을 바래다주겠다고 한 거였다. 너무도 친절한 수혁에게 혜원은 벌써 10분째 거절 중이다(말이 10분이지, 참).

"오늘 저녁 사주신 것만도 고마운데… 얼른 가세요. 제발요."

단호하기까지 한 혜원의 말투에 끝내 아쉬움을 감추고 마는 수혁이다.

"…알았어요. 갈게요. 대신 연락처 알려줘요. 아르바이트는 내가 꼭 책임질 테니."

"…저기… 저 지금은 연락처가 없거든요? 그리고 아르바이트는 제가 구할 수……."

"그래요? 잠시만요."

서둘러 종이에 무언가를 끄적여 혜원의 손에 쥐어주는 수혁.

“내 연락처예요. 내일까지 책임지고 일자리 구해줄게요. 아무 때나 연락줘요.”

“아, 저기… 저 정말 괜찮은데요.”

“그럼 갈게요. 조심해서 들어가요. 전화해요.”

정말 괜찮은데… 이렇게 또 폐 끼치긴 싫은데… 조금씩 멀어지는 수혁의 차가 시야에서 완전히 사라진 후에야 혜원은 천천히 발걸음을 옮긴다. 가만히 들어 올린 손 안에 쥐어진 쪽지. 지수혁… 그의 이름과 핸드폰 번호.

[내일까지 책임지고 일자리 구해줄게요. 아무 때나 연락줘요.]

환하게 짓던 미소만큼이나 편안한… 아무리 생각해 봐도 따뜻한 사람. 단순히 내게 미안해서 이러는 걸까. 자기 때문에 일자리를 잃었다는 죄책감 때문에? 바보 같아. 나 정말 왜 자꾸만 넘겨짚고 싶은 건지.

[그럼 그 여잔 파티 끝나면?]

멈칫.

불현듯 또 되뇌어지는 기억에 기어이 멈춰지는 걸음. 그대로 멍하니 서서는 수혁의 연락처를 한참이나 들여다보는 혜원.

[그대로 바이바이지. 수혁 오빠 두 번 다시 연락 안 해.]

우연이라는 거 어쩐지 조금 잔인한 것도 같은걸.

[여자한테 관심없는 것도 그렇지만 솔직히 ‘일회용’인 거 돌대가리 아니면 다 알지.]

그렇게 우연히 만나서 나 그날 혼자 실컷 비참해했는데 오늘 이렇

게 우연히 또 만나게 돼서 반갑긴 하지만 역시나 혼자 초라해진 기분뿐인데.

[걔만 안됐지 뭐. 보아하니 꽤나 착각하고 있는 것 같던데. 파티의 주인공인 양 으스대는 표정이라니. 꼴값이야.]

조금씩 여리게 떨리는 눈빛. 아주 조금씩 힘 주어 종이를 쥐는 손가락.

[쿡, 누가 아니래. ‘일회용’ 주제에.]

어느새 구겨진 종이를 끝내 버리지 못하고, 주머니에 아무렇게나 쑤셔 넣고 만다. 솔직히 그에게 기대고 싶을 만큼 수혁의 웃는 눈빛은 많이 믿음직스러웠다. 어쩌면 자신도 모르게, 처음 그를 만났을 때부터 그를 믿고 있었던 건지도… 그래서… 나 지금 이렇게까지 아픈 건가… 하아.

"처음이라는 말이 어떤 의미를 담고 있는 줄 아니?

한 번도 겪어보지 않아 막막하고 조금은 두려운…

그 다음을 알 수 없어 괜한 추측과 걱정들로 불안하기도 한…

어쩌면 아예 들춰보지 않는 게 낫지 않을까 하는 나약함까지…

그럼에도 결국 용기 내어 다가가게 만드는 처음이라는 말.

…절대 다른 무엇에도 견줄 수 없는 절대적인 네가 그 대답이다."

아직은 그리 늦지 않은 시간임에도 요란하리만큼 귓가를 때리는 신나는 음악과 웃음소리들로 클럽 안은 벌써부터 초만원이었다.

"나가자. 우리 춤춰."

자리를 잡고 앉아 어느 정도 취한 민우를 서은이 일으켜 무대로 함께 나간다. 역시나 조금 풀린 눈으로 우진과 은규는 다시 술병을 부딪치고는 입으로 가져간다.

"오빠, 우리도 나가요."

"그래요, 춤춰요. 어서요."

함께 동석한 서은의 친구들이 우진과 은규를 이끈다.

"난 됐어. 니들끼리 나가서 추고 와."

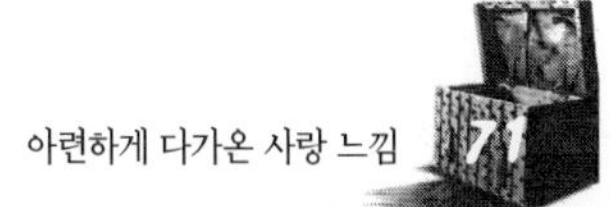

"나두. 어디 니들 춤솜씨 좀 보자."

"피이~ 알았어요. 좀 있다 나와요, 그럼. 가자."

조금은 수다스럽게 깔깔거리며 무대로 뛰어나가 민우와 서은의 곁에 자리하는 그녀들을 보며 은규가 가만히 입을 연다.

"그나저나 우리도 이제 고3인데. 니 생각은 어때?"

"고3은 무슨… 어린 나이로 객기 부릴 마지막 기회지, 쿡."

세 여자에 둘러싸여 화려하게 춤추는 민우의 모습에 주위 사람들의 환호성이 터져 나온다. 지그시 눈을 감고서 은빛 머릿결을 찰랑이며 현란하게 몸을 움직이는 민우에게는 그 화려한 외모만으로도 역시 단번에 시선을 사로잡힐 수밖에 없다.

"아버지 빽으로 대학 들어가는 거 아무래도 좀 찜찜해. 과외라도 할까?"

"이야~ 천하의 손은규가 과외까지 운운하다니 고3 실감 팍~ 난다, 야."

"장난하지 말구, 임마. 있는 집 자식 소리 듣는 만큼 머리 찼단 소리도 들어야 할 거 아냐. 안 그래?"

"그것도 그렇네. 강남 쪽 족집게 선생을 알아볼까?"

"응. …참, 근데 민우 말야."

"민우?"

마침 민우에게 시선을 돌려보니 서은과 바싹 달라붙어 조금은 야시시한 춤을 추고 있는 게 보인다. 눈까지 지그시 내리 감은 모습이 적잖이 마셔댄 술로 꽤나 취한 기색임에도 여전히 주위를 둘러싼 많은 사람들은 그들의 매혹적인 모습에 박수와 환호를 보내며 감상 중이다.

"아무래도 갈수록 심해지는 거 같지 않냐?"

"심해져? 뭐가?"

"아버지한테 그러는 거나, 여자애들한테 저러는 거나."

중학교 입학 때부터 줄곧 붙어 다녀온 삼총사이기에 서로의 속사정을 훤히 알고 있는 세 사람이었다. 재벌가 집안의 자식들이 서로 마음 맞아 친구로 지낸다고 하더라도 대부분은 거의 가식으로 관계가 유지되기 일쑤였다. 서로의 집안에 사업적으로 도움을 주기도 하고, 각자의 이미지를 자신에게 있어 유리한 쪽으로 이용도 하면서 말이다. 그렇게 껍데기적인 교우 관계가 형성되는 게 일반적이긴 하지만 민우와 은규, 그리고 우진은 어느덧 서로의 속내를 누구보다 잘 이해하고 존중하는, 이른바 말이 아닌 눈빛으로 통하는 친구들이 된 것이다. 물론 한창 서로를 갈구는 데 흥미있는 십대 아이들인 그들은 겉으로 보아서는 서로를 못 잡아먹어 안달인 듯할 때도 많다.

"민우 자식 아버지한테 그러는 거 하루 이틀 아니잖아. 수혁이 형이랑 사이좋은 것만도 솔직히 다행 아니냐?"

"그렇긴 한데, 난 자꾸 괜히 불안하다. 잡아주고 싶구."

은규의 말에 술병을 입에 대고 쭉 들이킨 우진이 다시 한 번 민우를 살핀다. 흥이 오를 대로 오른 민우가 서은을 감싸 안으며 천천히 클럽을 빠져나가고 있었다.

"불이 뜨겁단 거 뻔히 알면서 뛰어드는 격이지, 저 자식은……."

　나지막한 우진의 말에 문득 처연해지는 은규의 눈빛이 어둡다. 어쩌면 그 불이란 게 마음속을 너무도 심하게 지져 놓아서, 그래서 더는 타버릴 마음조차 남아 있질 못하기 때문은 아닐까. 조금의 슬픔도 느낄 수 없을 만큼 그렇게 아무런 감각조차 느껴지지 못할 정도로 많이 데었기 때문이 아닐까.

　"너무 아팠기 때문에 감정없이 사랑한다는 거… 그게 다른 무엇보다도 훨씬 더 아픈 거란 걸 알아차렸으면 좋겠는데……."

　말을 마치고 씁쓸히 웃는 은규가 술병을 입으로 가져간다. 그러더니 문득 떠오르는 기억.

　[아, 글쎄… 아무것도 아냐… 그냥… 그… 냥.]

　적잖이 이르고 앞선 시점이란 건 충분히 알고 있지만, 아주 조그마한 기대라도 해보고 싶다. 어린 날의 기억 때문에 말로 다 못할 정도로 아팠을 친구. 가볍지 못한 그 상처가 남아 덧나고 쓰라려, 더욱 자신을 상처 내고 있는 친구. 그런 친구가 아침부터 낯설게도 순간순간 짓던 아련하고 맑은 눈가의 그림자. 왠지 그 친구의 시린 마음을 잡아줄 수 있을 것만 같은 괜스런 기대감의 그 누군가.

　민우야… 너 만난 거야?

✳

　터덜터덜.

　꼭 비 맞은 강아지처럼 어깨까지 축 늘어뜨린 채 힘없이 걷고 있는 혜원. 그놈의 양심이란 게 뭔지 결국 드레스는 환불 못했고, 주머니를 뒤져 보니 3만 원가량이 나온다. 할 수 없네. 오늘은 그냥 여관에서 자고, 내일 꼭 아르바이트를 구해야지. 어디 숙식 제공는 그런 곳 없나? 이 나이에 주방 아줌마를 할 수도 없고, 참.

조금 더 걸어가며 둘러보니 유흥가와 밀접한 모텔가가 나온다. 마치 세상과 동떨어져 있는 것만 같은 또 다른 세계인 양 눈부신 유흥가. 아직까지도 많이 쌀쌀한 밤공기를 느끼며, 혜원이 조금 걸음을 재촉한다. 그때…

"쪽… 쪼오오옥……."

멈칫.

그냥 듣기에도 충분히 장면이 연상되어 버리는, 저 은밀한 소린 대체 뭐란 말이냐. 정말 보고 싶지는 않았지만—후후, 과연 그럴까?— 아주 조심스레 소리나는 쪽으로 고개를 돌려보는 혜원의 눈에, 미성년자 관람불가의 한 장면이 적나라하게 연출된다. 어느 클럽주점의 후문 쪽 벽에서 서로를 거칠게 끌어안은 남녀. 정신없이 입맞춤을 하고 있는 그들의 모습이 주차되어 있는 차들 사이로 간간이 보인다. 누가 보고 있는지 신경도 안 쓰는 듯 아주 열심히 몰입하고 있는 그들. 순간 민망함에 귀밑까지 시뻘게진 혜원이다.

이, 이런… 빠, 빠, 빨리 어디로 가, 가야 되는데(자기가 왜 말을 더듬는지, 본인도 이해되지 않는 상황임).

"어이~ 이런 데서 뭐 하시나?"

움찔.

안절부절못하며 갈 곳을 찾던 혜원에게 갑자기 낯선 검은 그림자가 다가온다. 그냥 보기에도 험상궂게 생긴 이른바 '조폭' 의 형상을 한 사내.

"어디? 여기 들어가려고? 누구랑? 이 오빠랑?"

때마침 혜원의 앞에 위치한 한 모텔을 가리키며 능글맞게 웃는 모습이 영락없는 불.한.당.

"아… 저기… 제가 좀 바빠서요. 그럼."

"어허~ 어딜 가려구. 오빠의 가슴에 불을 질렀으면 끄고 가야지~"

움찔.

부, 불이라니요. 이러지 마세요, 아저씨. 난 밤에 불장난 같은 거 절대 안 한다구요. 식은땀까지 흘리며 어쩔 줄 몰라 하던 혜원이 사내를 피해 그냥 막 뛰어가 보려는데, 이를 놓칠세라 눈동자를 희번덕거린 사내가 혜원의 손목을 힘 주어 확 낚아챈다.

"아얏! 왜, 왜 이러세요!"

"왜 이러긴, 귀여워서 그러지. 자, 얌전하게 같이 들어가실까?"

"꺄아아아아아아아아아아앗—!!"

순간 끝내주는 목청으로 대뜸 소리를 질러 버린 혜원. 그도 그럴 것이 갑작스레 사내가 혜원의 엉덩이를 살짝 건드린 탓이다. 장난 아니게 큰 목소리에 당황한 사내가 괜히 혜원을 노려보며 인상을 쓴다.

"이런 쌍!! 어디서 소릴 질러?! 다치기 싫으면 얌전히 안 따라와?!"

"사, 사, 사람 살려요!! 살려주세요—!! 꺄아아아아악—!!"

이때다 싶어 연이어 소리를 지르기 시작하는 혜원의 손목을 더욱 세게 끌어당기던 사내가 안 되겠는지 혜원을 땅바닥에 힘껏 내동댕이친다. 그 바람에 그대로 바닥에 나가떨어진 채 겁에 질려 고개를 떨군 혜원을 의미심장하게 바라보며 다가서는 사내.

"안에 들어가지 말고 그냥 여기서 하자 이거지? 후후, 바라던 바야."

지나다니는 사람도 전혀 없었다. 미처 눈치 못 챘지만, 골목 안쪽으로 깊숙이 들어와 버린 탓에 인적이 뜸한 것이 어쩌면 당연한 거였다. 조금씩 다가오는 사내의 발소리에 소리 지르는 것조차 잊어버린 채 그저 달달달 떨고 있는 혜원. 깜빡이는 것조차 잊은 듯 심하게 일렁이는 맑은 눈동자 가득 어느새 물기가 어린다.

"뭘 이렇게 떨고 그래. 오빠가 안 아프게 해줄게. 후후."

상황을 무척이나 즐기는 듯 시니컬하게 웃더니 손을 뻗어 혜원의 머리결을 가만히 쓸어 내려주던 사내가 천천히 혜원의 어깨를 쓰다듬기 시작한다. 그리고 그 순간,

퍼억!!

"……!"

갑작스런 누군가의 강한 공격에 옆구리를 움켜쥐며 고꾸라지는 사내.

"미친놈. 하고 싶으면 너 혼자 실컷 해, 새꺄."

퍼억! 퍽!! 퍽!!

"…크훗… 으윽…"

계속되는 공격에 사내가 그만 괴로운 비명을 지르며 나가떨어진다.

"죽고 싶구나? 이딴 짓거리 하면서 살길 바란 거야, 설마? 병신."

“…으윽… 자, 잘못했… 크헉……”

어느새 피투성이가 된 채로 사정하는 사내를 마지막까지 발로 사정없이 밟아버린다. 얼굴이며, 등이며, 팔다리며, 왠지 소리만으로도 굉장한 타격인 듯, 닿는 즉시 사내의 몸이 심하게 꿈틀댄다. 마치 분풀이라도 하듯 감정을 실어 있는 대로 힘껏 밟아대는 누군가. 그러다 결국,

“한 번만 더 이 근처에서 눈에 띄면 아주 죽여 버린다. 꺼져.”

말이 끝나기가 무섭게 서둘러 무거운 몸을 이끌며 뒤도 안 보고 도망가는 사내. 그리고 아주 천천히 혜원에게 다가오는 누군가.

“……”

아무 말도 할 수가 없었다. 간신히 온몸을 감싸 안은 채 겁에 질려 그저 오들오들 떨고만 있는 혜원. 어느새 헝클어진 머릿결 사이로 적잖이 울어버린 듯 잔뜩 젖어버린 얼굴이 보인다. 젠장… 넌 왜 항상 이런 모습인 거야… 왜.

“……”

말없이 혜원의 옆에 주저앉은 민우가 가만히 손수건을 꺼내어 내민다. 그리고는 한참이나 그저 손수건만 바라보던 혜원이 조금 고개를 들어 민우를 바라봤을 때…

또르르.

혜원의 눈에 가득 차 올랐던 눈물이 흘러내리며 흐렸던 시야가 조금씩 걷이고, 이내 낯익은 누군가임을 알아챔과 동시에 순식간에 놓여지는 안도의 마음이란… 이… 이 사람… 오토바이?

오들오들. 가늘게 떨리는 입술을 움직여 뭐라고 말을 하려는 것도 같은데… 고맙다고, 정말 고맙다고 말하려는 혜원. 한참이나 여리게 눈빛을 일렁여 가며 울먹이는 표정으로 차마 말을 못 잇는 혜원을 침묵으로 바라보는 민우. 그리고,

와락.

더 이상 그대로 두고 볼 수가 없어 가만히 품 안에 끌어당겨 안아 버린다. 거친 듯하면서도 부드러운 손길로 가슴 가득 혜원을 안아주는 민우. 그리고 아무 힘도 없이 그렇게 그저 민우의 품에 안겨 버린 젖은 얼굴의 혜원.

"괜찮아. 이제 괜찮다구."

"…으흑… 나… 나… 흑……."

복받쳤던 울음이 결국 터져 버리고 적잖이 놀란 듯 아직까지도 심하게 떨고 있는 혜원을 느끼며 지그시 눈을 감아버리는 민우. 한순간에 놓아지는 극도의 놀람과 공포의 짓누름에 끅끅대고 마는 혜원의 머리를 조심스레 쓰다듬어 준다. 그런 민우의 품 안에서 소리 죽여 울어버리는 혜원과 혜원의 눈물과 흐느낌만으로 심하게 아려오는 마음을 느껴보는 민우다. 울다니… 혜원이 지금 울고 있다니… 뭔가가 가슴 한구석에 심하게 상처를 낸 듯이 그렇게 아주 많이 아파오는 느낌. 그렇게 아주 많이 속상해지는 느낌이다.

*

"그래, 알겠네. 그렇게 함세."

수화기를 내려놓는 지 회장의 눈에 마침 현관을 들어서는 수혁이

보인다.

"다녀왔습니다."

"오, 그래. 이리 좀 앉아봐라."

"식사는 하셨어요?"

"그럼, 시간이 몇신데. 약속이 있었다구?"

"아, 예. …친구를 좀 만나느라구요."

소파에 앉아 지 회장과 마주보는 수혁. 테이블에 놓여 있던 커피 잔을 들어 한 모금 들이마신 후 다시 입을 여는 지 회장.

"방금 김 실장과 통화했다, 명단 뽑아놓으라고."

"명단… 이라니요?"

"위임식을 하자마자 정신이 없겠지만 이 아비가 보기엔 하루가 급한 건 사실이야. 모레 정도부터 바로 선봐라."

순간 당황한 수혁의 눈이 많이 흔들린다. 짐짓 태연한 척 계속 말을 잇는 지 회장.

"남자가 사업을 하려면 자고로 안정적인 가정이 있어야 해. 안에서 내조를 잘해야 나가서도 일이 잘 풀리고 하는 거야."

"그렇지만 제 나이 이제 겨우……."

"이 녀석아, 스물넷이 겨우냐? 사업하는 사람들, 어렸을 때부터 집안끼리 정해준 배우자 만나는 게 일반적으로 스물이다. 안 그래도 제대로 여자 한 번 사귀지 않은 니 녀석 걱정이 태산인데 이대로 놔뒀다간 서른 넘기는 건 시간문제야, 너."

"……."

후계자 위임식이 바로 어제였다지만, 지 회장이 수혁의 결혼을 서두르는 게 그리 갑작스런 일은 아니다. 국내 최고의 재벌기업 장남인데다가 매너 좋고, 인물 뛰어나기로 유명한 수혁에게 어릴 적부터 손을 뻗치는 집안들은 유독 많았다. 정략결혼이라고 하기엔 좀 뭐하지만 한시라도 빨리 자신의 딸과 연결하고픈 내노라하는 기업들을 수혁은 거절하기 일쑤였다. 미모가 빼어난 명문가 집안 딸들이 기본이건만 어째서인지 수혁은 불편해하고 싫어하는 기색이 역력했다. 그러기에 지 회장은 오랫동안 벼르다 위임식이 끝난 후에야 이렇게 서두르는 것이었다.

"당장 다음주부터 전체적인 실무를 책임져야 할 텐데, 혼자서도 잘할 수 있다지만 내조를 무시할 수는 없는 거야. 대한기업 영한이나 성무그룹 현길이 봐라. 스무 살에 집안끼리 빨리 맺어줘서 벌써 실적 올리고 한다잖니."

"아버지, 전 아직은……."

"민우 녀석 봐서라도 니가 자리를 잡아야지. 이제 녀석 대학 가면 아비도 더 신경 못 쓸 텐데, 너와 며느리가 민우를 챙겨줘야 하지 않니."

멈칫.

자칫 잔인하게 생각될 수도 있지만 수혁의 아킬레스건은 언제나 오직 한 가지, 민우.

"두말할 것도 없다. 당분간 만나보면서 마음을 정해. 들어가 봐라."

“……”

수혁에게 있어 매사에 권위적인 건 아니지만, 지 회장은 이렇게 한 번 말한 건 끝까지 자기 뜻대로 상대를 관철시키는 성격이다. 그나마 수혁의 결혼에 있어서는 많이 기다려 줬다고 생각된다. 더 길게 말해 봤자 귀담아 들어주지 않을 지 회장이기에, 그리고 늘 그래 왔듯 이 번 역시 지 회장의 말대로 해나갈 자신일 테니… 별다른 말없이 고개를 조금 떨군 채 들릴 듯 말 듯 한숨을 내쉰 수혁이 천천히 일어선다. 알고는 있었지만, 위임식을 준비할 때부터 자신의 결혼은 다음으로 정해진 순서라는 걸 알고 있긴 했지만. 자꾸만 뭔가가… 왜 이렇게 자꾸만 뭔가가 마음속에서… 왜…

신문을 펼쳐 드는 지 회장의 눈에 어두워진 수혁의 얼굴은 보이지 않는다. 조심스럽게 계단을 오르는 수혁의 마음 한구석에서 자신도 알 수 없는 그 무언가가 계속해서 아스라이 피어오른다.

✳

[담배 한 대 피우고 온댔어. 금방 온다구, 먼저 들어가라구.]

서은의 말에 한참이나 술을 마시며 민우를 기다려 본 지가 벌써 30여 분. 민우가 있었던 후문 쪽으로 나와본 은규가 천천히 핸드폰을 열어 귀에 갖다 댄다. 아무리 둘러봐도 근방에서는 민우의 모습이 보이지 않는다. 가만히 꺼내 문 담배 끝이 타 들어가고, 귓가에 서너 번 신호가 가더니…

[…여보세요.]

“나 은규야. 너 어디냐?”

왠지 조용한 것 같은 분위기가 수화기 너머로 전해진다.

[미안하다. 일이 좀 생겨서 먼저 왔어.]

"갑자기 일이라니? …그래서 어딘데? 집이야?"

착 가라앉은 민우의 목소리에 괜스레 자신의 목소리도 작아진다. 왠지 모르게 수화기 건너편의 민우가 잠시 머뭇거린다고 느껴지고…

[…내일 학교에서 보자. 끊는다.]

"……."

가만히 핸드폰을 들여다보는 은규. 어느새 끊어진 채 깜박이고 있는 민우의 번호. 플립을 닫아 주머니에 넣고는 한 모금 길게 들이마신 담배를 바닥에 던진다.

충분히 말을 아끼고 있었다. 아까 전만 해도 꽤나 취한 모습이던데. 갑자기 사라져서는 이렇듯 침착한 분위기라니… 마치 어제처럼… 약속 시간에 갑자기 사라졌던 어제처럼, 민우는 또 그렇게 갑자기 보이질 않는다. 아무 일도 없을 거라고 생각은 되지만 지금 은규에게 걱정되는 건 그게 아니다.

[…난 그 딴 거 몰라. 알고 싶지도 않구.]

자신이 결코 예민해서가 아님을, 그저 믿고만 싶어지는 낯선 느낌… 처음이라고 알고 있고, 그렇기에 더욱 좋아보이던 친구의 아련한 눈빛들 모두… 만난 거구나. 아주 작게, 그러나 기분 좋게 피식 웃어버린 은규가 다시 천천히 클럽 안으로 들어간다. 그러면서도 민우에 대한 걱정을 접어두려 앞선 기대감을 확신하게 되는 느낌이 소중하다.

탁.

플립을 접어 테이블 위에 아무렇게나 던져 놓은 민우가 가만히 소파 뒤쪽에 기대어 앉는다. 그런 민우의 앞쪽에 앉아 따뜻한 커피 잔을 두 손으로 감싸 쥐고 있는 혜원.

[많이 추워? …왜 이렇게 자꾸 떨어.]

춥기 때문에, 단지 밤공기가 추워서 그렇게 심하게 떠는 게 아니란 걸 민우는 아주 잘 알고 있었다. 다만 그런 식으로라도 혜원의 기억을 다른 쪽으로 끌어주고 싶은 마음에, 날씨가 춥긴 춥다고 둘러대면서 근처 카페로 데리고 들어왔다. 자리를 잡고 앉아 커피를 시키고, 조용히 흐르는 감미로운 발라드 음악을 듣다가 은규가 걸어온 전화를 짧게 끊을 때까지 둘은 좀처럼 아무 말도 하지 않고 있었다.

"그러게 그런 덴 왜 서 있던 거야? 그것도 혼자서… 위험하다는 거 몰랐어?"

기어이 오랜 침묵을 민우가 조심스레 깨주고…

"그런 덴 나 같은 애나 가는 데라구. 넌 안 어울려. 알아?"

피식.

안 어울린단 민우의 말에 안심이라도 시켜줄 것처럼 조금 고개를 들어 웃어주는 혜원.

[어이~ 이런 데서 뭐 하시나?]

모텔가에서 작업 걸려는 낯설지 않은 말소리. 그냥 충분히 외면할 수도 있는 상황이었지만…

[어디? 여기 들어가려고? 누구랑? 이 오빠랑?]

서은과 진하게 키스를 나누고 있다가 조금 방해가 되었을 뿐이다. 처음엔… 정말, 단지 그것뿐이었다.

[어허~ 어딜 가려구. 오빠의 가슴에 불을 질렀으면 끄고 가야지~]

천천히 고개를 돌렸을 때… 그냥 한 번 쏘아봐 주려고 고개를 돌린 순간…

[왜 이러긴. 귀여워서 그러지. 자, 얌전하게 같이 들어가실까?]

움찔.

너무도 확실하게 느껴지던 경직… 보일 듯 말 듯 힘 주어 움켜쥐고만 주먹. 단순히 아는 얼굴이라서는 더 더욱 아니었다. 뭐라고 표현하기 힘든 그런 분노가 자신도 모르게 얼굴을 일그러뜨리게 만들었다. 그리고…

[이런 썅!! 어디서 소릴 질러?! 다치기 싫으면 얌전히 안 따라와?!]

순간적으로 발끈하는 마음을 감출 수가 없어서… 다른 건 아무것도 보이질 않고 오직 혜원의 울 듯한 표정밖에 모르겠어서… 당장이라도 달려가서 감싸주지 않으면 안 될 것만 같기에… 벌써부터 혜원의 아련하던 눈빛이 크게 남아버렸기 때문에.

[뭘 이렇게 떨고 그래. 오빠가 안 아프게 해줄게. 후후.]

피가 거꾸로 솟구치는 느낌… 쉽사리 진정할 수가 없는 마음… 앞뒤 생각할 겨를이나 의지 따윈 벌써 사라진 지 오래라서 살기 가득한 눈으로 사내를 쏘아보며 그대로 주먹을 날려 버렸고…

“…고마워요, 정말.”

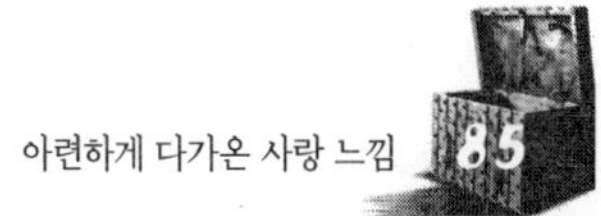

잠시나마 기억을 끄집던 민우에게 조심스레 말을 건네는 혜원. 이제야 겨우 진정된 것 같은 혜원의 목소리에 가만히 눈을 맞춰주며 민우가 살짝 차갑게 미소 짓는다.

"어제랑 오늘이랑… 자꾸 신세만 지네요. 죄송해요."

왠지 혜원에게 부담 주기 너무나 싫은 민우에게 혜원의 죄송하단 말은 별로 반갑지 않다. 괜히 심술이 난 민우가 소리없이 혼자 눈썹을 꿈틀거린다.

"아침에 소리없이 사라진 건 죄송하지 않아? 생명의 은인한테."

"아, 그래요. 그것도 죄송해요, 정말. 아침에 너무 경황이 없어서 그만……."

이렇게 쏘아주면 조금은 나아질 줄 알았는데, 젠장. 안절부절 더 움츠러드는 혜원의 모습에 민우는 기분이 더 가라앉고 만다.

"그냥 한 소리야. 아픈 몸으로 사라지니 걱정이 안 돼? 괜찮으면 됐어."

따스함. 차갑고 냉랭하지만 은근히 느껴지는 그의 따스함에 혜원이 또 조금 미소 짓는다.

"어제도 못 물어봤는데. 오늘은 왜 거기 있었는지 들을 수 있나?"

"…잘 데가 없어서요. 여관을 찾다 보니 거기에 많길래."

너무 솔직했나 후회가 되긴 하지만, 왠지 민우에게는 거짓말을 못하겠다고 느끼는 혜원. 그의 눈빛이 너무 예리하게 보이는 탓인가. 단지 그런 이유인가.

"잘 데가 없어? 정말 가출이라도 한 거야?"

“…그런 셈이죠. 죄짓고 나온 건 아니니까 나쁜 건 아니구요.”

조금씩 기어들어 가는 혜원의 말투에 문득 옆 쪽에 놓인 옷 가방을 힐끔 쳐다보는 민우. 그런 민우의 눈길에 고개를 조금 떨구는 혜원의 눈가가 슬퍼 보이는 건 착각인지.

“너 바보냐? 반대 편에 여관 몇 군데 있구만 굳이 모텔촌까지 기어 들어 오구.”

“모… 모텔… 촌이요?”

“모텔이 뭐 하는 곳인진 알지? 단순히 잠자러 들어가는 곳은 아니라는 거.”

“…….”

적나라한 민우의 말에 괜히 더 할 말을 잃고 당황하는 혜원이다. 그런 혜원을 보다가 또 씩 웃더니 다시금 입을 여는 민우다.

“…우리 집에 갈래? 내가 재워줄게.”

“아뇨, 아뇨. 괜찮아요. 더 이상은 신세지기 싫어요. 그보다…….”

단호하지만 무례하진 않게 거절하고는 민우와 조심스레 눈을 맞추는 혜원.

“혹시 근처에 아는 여관 있어요? 좀 안전하고 그런 곳. 실은 밖에서 자는 거 처음이라 나 아무것도 몰라서…….”

두근.

해맑은 눈빛. 왠지 모르게 감싸주고픈 느낌의 아련함. 자신을 향한 순진한 혜원의 눈빛에 순간 조금 멈칫해 버리는 민우. 뭐… 뭐야. 나… 대체 뭐가…

“귀, 귀찮겠지만 정말 아무것도 몰라서… 그러니까 방 하나만 잡아주시면 고맙겠어요.”

정말 아주 많이 미안한 듯 쩔쩔. 여전히 할 말을 잃고 바라보기만 하는 민우의 얼굴은 굳은 표정. 뭐가 이리도 자꾸 뛰어대는 심장과 설레임인 건지… 낯설기에 괜스레 안 좋아지는 기분. 젠장. 정말… 나…

“아, 아니면… 그냥 약도만 가르쳐 주시면 제가 알아서 찾아갈게요.”

차가운 표정을 하고는 계속해서 대답이 없는 민우 탓에 고개도 잘 못 들고 눈도 못 맞춘 채 마주 잡은 손만 꼼지락꼼지락. 어느새 그런 혜원이 왠지 귀여워 민우는 자신도 모르게 살짝 지어지려는 미소를 힘겹게 참는다.

“…아니, 아니다. 아까 거기 반대 편에 몇 군데 있다 그랬죠? 제가… 그냥 알아서 찾아갈 수 있겠…….”

“아까 거기 다시갈 수 있겠어? 자꾸 생각날 텐데?”

멈칫.

끝내 대답을 해주지 않는 민우에게 절망하며 주섬주섬 옷 가방을 들고 일어서려던 혜원이 문득 동작을 멈춘다. 아무렇지 않은 척하고는 있지만 사실은 아직까지도 많이 무섭다.

“나중에 이자까지 배로 쳐서 청구할 테니까 맘껏 부려먹어. 방 잡아주는 거야 뭐 어렵냐, 나가자.”

혜원이 미안해할까 봐 앞장서서 나가는 민우를 보며 가만히 따라

나서는 혜원. 결국 또 한 번 신세지게 되긴 했지만 왠지 알게 모르게 배려가 따뜻하다고 느껴지는…

"뭐 해? 빨리 안 오냐? 늦장 부리면 취소한다!"

잘못 안 건 아닐까, 다시 한 번 생각해 봐야겠다는 혜원이다.

어, 어떡해.

3만 원밖에 없다는 소리를 미처 못했구나 하고 깨닫지만 어째 늦어도 많이 늦은 듯.

"뭐 해? 들어와."

여기저기 번쩍이는 금소재의 장식들과 은은하면서도 고급스럽게 빛나는 조명들. 조심스레 혜원을 방 안으로 잡아끈 민우가 문을 닫고는 안쪽으로 이끌며 들어간다. 어림잡아 30층 정도는 되어 보이던, 고개가 아플 정도로 높고 거대하던 호텔. 아무 말 없이 따라오긴 했지만, 여관에 데려가는 것이리라 믿어 의심치 않은 혜원이었다.

[…불만없지? 이 근방에서 제일 안전한 곳이라구.]

아, 안전한 건 좋은데 말이지. 분명히 여관을 알아봐달라고 했잖아!! 나 돈 없단 말야.

화려하기 그지없는 호텔 앞에서 어쩔 줄 모르고 마냥 서 있는 혜원을 억지로 끌고 들어온 민우에게 제지를 가하는 사람은 아무도 없었다. 오히려 아주 깍듯이 예의를 차려 사방에서 꾸벅 인사를 하던 직원들. 마치 민우를 아주 잘 아는 것처럼 낯익게 대하는 그들이다.

"…근데 텔레비전에서 보면 숙박부 같은 거 쓰던데……."

“아는 것도 많다. 내가 벌써 썼으니까 걱정 마.”

저런 빤히 보이는 거짓말을… 오자마자 날 끌고 들어왔으면서 언제. 이러다 한밤중에 나가라고 내쫓는 거 아냐?

“그렇게 서 있지만 말고 좀 앉으라구. 천장 안 무너져.”

“저, 저기요.”

자상하게 커튼까지 쳐주고 이곳저곳 살펴보는 민우를 혜원이 부른다.

“아무래도 여긴 안 되겠어요. 그냥 나가요, 우리.”

“왜 그래? 맘에 안 들어?”

“그런 게 아니구요. …나 사실은 돈이 별로 없어서…….”

우물쭈물인 혜원을 바라보며 피식 웃던 민우가 주머니에 손을 꽂으며 천천히 다가온다. 약간 비스듬히 기울인 그의 고개를 따라 결 고운 은빛 머리가 차르르 떨어진다.

“돈 때문에 그러는 거야? 내가 벌써 냈어, 신경 쓰지 마.”

“네? 어, 언제요?”

“실은 여기 내 친구네 아버님 호텔이야. 그 녀석, 내 밥이거든.”

은규야, 미안. 그래도 여전히 안절부절인 혜원을 보며 한 번 더 피식 웃는 민우. 그러더니 침대 옆 쪽에 있는 스탠드 불빛을 은은하게 맞춰준다. 또 이리저리 살피다 침대 가장자리에 조금 들려진 시트도 가지런히 해주고는,

“우리 집에 신세지기 정 싫대서 못 데려가는 것뿐이야. 원한다면 며칠이고 계속 있어도 되구. 그럴수록 난 좋지만.”

"아, 아무리 그래도 여긴……."

"신세 갚는다며? 그래 놓고 낼 아침에 또 사라져 버릴까 봐 붙들어 두려는 거야. 당분간은 여기 있어. 내 말대로 해."

당장 갈 데가 없다는 걸 말은 이렇게 하면서도 충분히 배려해 주고 있다. 딱 하루만 부탁한다고 하면서도 나… 사실 갈 곳이 없어 계속 걱정이라는 표정이었나. 이만 나가줘야겠다는 생각에 천천히 혜원의 곁을 스쳐 지나 문 쪽으로 걸어가는 민우.

"갈게. 불… 꺼줄까?"

"…저기, 고마워요."

움찔.

스위치에 닿았던 자신의 손끝이 왠지 조금 떨리는 것 같은 느낌에 민우가 멈칫한다.

"말로는 부족하겠지만 정말 고마워요. 잊지 않을게요."

뭔가, 아주 조금씩 그렇게… 가슴 벅차게 따뜻해지는 기분. 가만히 돌아보니 자신을 향해 환하게 웃어 보이는 혜원이 보인다. 그리고…

"…내 이름은 '저기'가 아니라 이민우야."

나지막한 말과 함께 기분 좋게 씩 웃고는 그대로 문을 닫고 밖으로 나오는 민우.

[…저기, 고마워요.]

조심스레 문에 기대어 선 채 고개를 조금 뒤로 젖힌다. 감겼던 그의 눈이 살짝 떠지며 허공 속에 누군가의 모습을 그리고…

[말로는 부족하겠지만 정말 고마워요. 잊지 않을게요.]

자신도 모르게 또 한 번 씩 웃고 마는 입술. 아련하게 젖어드려는 눈가를 거칠게 한 번 쓰다듬고는…

[…잊지 않을게요.]

혜원… 한 손을 뻗어 벽에 대고는 그렇게 천천히 복도를 가로질러 걸어나가는 민우. 자꾸만 가슴 가득 뭔가가 아주 특별해지는 기분이다.

[…내 이름은 '저기' 가 아니라 이민우야.]

민우… 이민우. 가만히 그의 이름을 되뇌이며 혜원은 침대 끝에 살짝 걸터앉는다. 실내가 워낙 따뜻해서인지 금세 온몸이 나른해지는 것 같다. 정말 고맙지만 나 오늘 딱 하루만 신세질게요. 더 있고 싶은 맘은 굴뚝같긴 하지만 남에게 의지하는 버릇은 이젠 버려야 하니까. 천천히 뒤로 기대어 눕는다. 폭신하고 향긋한 매트가 느껴져 자신도 모르게 눈을 감아보다가 뭔가가 생각난 듯 얼른 주머니를 뒤적인다.

[전화해요.]

손에 들린 수혁의 연락처를 물끄러미 바라보더니 조심스레 반으로 접어 스탠드 옆에 올려두는 혜원. 연락해도 될까. 자기 탓이라고 책임의식 느끼는 거 같은데… 그냥 일자리 구해준다는 것뿐이니까 그쯤은 괜찮지 않을까? 하긴 나도 그 사람 부탁 들어줬으니까 뭐. 따지고 보면 진짜 알바 잘린 거 그 사람 탓인 것도 같고. 상당히 단순한 성격. 매우 미안해하다가 금세 또 합리화시키는 혜원이다. 그래도 말은 이렇게 한다지만 실은 자신을 바라봐 주던 수혁의 따스한 눈빛이 못내 그리운 것 같기도 하다.

땡.

문이 열리고, 엘리베이터에서 내린 민우가 천천히 프런트로 다가간다. 아까와 마찬가지로 여기저기서 예의를 갖춰 민우를 향해 직원들이 인사한다. 그리고…

"웬일이신가? 올라간 지 30분도 안 됐는데."

사람 좋게 웃고 있는 한 남자가 민우를 반갑게 맞는다. 그의 가슴에 달린 직위표시 명찰이 이 호텔의 최고 매니저임을 알려준다.

"놀리지 말아요, 아저씨. 그런 사이 아니니까."

"놀리긴. 다만 의아해서 여쭤본 것뿐입니다, 도련님."

민우가 '아저씨'라고 부르는 매니저, 손성훈. 은규의 아버지가 경영하는 명성그룹의 자회사인 이곳 호텔의 최고매니저이자 민우와 우진을 은규와 함께 어려서부터 봐온, 다시 말해 은규의 작은아버지이기도 하다. 더불어 민우네 선진그룹과도 친분이 있는 터라 아버지라면 기겁하는 민우에게 성훈은 언제나 민우가 쉴 곳을 제공해 주는 고마운 존재이다.

"그나저나 역시 기대를 저버리지 않는구나. 이틀 전 그 아가씨가 아닌 걸 보니."

"그.런. 사.이. 아.니.라.니.깐.요. 죽어요."

성훈의 말이 무슨 뜻인지 잘 알고 있다. 그리고 자신의 반항을 묵묵히 지켜봐 준다는 것도… 물론 처음에는 성훈도 기겁을 하고 말렸지만, 민우의 아픈 속내를 누구보다 잘 알기에, 이제는 그저 기다려 주는 게 정도라는 걸 깨달았다.

"며칠 있게 될지도 몰라요. 내가 수시로 들를 거지만 나갈 때까지 잘 좀 챙겨주세요. 부탁드려요."

처음 보는 여자와 같이 룸으로 올라간 지 30분도 채 안 되어 나왔 다는 것부터가 민우에게는 처음 있는 일이었다. 여자와 함께 온 대부 분의 경우 호텔에서 머물고 다음날 아버지와 마주치지 않기 위해 그 대로 학교로 가거나, 아니면 여자와 재미 좀 보다가 자정이 다 되어 서야 호텔을 빠져나가던 게 민우인데. 성훈은 조금 더 의아한 표정으 로 민우를 보다가 알았다고 고개를 끄덕이며 웃어준다.

"…그리고… 또 부탁인데요."

한층 작아진 민우의 목소리에 덩달아 진지한 얼굴로 성훈이 귀를 갖다 댄다.

"은규 녀석한테 아는 척 마세요. 절대 비밀, 꼭이요."

"비밀?"

"그 녀석이 알면 안 되니까 비밀 지켜요. 안 지키면 나 아저씨 안 봐요."

쑥스럽단 말입니다. 강한 어조로 말하는 민우가 정말 여느 때와 많 이 다르다. 왠지 무척이나 조심스러운 것 같은 태도 하며 비밀이라고 하면서 저렇게나 반짝이는 눈빛 같은 게…

"알았네요. 비밀로 해줄게. 녀석."

기꺼이 끄덕여 주는 믿음직스런 성훈의 말에 민우가 기분 좋게 웃어 보인다. 그런 민우를 바라보며 같이 웃는 성훈은 정말 처음으로 뭔가가 많이 다른 민우라고 느낀다.

✳

"후우……."

가만히 한숨을 내쉬더니 침대 뒤쪽에 기대어 앉는 수혁.

[모레 정도부터 바로 선봐라.]

한 번 말한 건 좀처럼 어기기 힘든지 회장의 성격을 알기에 더욱 답답하다. 사실 결혼에 마음이 없었다 할지라도 사업에 도움이 되겠단 아버지 뜻이라면 굳이 거역할 생각은 없었다.

정략결혼이란 거 나중 일이지만 여자에 애초 관심없는 자신이 피할 이유는 없다는 생각에서였다. 꼭 해야 하는 결혼이라 한다면 조건 맞춰 사업에 도움되는 아무나, 정말 말 그대로 아무 여자나 수혁에게는 상관이 없었다. 하지만… 하지만 지금은…….

[…민혜원이에요.]

확실해진 것 같았다. 혹시나 했던 우려의 마음이 혜원과의 두 번째 만남으로 너무도 명확히 알려주었다. 아직 단정 짓기엔 너무 이르지만 이르다는 걸 알기에 다가서기도 조심스러운 거지만… 가만히 허공을 바라보는 수혁. 살짝 감기듯이 뜬 부드러운 눈빛에 끊임없이 머금어지고 마는 아련한 그리움, 자꾸만 넘겨짚어도 괜찮을 것 같다는 생각, 조금은 욕심 내봐도 괜찮지 않을까 하는 느낌, 아니, 아주 솔직히 말하자면…

"…민… 혜원……."

벌써 끌리고 있는 건지도 모른다. 처음 그 눈빛에 끌려 다가섰던 그 순간부터, 아쉽게 놓쳐 버리고 후회하던 그 모든 순간들과 다시 만날 수 있기만을 바라던 매 순간 순간들… 그리고 다시 한 번 눈을 마주했을 때의 그 느낌까지 수혁은 잊을 수가 없었다. 조용히 소리 내어 혜원의 이름을 불러본 자신의 입가가 왠지 떨려오는 듯… 그러면서도 조금도 부정할 수가 없는 솔직한 마음들이 벌써부터 너무나 소중하다는 생각… 괜스레 낯선 자신의 모습이 우스운 수혁은, 금세 피식 하고 작게 웃어버리고 만다.

"뭐야. 뭐가 그리 좋아서 웃어?"

언제 들어왔는지 문에 기대어 선 민우가 살짝 팔짱을 낀 채 수혁을 바라보고 있다.

"이 자식, 노크라도 좀 하고 들어오지."

"했는데 못 들었겠지. 대답이 없길래 뭐 하나 했더니 진짜 뭐 하는 거야?"

놀리는 듯한 말투로 의자를 가져다가 수혁의 앞쪽에 앉으며 민우가 묻는다.

"아서라. 애들은 몰라도 된다."

"어쭈? 나이 좀 많다고 티 내는 거야? 맘에 안 들어."

"…선보라신다, 아버지가."

'아버지'란 말에 조금 굳어지는 얼굴을 수혁의 앞이기에 그나마 티 안 내려는 민우.

"선은 왜? 형 벌써 결혼하래?"

"너나 나나 벌써라고 생각하는 그 결혼이, 형 나이면 많이 늦은 거라신다. 하긴 다른 집안 애들을 봐도 스무 살 남짓 할 때 거의들 결혼하고 사업을 하니까."

"…정략결혼 같은 거야?"

아쉬움이 묻어나는 말투의 민우를 괜스레 기특해하는 수혁.

"걱정되냐?"

"안 그래도 생전 여자 모르고 살아서 형 인생이 불쌍한데, 거기다 정략결혼까지 하면 너무 심한 거 아닌가 해서 그러지."

"자식, 잘 나가다가 꼭."

몸을 일으킨 수혁이 손을 뻗어 민우의 머리를 살짝 헝클어뜨리며 웃는다. 그러다가 문득 다시금 처연해지고 마는 수혁의 얼굴. 그래, 니 말대로 형은 평생 여자 모르고 살았어. 그게 당연하다고 생각했던 적도 있었고… 계기야 어쨌든 다시는 사랑하는 일은 없을 거라 믿었어. 근데 흔들린다. 형 자꾸 흔들려, 민우야. 난생처음으로 감싸주고 싶은 여자를 만난 것 같아. 그래서 낯설고 두렵기도 해. 그렇지만 그보다 더 곁에 두고 싶은 맘뿐이라서… 그래서 형 지금…

"어제에 이어 오늘도 들어오다니, 뭔 바람이냐, 넌?"

"하여간 이 집 식구들, 자식이 집에 들어와도 안 반긴다니까."

"그게 아니라 솔직히 니 생각에도 대견하지 않냐? 이런 적 없었어, 너."

없었지… 정말 나 이런 적이 없었어. 아버지와 마주치는 거 죽기보다 싫어하니까. 집에 들어오는 거 일주일에 한 번도 대단한 거였는데… 근데 나 어쩌면… 앞으로 이것보다 훨씬 더 대견해질지도 몰라, 형.

"시끄러. 들어왔다고 인사나 하러 온 거야. 잘 자."

"저거 말 피하는 것 봐. 뭐가 있긴 있는 것 같은데?"

"있긴 뭐가. 아무것도 없어. 나 간다."

"참, 민우야."

괜히 찔림(;;)에 서둘러 자리를 피하려고 방문을 여는 민우를 수혁이 부른다.

"너 이제 고3인데 공부는 하고 있는 거야? 대학은 갈 거지?"

"글쎄, 갔으면 좋겠어? 형 생각은 어떤데?"

"형 생각이 중요한 게 아니잖아. 말해 봐."

항상 그래 왔듯 서로의 의견을 아껴주는 수혁과 민우. 무척이나 따스하게 타일러 주는 수혁과 문의 양쪽 손잡이를 잡은 채 문 모서리에 장난스럽게 턱을 비비는 민우다.

"가야지. 은규 녀석도 과외 알아본다고 그러던데."

"그래도 역시 나은 건 은규구나. 너도 과외 알아봐 줘?"

"그럼 고맙구. 암튼 나 이제 진짜 나간다."

"그래, 잘 자라."

탁.

작은 문소리와 함께 민우가 나가고, 수혁의 얼굴이 살짝 웃는다. 그렇게 노는 와중에도 제법 대학 가야겠단 생각을 했다는 게 그렇게 기특할 수가 없다.

*

삐리리~삐리리~

뭐야… 무슨 소리지? 이마를 조금 찌푸리며 살짝 눈을 뜨는 혜원. 한밤중이라 생각했는데, 어느새 가려진 커튼 사이로 밝은 햇살이 비춰지고 있었다.

삐리리~ 삐리리~

좀처럼 정신 못 차리는 혜원의 귓가에 여전히 울려대는 웬 전화 벨소리. 이상하다. 나 핸드폰 없는데? 베개에 폭 파묻혀 있던 머리를 들어 두리번거리자 스탠드 옆 전화기가 보인다. 조금 머뭇거리다가 간신히 손을 뻗어 수화기를 들어서는 귓가에 가져갔다.

"…여보… 세요?"

—네, 일어나셨습니까? 혹시나 해서 모닝콜 드렸습니다.

모닝… 콜? 꽤나 낭랑한 목소리의 여자다.

—밤새 불편한 긴 없으셨는지요? 아침 식사는 바로 준비해 드리겠습니다.

"아… 저기, 실례지만 지금 몇 시나 됐어요?"

—네, 오전 9시입니다. 피곤하실까 봐 조금 늦게 드린 건데 괜찮으시죠?

더 자고 싶긴 한데… 너무 따뜻하고 포근해서 나가기가 싫으네.

—언제라도 불편하신 점 있으시면 0번을 눌러주십시오. 좋은 하루 보내십시오.

"네. 수고하세요."

아련하게 다가온 사랑 느낌　**99**

수화기를 내려놓고 잠시 눈을 비비는데…

똑똑.

허걱, 저건 또 뭐다냐. 갑작스런 노크 소리에 긴장한 혜원이 이불을 목까지 끌어 올리며,

"누, 누구세요?"

"아침 식사 가져왔습니다. 잠시 들어가겠습니다."

"아, 네, 들어오세요."

꽤나 곱상하게 생긴 남자가 들어와 침대 바로 옆에 음식들을 가져다 준다. 침대용 낮은 식탁에다 접시와 수저를 조심스레 세팅한 후 간단히 음식 설명도 곁들이고는 바로 인사하고 방을 나간다. 그가 차려놓은 음식들을 가만히 보는 혜원. 갓 구운 듯한 향기로운 빵 한 바구니에 계란과 치즈를 넣고 요리한 스크램블, 깔끔하게 손질한 과일과 세 가지 맛 주스. 아주 짧은 시간에 그는 먹음직스럽게 잘도 차려놓았다. 역시 화려한 만큼이나 뭐가 달라도 다르구나. 모닝콜에다 아침 식사도 바로 방으로 가져다 주고(호텔이 처음이라 모든 게 신기하기만 하다). 조금 더 이불 속에 있던 혜원이, 기지개를 크게 켜며 일어나서는 주스를 조금 들이키고 욕실로 향한다. 아르바이트를 알아보러 돌아다니려면 오늘 하루도 많이 바쁠 것만 같다.

✳

괜히 안절부절. 원래 회의 때는 항상 꺼두던 수혁이 진동으로 안주머니에 넣어둔 핸드폰에 여간 신경을 쓰는 게 아니다.

"지금 보시는 게 저희 선진이 지난 여름 기록한 상장 기록들입니

다. 여기 이쪽에 있는…….”

앞쪽에서 열심히 설명하는 간부의 말이 좀처럼 귀에 들어오질 않는다. 정말 공과 사가 분명한 수혁인데 이상하리만치 제 페이스를 못 찾고 있다.

‘누구 기다리는 전화라도 있어? 욕실에 생전 안 두더니… 아니면 치매야, 혹시?’

어제도 내내 많이 기다렸지만, 혜원은 전화를 주지 않았다. 혹시라도 샤워하는 동안 전화가 오지 않을까. 잠깐 깜빡한 사이에 전화가 오면, 그래서 받지 못하고 그대로 지나쳐 버린다면… 견딜 수가 없을 것 같았다. 이렇게나 많이 기다리고 있다는 걸 자신조차도 이해되지 않을 정도였다. 가만히 손을 들어 안 주머니에 대보는 수혁이지만, 아직까지도 자고 있는 핸드폰에 괜히 얼굴만 더 굳어진다.

어떤 이유로라도 좋은데… 정말 일자리 때문에 걸어보는 거라도 상관없는데… 혹시라도, 정말 혹시라도 그냥 전화해 보고 싶어서 해준다면 더없이 좋긴 하겠지만… 욕심이겠지? 어느새 혜원을 생각하며 또 살짝 웃어버린다.

✳

“…….”

결코 피하기 어려운, 양쪽에서의 째림. 이쪽으로 시선을 돌려보고 다시 저쪽으로 시선을 돌려보기도 하지만, 심상찮게 노려보는 기세에 이리저리 눈치만 보다가…

“이 자식들, 불만있으면 말로 해라, 말로. 쳇.”

이런, '쳇'은 하지 말 걸 그랬나. 따지고 보면 내 잘못이긴 한데.

"말로 해? 말로 할까?"

"…으흠흠. 흠흠."

순간적으로 사악하게 변해 버리는 은규의 말투에 괜히 크게 헛기침을 해보는 민우.

"우진아, 말로 하랜다?"

"진짜? 말로 하래? 말로 하란 거야, 지금?!"

야, 야 있잖아, 너네들 지금 대따 무서운 거 아니?

"좋아, 말로 하지. 말로 해주지, 그럼. 너 어제 도대체……."

"알았어, 알았어. 미안. 됐지? 미안해, 미안했어, 미안했다, 내가."

본격적으로 팔을 걷어붙이고 따지려는 우진에게 민우가 바로 꼬리를 내려 몇 번이고 미안하단 말을 되풀이하며 중얼중얼중얼. 이에 일단은 작전성공의 표시로 서로 마주 보고 사악하게 씨익 웃는 우진과 은규.

"됐으니 자초지종이나 말해 봐. 대강 미안하다고 넘어갈 생각은 말구."

또 한 번 미안하다고 말하려던 민우가 은규의 말에 그만 입을 다물어 버린다. 그런 민우를 가만히 쳐다보던 우진이 눈을 감고 이마를 짚으며 입을 연다.

"여자였구나? 맞지? 누구야? 어느 학교 누구? 이름이 뭔데?"

"여, 여자는 무슨. 아냐, 그런 거. 그냥 갑자기 일이 좀 있어서……."

"혹시 엊그제랑 같은 이유냐? 그것만 말해라."

'그냥 일이 좀 있어서' 라니… 자신이 생각해도 참 말도 안 되는 핑계이건만 역시나 그 틈새를 놓치지 않고 바로 공격해 오는 은규다(아무리 생각해도 이럴 땐 정말 무섭다).

"그것만 말해 봐. 다른 건 아무것도 묻지 않을게. 맞아?"

"……."

눈을 내리깐 채 침묵으로 응수하는 민우. 그런 민우를 보며 답답해하는 눈치 0단 우진과 알았단 듯 고개를 작게 끄덕이는 눈치 8단, 찍어붙이기 9단, 합이 17단인 은규(아, 눈치도 성적 따라 가는 것일까). 바로 그때,

"민우 오빠!!"

사, 살았다. 꽤나 절묘한 타이밍이다. 지금만큼 서은을 반가워한 적도 없었던 것 같다.

"우후후, 나 잠깐 나갔다 옴세, 친구들."

사악한 웃음을 마구 날리며 여유있게 천천히 사라지는 민우를 보며 대답이나 해주고 가라며 절규하는 우진의 머리를 은규가 말없이 끌어안아 준다. 그리고 충분히 예상할 수 있듯이 은규와 우진의 이 야릇(?)한 포즈에 창밖 팬클럽 소녀들은 벌써부터 꺅꺅 난리란다.

"뭐야, 진짜. 어디 갔었던 건지 말 안 해줄 거야?"

아무도 없는 조용한 옥상. 난간에 기대어 담배를 입에 문 민우에게 벌써 10분째 칭얼대고 있는 서은이다.

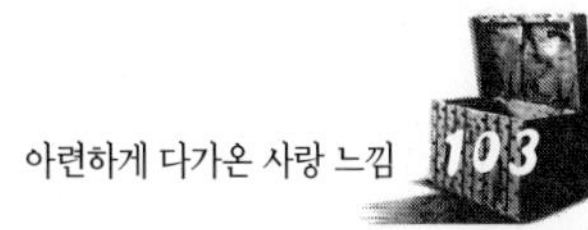

"담배 한 대만 피우고 들어온다 해놓구 그대로 사라져 버려서 은규 오빠랑 우진 오빠랑 나랑 얼마나 걱정했다구."

"이렇게 무사한 거 봤으니 됐잖아. 그만 좀 징징대."

문득 느끼고 있었다. 민우가 유달리 자신의 눈빛을 피하는 것만 같은, 아니, 피한다기보다는 평소보다 더욱 차갑게 자신에게서 시선을 거두는 것을.

"몇 시까지 놀았냐? 어제 거기서 끝냈냐? 아니면……."

"여자 만났니?"

멈칫.

자신도 모르게 또 반응해 버린 민우. 서은의 말이 맞아서가 아니라, 잠시나마 감춰두려 했던 혜원의 얼굴과 눈빛이 금세 또 이렇듯 자꾸만 떠올라 버려서. 그런 민우를 힐끔 쳐다보는 서은이 역시나 멈칫한다. 괜히 조금씩 굳어지려는 불길한 눈빛으로 민우를 응시한다.

"하루 이틀 아니니까 상관은 없지만 이번엔 또 어떤 애야? …잤니?"

[…잤니?]

순간 발끈하고 만 민우. 민우에게 있어 혜원은 결코 그런 존재가 아니었기에 서은의 지금 한 마디는 민우의 심기를 건드리기에 충분했다.

"그래도 일주일 정도 간격은 뒀었는데. 그저께 끝내놓고 너무 빠른 거 아냐?"

"그런 거 아니니까 그만 해."

"내가 보기엔 그저께 걔도 꽤 한인물 하던데. 이름이 뭐더라, 진주 였나?"

아주 익숙한 듯 거침없이 말하는 서은. 말없이 담배를 입에 물고는 깊숙이 한 모금 빨아들이는 민우의 얼굴이 많이 굳어 있다. 그런 민우에게 가만히 팔짱을 낀 채 천천히 다가서며 서은이 다시 입을 연다.

"우진 오빠 말로는 엊그제 만났던 애일 거라던데. 그렇지만 우리랑 약속있을 땐 작업 안 했었잖아."

"그만 하라고 했다."

"은규 오빠네 호텔 갔니? 같이 자고 학교로 바로 온 거야? 어땠어? 테크닉은 죽여줬니?"

"입 다물어, 이서은."

움찔.

서은의 쫑알대는 목소리에 화가 난 게 아니었다. 집안끼리 조금 친분이 있다는 걸 내세워 다른 여자들보다 민우에게 친하게 구는 것도 새삼스럽게 탓할 마음은 없었다. 다만 혜원을 자신의 다른 여자들처럼 그렇게 깎아내리는 게 못내 듣기가 싫었다. 그리고 그런 게 아니라고 딱 부러지게 설명 못하는, 아직은 이른 자신의 감정도 복잡하기만 했다.

"니가 내 마누라야? 내가 뭘 하든 왜 이렇게 간섭이야?"

장난으로 화를 낸 적은 몇 번 있지만 서은이 궁금해하면 늘 아무렇지 않게 여자와의 일을 이야기해 주던 민우였기에,

"그런 거 아니라고 말했지? 왜 이렇게 짜증나게 사람 말 못 알아들어?"

그만큼 많은 여자들과의 관계를 아무것도 아니게 생각하는 민우라는 걸, 여자라는 존재를 조금도 특별하게 생각지 않는 민우란 걸, 누구보다도 잘 알고 있는 서은이기에…

"그 딴식으로 말하면 재밌어? 까부는 거 귀엽게 봐주는 것도 한계가 있는 거야."

그래서 견딜 수 있던 건데… 아무에게도 진심을 보여주지 않으니까 누구를 만나든 몇 명이랑 자든 그 딴 거 조금도 맘에 두지 않았던 건데… 오빠, 정말 이상하다. 평소와 너무도 다른 모습이다. 잔뜩 굳어버린 얼굴로 연이어 담배만 피워대며, 민우는 아까부터 쭉 한 번도 서은에게 시선을 주지 않고 있었다.

[어제 만났던 여자를 또 만난 것 같아. 이상하지 않아? 우리랑 약속 깨가며 작업하는 녀석이 아닌데 말야.]

안 그래도 자꾸 신경 쓰여 죽겠는데… 이상하리만큼 우진 오빠 말만 자꾸 귓가에 맴도는데… 그래서 그냥 대놓고 땡깡 한 번 부려본 것뿐인데… 정말 뭐야, 오빠 정말 뭐냔 말이야.

"한 번만 더 그런 식으로 싸잡으면 너 안 봐. 나 내려간다."

철렁.

심하게 내려앉는 심장. 혹시나 우려했던 일이 직감으로 느껴지는 것만 같다.

[한 번만 더 그런 식으로 싸잡으면 너 안 봐.]

무슨 뜻이냐고 물어보려던 서은에게 뒷모습만 보이며 가버리는 민우. 어느새 차 오른 눈물을 훔쳐 내며 자꾸만 불안해지는 마음을 다잡아본다. 이토록 걱정되는 이유… 이렇게까지나 마음 졸여야만 하는 건…

[이상하지 않아? 우리랑 약속 깨가며 작업하는 녀석이 아닌데 말야.]

쉽사리 괜한 걱정으로만 치부할 수 없다는 사실이 못내 안타까워 속상해지고… 이미 사라진 민우의 흔적을 찾으려는 서은의 눈빛이 조금 치켜떠진 채 예리하게 빛난다.

아주 문득…

사랑하고 싶다는 생각이 들었습니다.

눈을 뜨고 있기가 두려울 정도로 떠오르는 한 사람…

잠시도 거둘 수 없는 소중한 이 감정을 사랑이라 느꼈습니다.

지켜주고 싶다는 막연한 설레임만으로,

함께 있고 싶다는 간절한 바람 그것만으로도,

너무도 절실해 손끝마저 떨리게 하는 처음이자 유일한 사람.

그녀는 제게 진심으로 사랑이었습니다.

감추고 싶지 않습니다.

도저히 감출 용기가 제겐 없습니다.

아무렇지 않게 넘겨 버릴 의지가 실로 말도 안 되는 억지였음을…

그녀를 만난 그 순간부터가 사랑이었음을 너무도 잘 아니까요.

행복한 웃음을 영원토록 지켜주기 위해

언제나 밝은 미소 그대로 아름다울 수 있도록

많이 서툴고 부족하겠지만 처음이라 더 확신할 수 있는 용기로…

지금

그녀에게 가겠습니다.

"…말도 안 돼… 당신이… 어, 어떻게 내게……."

처음으로 태어난 자체를 후회하게 되었던 날.

"왜 가만있어요? 뭐라고 말 좀 해보란 말이에요!!"

아무것도 모르던 철없는 나이의 나를… 그저 해맑게 웃는 것밖에 모르고 자라온 어린 나로 하여금…

"아니죠?! 지금 아닌 거죠?! 그럴 리 없잖아. 말을 좀 해보란 말이야!!"

그렇게 죽을 만큼 힘든 자괴감에 빠지게 했던… 한 번도 생각한 적 없던 죽음이란 것을 다짐하게 만든 그날.

"수혁아, 니 동생이란다. 자, 받아라."

대답을 강요하던 어머니를 지나쳐 아무것도 모르는 얼굴로 서 있던 내게 아버지는 너무도 많이 어두운 얼굴로 그렇게 마치 책임을 전가하듯 아무렇게나 아기를 건네주었고, 그리고…

"꺄아아아아아아아악—!!"

그저 행복하기만 했던 내 나이 5살이 되던 어느 날. 이미 이성을 잃은 어머니의 눈빛은 그동안 내가 알던 그것과는 너무도 달랐다. 반쯤 정신 나간 듯한 표정, 손에 잡히는 대로 힘껏 던져 버리던 모습, 도저히 가늠 수 없을 만큼 미친 듯이 망가져 버리던… 생전 처음 보는 낯선 모습의 어머니.

"엄마… 엄마, 왜 그래."

"으아아아악!! 아아아아아악—!!"

자신의 입에서 무슨 소리가 나오는지도 모르는 듯 있는 대로 찢어지게 소리를 질러대던 처참한 모습. 차마 눈 뜨고 볼 수 없을 정도로 한없이 사랑스럽게 안아주던 느낌은 어느새… 어, 엄마… 무서워서 잠시 자리를 피한 것뿐이었는데, 마치 괴물처럼 변해 버린 섬뜩한 모습은 보고 싶지 않아서… 그래서 아주 잠깐 방으로 도망갔었던 것뿐인데…

"수혁… 아… 이리… 오렴……."

온통 난장판이 되어버린 방 안. 그 어느 곳에도 보이지 않던 어머니는 혹시나 하는 생각에 다가간 욕실의 욕조 그 안에서, 소름 끼치게 빨간 피바다 속에서 죽은 듯 누워 있었고…

"착하지… 내… 아가… 엄마한… 테 와봐……."

힘없는 눈빛으로 그렇게 불러대는 어머니를 보며 무서운 마음을 억눌러 간신히 가까이 다가선 내게… 질퍽하게 밟히는 붉은 피 때문에 계속 울어대던 내게…

"엄마가… 미안… 해… 미안해… 수혁아……."

"흑… 어… 엄마… 흑……."

금방이라도 죽을 것만 같은 창백한 얼굴로, 피로 빨갛게 물들어 버린 손을 들어서 나를 어루만지며 그렇게 조금씩 죽어가던 어머니. 잔인하고 비참한 모습으로 죽어가던 나의 어머니.

"아빠 말씀… 잘 들어… 아빠한테… 나쁜 아들이 되면… 안… 돼……."

"엄마… 흑! 어, 엄마……."

내 머리카락이 피로 물든다는 것보다 온통 피로 가득한 욕조 안에 누워 있던 잊지 못할 어머니의 모습에… 비릿할 정도로 코끝을 자극하던 섬뜩한 피비린내가… 말도 못하게 불안하기만 한 마음에 그저 울 수밖에 없어서…

"…아빠 말… 안 듣고… 그러면… 엄마가… 혼낼 거야… 엄마… 너… 무너무… 슬퍼서… 수혁이 때문에… 울 거야……."

죽는다는 게 뭔지도 모를 만큼 어린 나이였던 나지만 어머니를 이렇게 만든 게 아버지란 것쯤은 충분히 알고 있었는데… 그러면서도 어머니는 왜 그렇게 아버지만 찾아대는 건지, 눈물로 잔뜩 젖어버린 얼굴로 마지막까지 왜 아버지만 챙기는지 선뜻 어머니를 이해할 수가 없었다.

“알았지?… 착한… 내 아가… 절대… 절대… 무슨 일… 이… 있어
도… 아빠 말… 거역하면… 안 돼…….”

하염없이 흘러내리는 눈물 때문에 앞이 가려져 눈앞에서 금방이라
도 사라져 버릴 것 같은 어머니를 잡고 싶었지만 뭐라고 말이라도 했
다간 신기루처럼 어딘가로 없어져 버릴까 봐 난 그렇게 아무 대답조
차 못하고 울고만 있었다.

“그럴 거… 지?… 엄마… 마지막… 소원… 들어줄… 거지? 응?”

알았다고… 꼭 그렇게 하겠다고… 절대 무슨 일이 있어도 아버지
말 잘 듣겠다고… 어머니가 말씀하신 대로 나 꼭 그렇게 할 거라고…
그러니까 그렇게 울지 말라고… 금방이라도 날 두고 떠날 것처럼 그러
지 말라고… 어머니를 위해서 살 테니까 제발 가지 말라고… 수혁이
두고 그렇게 사라져 버리면 안 된다고, 크게 고개를 끄덕이는 날 보고
나서야 기쁘게 웃으며 눈을 감던 어머니. 그리고 어머니가 잠을 자는
줄만 알았던 나는 피곤할 때 잠에서 깨면 기분이 안 좋던 어머니를 알
기에 혹시라도 어머니가 잠에서 깰까 봐 소리 죽여 한참을 울어댔다.

“응애… 응… 애…….”

미처 알아채지 못했던 아기의 울음소리. 나름대로 지칠 때까지 울
어댄 듯 힘겨워 보이는 그 소리에 살며시 어머니의 손을 내려놓고 천
천히 다가가서는 아무런 감정도 없는 눈으로 한참이나 바라보던 나.

[수혁아, 니 동생이란다. 자, 받아라.]

어머니, 수혁이 동생 생겼어요. 그렇게나 소원이던 동생이 드디어
생겼어요. 아버지가 이렇게 선물로 주셨어요, 어머니. 나 너무너무

기뻐요. 머리를 조금 쓰다듬어 주던 나를 보곤 울음을 그치고 웃어주던 동생. 그렇게 귀엽기만 하던 내 동생의 모습에 지켜주고만 싶다는 간절한 다짐을 하게 되었다.

"민우야, 민우… 야… 흑……."

아버지가 가르쳐 주신 이름을 가만히 불러보며, 아무것도 모르고 웃어만 주던 동생을 바라보며 그렇게 내 안의 나를 조용히 묻어버린 그날. 철저히 어머니를 위해 살기로 한 5살의 그날. 그리고 그 후로 영원할 것 같던 아버지가 어머니를 버린 그날 이후로 더 이상 사랑이란 걸 믿지 않게 된 나… 누구도 사랑할 수 없게 되어버린 나… 여자란 존재는 내게 있어 그렇게… 영원히 마음 주지 못할 슬픔으로 각인되어 버렸기에… 하지만…

[…민혜원이에요.]

하아… 어쩌면 나… 처음 만난 그 순간부터 그렇게 사랑이란 걸 해버렸는지도 모르겠어요. 그래서 많이 두렵고, 불안하고, 지금 이렇게까지 아픈 건지도 모르겠지만… 그래도 그런 것쯤 다 아무렇지 않을 수 있다고, 그 정도까지 내 마음이 이미 혜원 씨에게 닿아버렸다고…

혜원씨… 혜원… 씨…….

주체 못할 정도로 벅차오르는 느낌에 한없이 아련해지는 수혁의 눈빛은 분명 어머니의 슬픔에 울부짖던 5살의 그날 이후로 처음 갖게 되는 가슴 벅찬 느낌일 것이다.

"미처 몰랐기에 저지르게 되는 게 실수랬지.

그리고 같은 실수를 두 번 저지르면 어리석은 사람이라더라.

난 충분히 내 자신에 대해 잘 안다고 생각했었는데…

남들이 말하는 어리석은 실수 따위는 하지 않을 자신이 있었는데…

왜 이렇게 안 되니. 그게 뭐라고 안 한다면서 자꾸 이러는 거야, 나…

감정이란 거, 마음이란 거 그깟 게 뭐라고 대체 널 지울 수가 없냔 말야."

"이런, 어제 벌써 구했는데 밖에 종이를 깜빡했네요."

친절하게도 정말 미안한 표정을 짓는 남자.

"조금만 일찍 오셨더라면 모르겠는데, 3일밖에 안 됐거든요. 죄송합니다."

혹시요, 한 명 더 쓰실 생각은 없으신가요? 저 정말 열심히 할 자신 있는데… 정말… 정말 열심히 할 수…

"정말 미안하게 됐네요. 다른 데 알아보시겠어요? 그럼 이만."

…말 못하겠어. 아무 말도 못하고 조금 고개를 숙여 보이며 그대로 돌아서서 가게를 빠져나온다. 어림잡아 벌써 세 시간째. 무작정 호텔을 빠져나와 한참이나 돌아다녀 봤지만, 아직 아르바이트를 구하지

못한 혜원이다. 왜 이렇게 사람 구하는 데가 없는 거야. 하아, 이렇게 많고 많은 가게들 중에 내가 일할 한 군데가 정말 없는 건가. 비참해. 간혹 눈에 띄는 구인광고를 보고 용기 내어 들어가 봐도 하나같이 미안하다는 말들뿐. 거짓말이 아니란 걸 증명이라도 하듯 새로 들어온 신입을 보여주기까지 했다. 그래도 일하면 안 되겠냐고 사정이라도 하려 했는데 정중하게 거절하는 모습에 혜원은 거듭 그냥 나와 버린다. 이봐요들, 그렇게까지 미안한 얼굴로 그러시면 한 번 사정이라도 해보려는 내가 더 미안하잖아요.

우뚝.

끝내 잠깐 발걸음을 멈춰 서더니 한숨을 작게 내쉬는 혜원.

"민혜원. 너 큰일 났다, 이제."

그러더니 또다시 비 맞은 강아지처럼 어깨를 축 늘어뜨리고 힘없이 터덜터덜—이래 봬도 특기다—걸었다. 자꾸만 조급해지는 마음에 몸이 먼저 지치는지 다리도 아프고, 바로 앞쪽에 버스 정류장을 발견한 혜원이 천천히 다가가 앉으려는데 뭔가가 눈에 띈다.

과외 선생님 구합니다. 동생처럼 잘 가르쳐 주실 분.

큼지막하게 씌어 있는 글씨보다도…

…경우에 따라 숙식 제공 가능.

어디야, 어디? 어느새 절취선 부분을 뜯어 손에 쥐고는 다시금 힘내어 일어서는 혜원이다.

"……."

괜히 죄지은 사람처럼 삐질삐질. 마주 잡은 손가락만 계속 꼼지락거리고 있다.

"글쎄요. 조금 힘들 것 같은데 어쩌죠?"

물어물어 주소를 찾아오니 일명 '취업 알선 업소' 라는 곳. 이곳저곳에서 의뢰를 받아 일자리를 구하는 사람을 연결해 주는 곳이다. 나이와 출신 학교, 대학교 재학 여부 등을 꼼꼼히 물어보던 부장이라는 여자가 쓰고 있던 안경을 벗어 앞쪽 테이블 위에 내려놓는다.

"고아원 출신이라는 거 사실 문제는 안 되거든요? 우리가 좋게 포장해서 잘 말하면 되니까. 다만 나이가 겨우 스물이라 대학이라도 합격했어야 써줄 텐데 것도 아니니……."

대학, 정말 가고 싶었는데… 나. 고등학교 때까지 전교 1, 2위를 다투던 혜원이었다(오~). 정부 보조금 약간과 각종 단체에서의 후원, 무엇보다도 원장님의 눈물 어린 노력과 뒷받침으로 그렇게 겨우겨우 고등학교를 마쳤다. 그리고 대학에 가고 싶다는 생각을 했을 때, 대학이라는 곳을 막연히 동경만 해오다가 다른 아이들처럼 정말 가고 싶다고, 정말 가야겠다고 마음을 굳히려는 순간…

[안 갈래요, 대학. 그냥 독립할게요. 돈 벌어서 나중에 갈게요. 그럴게요, 원장님.]

하나둘 떠나는 동생들을 보면서… 너무도 어려운 재정에 갈수록 지쳐 가는 원장님을 보면서… 대학이란 건 혜원에게 한낱 사치일 수밖에 없었기에, 멋모르고 어리광 부리기에 혜원은 무시 못할 사정을 너무나 잘 알고 있었기 때문에…

"숙식 제공 때문에 끌리는 것 같은데, 사실 강남 쪽 내노라하는 집안들이 급히 구하고 있으니까 문제도 아니지만, 그런 집안일수록 일류대 타이틀 갖고 있는 사람 아니면 쳐다도 안 본다니까요. 힘들겠어요."

보수를 비롯한 다른 건 아무래도 좋았다. 그저 염치없긴 하지만 숙식을 해결할 수 있는 곳이라면 어떤 집안이든 어떤 아이든 상관이 없었다. 잔뜩 걱정 어린 얼굴로 아무 말도 없는 혜원을 가만히 쳐다보다가 다시 입을 여는 부장.

"보아하니 사정이 많이 급한 것 같은데, 그럼 과외 말고 다른 거라도 괜찮겠어요? 숙식 제공되는 걸로."

"정말요? 혹시 있을까요?"

대뜸 언성 높여 기뻐하는 혜원을 바라보는 부장의 표정이 어째 많이 미안한데.

"정말 솔직히 말하자면 요즘 숙식 제공 하는 데는 거의 없어요. 나이가 어려서 가정부로도 안 써줄 테고. 과외 자리가 안 되니까 여기라도 찾아가 보세요. 숙식 제공에 월 400% 상여지급이니까 돈벌이는 좋을 거예요."

한눈에 보기에도 튀는 노란색 명함. 조심스레 받아 든 혜원의 얼굴

이 조금씩 굳어지는가 싶더니…

장미클럽. 기본 25,000, 아가씨 항시 대기.

"직접 가보면 그렇게 이상한 곳도 아니야. 그저…….."
"아, 저기, 됐어요. 됐습니다. 실례 많았구요, 그럼."
굳어버린 얼굴을 보이기 싫어 얼른 자리를 박차고 나와 버린다. 사람을 어떻게 보고 저러냐는 맘보다는 그럴 정도로 딱한 자신의 처지에 그저 한숨이다.

정말 어렵다. 일 구하기가 왜 이렇게 어려운 거니. 어떡해, 어떡하면 좋아, 정말.

[전화해요.]

자꾸만 기대고 싶어서… 그의 포근한 눈길이 너무 그리워서… 나…

보일 듯 말 듯 차 오른 눈물을 괜히 힘주어 훔쳐 낸다. 더는 안 된다는 걸 알면서도, 아직까지 누군가에게 의지해야만 하는 자신이 못내 가엾기만 하다.

*

"미쳐. 고3이 무슨 체육이냐, 체육은."
"그러면서 젤 잘 놀더라, 새끼."
스타일 구긴다며 땀나는 걸 싫어하는 우진. 자유시간으로 준 농구 게임에 누구보다 열심히 놀아놓고는 괜히 저렇게 땀났다며 심술이기에 은규가 면박을 준다.

쏴아아.

수돗물을 세게 틀고는 머리째 담가 버리는 민우를 힐끔 쳐다보다가,

"민우야, 장난 좀 칠게."

우진은 아침에 자신을 답답하게 한 대가로—저 혼자 못 알아들은 건 생각 안 한다—그래도 자신은 예의 바르게 미리 예고했다며 위안 삼은—아무리 물을 세게 튼 탓이라도 그렇게 작은 소리는 안 들린단다, 우진아—후,

촤아아!!

"으앗!! 뭐야, 임마!!"

"캬하하하~ 맛 좀 봐라, 이 자식!!"

어느새 흠뻑 젖어버린 민우가 멍한 얼굴로 그저 물을 맞고만 있는데,

"쿠호호홋!! 맛이 어떠냐!!"

물줄기가 워낙 센 탓도 그렇거니와 지금 자신에게 정면도전하는 우진이 어이없기 때문인지,

"캬핫!! 어쭈? 안 피해? 좋아~ 계속 맞아봐라!!"

혼자 신나서 겔겔대는 우진의 미소가 사악하다. 그저 어이없는 표정으로 묵묵히 물줄기를 받아내는 민우와 그런 민우에게 계속해서 물을 뿌려대는 우진. 그렇게 굳은 듯 약 10초 정도를 멍하니 있던 민우의 입가에 그려지는 사악한 웃음이 꽤나 불안한데…

"은규, 한판할까?"

"그럴까?"

특기 나왔다. 먼저 장난 시작한 우진 골려먹기. 천천히 양쪽으로 갈라져 걸어가는 민우와 은규를 가만히 보다가 어느 정도 상황이 파악된 우진이 은규를 향해 무언의 애절함을 보내보지만 결국,

촤아아아!!

"으아아아아앗!! 사, 살려줘!!"

것도 양쪽 제일 끝에서 동시에 뿜어지는 물줄기가 찬란하도다. 누가 그러지 않았던가, 가만있으면 중간이라도 간다고.

"하, 항복!! 살려줘!! 미안하다고, 새끼들아!! 으아!!"

저러다 마치 만화의 한 장면처럼 양쪽에서의 거대한 물줄기에 우진이 하늘 높이 솟구치는 건 아닐까? 괜스레 요상한 상상을 하게 만드는 상황이다.

"그만!! 잘못했어!! 아아앗!! 차가워!! 야—!!"

거의 절규에 가깝게 마구 몸부림치는 우진. 마지막으로 한 번 더 사악한 미소를 날리더니 은규를 보며 그만 하자고 하는 민우다.

"그러게 조용히 씻고 들어갔으면 좀 좋아?"

"에에에엣취~ 훌쩍. 나 감기 걸리면 둘 다 죽인다."

물에 빠진 생쥐가 따로 없다. 바닥으로 질질 흐르는 물을 보며 짐짓 처절한 표정이 되어버리는 우진이다.

"자식, 엄살은. 야, 민우도 너만큼 젖었어."

"치잇. 그러게 누가 아침부터 궁금하게 하래? 나쁜 놈."

움찔.

우진의 말에 조금 멈칫하고 마는 민우. 그도 그럴 것이 잠시나마 힘겹게 잊고 있었던 혜원에 대한 감정을 아주 많이 건드려 놓은 탓이다.

"말이 나왔으니까 말인데, 솔직히 이렇다 저렇다 확실하게 말해 준 적 없잖아, 너."

"김우진, 임마."

정말 궁금한 눈빛으로 묻는 우진과 조금 난감한 표정으로 민우를 살피는 은규. 우진의 말에 반응하며 여전히 굳은 듯 움직이지 못하는 민우를 보고는,

"…됐어. 그만 해. 들어가자, 민우야."

"되긴 뭐가? 야, 손은규. 그러면서 너도 궁금하지? 확실하게 듣고 싶지? 그치?"

"그만 하라니까. 교실에 안 들어갈 거야?"

"미안하다. 아직은 나도 혼란스러워서 그래."

멈칫.

이번에도 역시 침묵으로 응수할 거라 믿었건만, 한껏 가라앉은 조용한 민우의 목소리에 은규와 우진이 괜히 미안해져 할 말을 잃는다.

"이런 적 없었단 거 나도 잘 아는데… 나 자꾸만 조심스러워져서… 그래서……."

진지한 눈빛에, 게다가 저렇듯 가끔씩 아련해지기까지 하는 생소한 표정이라니. 민우, 임마… 너… 진짜였어?

"이상하다는 거 아는데, 나답지 않은 거 너무도 잘 아는데, 나…
모르겠어. 어떡해야 하는 건지, 정말."

조금씩 떨려오는 손끝이 정말 처음으로 진심이란 걸, 그런 만큼 지
금 누구보다 많이 조심스럽고 힘든 민우라는 걸… 굳이 말하지 않아
도 서로 알 수 있는 은규와 우진은,

"어떡하긴 뭘 어떡해. 꼴리는 대로 하면 되는 거지."

조금을 더 멍하니 있다가 이내 아무렇지 않은 척 머리를 세게 흔들
어 젖었던 물을 사방으로 뿌리는 우진.

"꼴리는 대로 하다가, 그래도 도저히 모르겠고 힘들면 말해. 형님
들이 도와줄 테니까. 들어가자."

항상 장난스럽기만 하던 우진이 민우를 이렇게까지 배려해 주는
모습이라니… 가만히 미소 지으며 민우의 어깨를 감싸 안는 은규와
천천히 우진의 뒤를 따라 들어가는 민우의 얼굴이 함께 살짝 웃는다.
아직도 많이 힘들기만 한 자신에게 있어 정말 진심으로 힘이 되는 존
재가 바로 너희들임을 조금도 부정할 이유가 없다고 확신하면서 그
렇게…….

＊

생전 처음 보는 그의 모습에 덩달아 김 실장도 안절부절.

"회사 내에 혹시 전파가 안 터지는 곳이 있는 건 아니겠죠? 확실하
죠?"

"그, 그럼요, 사장님. 안심하세요."

아침에 출근할 때부터 부쩍 긴장하는 듯하던 수혁. 자꾸만 가슴 쪽

을 더듬길래 혼자 이상한 상상도 해봤지만(;;) 이제는 아예 대놓고 핸드폰을 책상 위에 올려놓고는 거의 30초 간격으로 그렇게 훔쳐보고 있었다.

"혹시 만의 하나 진동이 내 귀에 잘 안 들릴지도 모르니까, 김 실장님이 잘 들어요."

실내가 이렇게나 조용한데… 하루 종일 그렇게 째려보고 계신데 말이죠. 책상 위 핸드폰 소리가 안 들릴 경우가 어디 있겠으며, 같은 사람인데 사장님이 못 듣는 소리를 저만 들을 리는 또 있겠습니까.

그냥 가만히 입을 다물며 고개를 조금 숙여 보이는 김 실장. 자신보다 많이 어린 사람을 상관으로 모신다고 우습게 여기거나 존경하지 않는 건 사업하는 사람들에게 있어, 아예 처음부터 조금도 갖지 말아야 할 위험이다. 하지만 그런 우려가 전혀 필요없게도 순수한 존경의 마음으로 수혁의 곁에 있기로 선택한 건 김 실장 자신이기도 하다.

[수혁 도련님이 일을 잘하십니다. 어린 나이에 비해 통찰력도 있으시구요. 맡겨보시면 후회 안 하실 듯합니다.]

안 그래도 수혁을 많이 믿고 있던 지 회장이었지만, 사업 동반자나 마찬가지인 김 실장의 적극적인 말에 적잖이 위안을 삼은 것도 사실이었다. 선진그룹을 처음 설립할 때부터 시작해, 조금씩 확장해 가며 자리를 잡아가는 모든 순간들에 지 회장의 곁에서 누구보다 충실하던 사람이 바로 김 실장이고, 그렇게나 오랜 시간을 함께 보내며 수혁을 잘 이해하고 앞서서 이끌어주었던 것도 모두 김 실장의 역할이

자 노력이었다. 민우가 성훈을 믿고 의지하는 것처럼 회사에서밖에 마주치지 못하는 김 실장은 그렇게 항상 수혁의 뒤에서 묵묵히 있어주었다.

"죄송하지만 오늘은 중요한 거 결재 안 했으면 좋겠어요. 내일 할게요. 내일 한꺼번에 책임지고 할게요. 나 오늘은 도저히……."

아무래도 정말 많이 이상하다. 김 실장이 수혁을 믿고 따라주는 이유 중의 하나도 공과 사가 명확하고 똑 부러지는 사업 능력 때문인데, 지금의 그는 분명히 어떤 무엇 때문에 많이 흔들리고 있었다. 도대체 무엇이 매사에 확실한 포커페이스의 수혁을 이리도 흔드는 것인지…

"혹시 선보는 거 안 내키셔서 그러십니까?"

걱정스러운 얼굴로 조심스레 물어오는 김 실장을 보며 수혁이 조금 당황한다. 그런 수혁의 모습에서 순간 이유는 다른 것임을 느끼는 김 실장이다.

"아참, 아버지가 말씀하셨다죠."

"엄격히 몇 분 뽑아놨습니다. 내일부터라고 알고 계시면 되구요."

"내일부터 아버지 말씀대로 정말 그래야겠죠?"

갑자기 많이 처연해지는 표정의 수혁. 여자에는 원체 관심없는 성격에 일밖에 모르는 수혁을 누구보다 잘 알고 있기에 김 실장도 조금 시무룩해진다. 정략결혼이라는 거 절대로 힘든 건데, 아버지 말씀이라면 못 이기는 척 거의 따르는 수혁을 아주 오랫동안 봐왔다. 그렇게 아버지에게 항상 맞춰주는 이유도, 아버지의 뜻에 따르는 수혁의 마음도, 지금의 상황으로 만들어 버린 배경까지 모두 다 너무도 잘 알고 있음에 더욱 안타까운 마음인 김 실장이다.

"정 안 내키시면 1년 정도라도 더 미뤄보시는 게 어떠실는지……."

"안 내키다뇨. 어차피 각오했었던 거라 그런 건 없어요. 단지……."

천천히 자리에서 일어나 창가 쪽으로 다가가는 수혁.

"자꾸만 맘에 걸려요. 나 이대로 아무나 만나서 결혼해 버리면… 후회할 것만 같아서……."

사장님. 가만히 고개를 들어 수혁을 바라본다. 주머니에 양손을 꽂고는 넌지시 창밖을 응시하는 수혁의 눈빛이 아련하게 조금씩 일렁이는 듯하다. 흐릿하긴 하지만 어딘가 슬퍼 보이는 것도 같은 느낌은 또 왜인 건지.

"왜 이런 거죠, 나… 자꾸만 왜 이렇죠……."

"……."

혹시… 혹시 말이죠.

수혁의 그런 모습에 어떤 기대감으로 아주 살짝 미소 짓는 김 실장의 얼굴이 불안하다. 생전 처음이라는 수혁의 감정이 고스란히 전해지기 때문이라기보다는, 앞으로 왠지 많이 힘들어질 것만 같은 수혁의 모습이 걱정되기 때문일 듯.

시끌시끌.

고3 교실이 맞을까 싶게 여기저기 모여서 웅성댄다. 종례를 하러

온다던 담임이 감감무소식이라 활개치고 뛰어다니는 아이들 사이로, 그래도 짜투리 시간이라 아깝다며 그저 묵묵히 공부하는 범생들의 모습도 보인다.

아직 있겠지? 잠깐 밖에 나갔으려나? 가서 기다릴까? 그냥 지나가다 잠깐 들렀다고 하면 뭐…

"간만에 당구나 한 게임 치지, 친구들."

"어, 어? 그럴까?"

한참 혜원을 생각하던 민우의 곁에 다가와 우진이 슬쩍 말을 꺼낸다. 이런, 이 자식들을 어떻게 따돌리고 간담. 몰래 따라와서라도 확인하고 싶어할 텐데. 그냥 가서 한두 시간만 놀아주다가 또 사라져 버려? 내가 친구 녀석들 하나는 참 잘 뒀지. 쓰읍. 민우가 고민을 하든 말든 당구 치는 폼을 흉내 내며 벌써부터 신난 우진이다.

"은규~ 들었지? 당구장 가자~"

"미안한데 먼저 놀고들 있어라. 잠깐 아버지께 들러야 해."

가방을 챙기며 내뱉은 은규의 말에 들떴던 우진이 약간은 뿌루퉁해졌다.

"갑자기 웬 호출이시래니. 금방 오는 거지?"

"낼부터 출장이시래. 잠깐 얼굴만 보고 오는 거니까 금방이야."

길어야 일주일이긴 하지만, 한 번 출장이 잡힌다 치면 으레 아들을 찾는 은규의 아버지 손명훈. 게다가 3대독자인 은규이기에 그에게 있어 자식 사랑은 더욱 유난한 건지도 모른다. 그런 은규를 보며 들리지 않게 가만히 안도의 한숨을 내쉬는 민우. 으휴, 몰래 갔으면 진짜 큰일 날 뻔했구나. 눈치 빠른 은규 녀석에게 꼼짝없이 잡혔을 테지.

참고로 은규가 아버지 호출로 가는 곳은 바로 혜원이 묵고 있는 호텔이다. 명성그룹의 소유라고는 하지만 맨 위층에 마련해 놓은 사무실에 가끔씩만 들러보는 명훈이기도 하다.

"알았어. 우리끼리 가 있을 테니까 '스팅'으로 와. 참, 근데 민우야."

"응?"

이상하다는 표정으로 입을 여는 우진.

"어째 오늘 서은이가 뜸~하다? 아까 나갔을 때 뭔 일 있었냐?"

[여자 만났니?]

아무리 토라져 봤자 절대 달래주는 일 없는 민우를 너무도 잘 아는 서은이다. 수업 시간만 빼고는 거의 모든 시간에 민우를 봐야 안심하는 자칭 민우 스.토.커. 이서은. 가끔 툭툭 내뱉는 말에 기분 상해도 금세 언제 그랬냐는 듯 나타나더니 아무래도 오늘은 다른 날보다 더욱 적잖이 충격이었나 보다.

"하도 떽떽거리길래 몇 마디 했어. 풀리면 나타나겠지, 신경 쓰지 마."

"자식아, 서은이 감정 뻔히 알면서 몇 마디 했어? 하긴 그게 니 녀석의 매력이긴 하다만."

"어제 일 때문이었지? 서은이 눈빛이 심상치 않더라니."

역시 은규는 알아차린 눈치다. 눈을 조금 내리깔며, 피곤하다는 표

정의 민우.

"언젠가 한 번은 해야지 했던 말을 한 것뿐이야. 기집애가 아무나 싸잡아서 말을 막 하더라구."

"아.무.나. 싸.잡.아.서?"

"그래, 아무나 싸……."

멈칫.

이런, 이런. 또 스스로 제 무덤 팠네그려. 순간 말을 멈추고는 가만히 정면을 바라보자 자신을 예리한 눈빛으로 바라보며 팔짱을 낀 채 동시에 오른쪽으로 고개를 삐딱하는 은규와 우진. 충분히 알았다는 듯한 둘의 표정에 괜히 사색이 되어가는 민우다.

왜, 왜 또 그러냐, 니들. 아까 말해 준 걸로는 성이 안 차다 이거냐! 아무리 그래도 나 더 이상은 입 못 연다구. 꾹 다문 민우의 입에 조용히 자리에서 일어나 나갈 준비를 하는 우진과 은규.

"이 정도면 증언은 확실하지?"

"녹음까지 해뒀으면 더 좋겠지만 뭐, 이 정도도 훌륭해."

아무래도 니들 영화를 너무 많이 본 거 아니니?

✳

어떡하면 좋아. 도착한 지는 꽤 된 것 같은데 쉽사리 들어가질 못하고 있는 혜원. 굳은 맘을 먹고 아침에 나올 때만 해도 돌아다니는데 불편하니까 놔두고 가는 거라고, 일자리 구해서 아주 나가면서 갖고 가리라 그런 맘에서 옷 가방을 두고 나온 것뿐이었는데…

[우리 집에 신세지기 정 싫대서 못 데려가는 것뿐이야. 원한다면

며칠이고 계속 있어도 되구. 그럴수록 난 좋지만.]

민우의 말에 괜스레 의지하고 있었던 건지도 모른다. 충분히 힘이 되는 건 사실이지만, 그래도 딱 하루만 신세지는 거라고 그렇게 호언 장담을 해놓지 않았던가.

[신세 갚는다며… 그래 놓고 낼 아침에 또 사라져 버릴까 봐 붙들 어 두려는 거야. 당분간은 여기 있어. 내 말대로 해.]

"쿡."

자신도 모르게 피식 웃어버리는 혜원. 정말 신세진 걸 받아내려는 뜻이 있는 건지도 모르겠지만, 조금도 불편하지 않게 말해 주던 그의 배려가 새삼 고맙다. 그래, 염치없고 많이 미안하지만 신세지는 김에 딱 하루만 더 묵는 거야. 내일은 무슨 일이 있어도 아르바이트를 구 할 수 있을 테니까. …정 안 되면 지수혁, 그 사람한테 부탁하는 수밖 에.

"손님, 안 들어오시고 뭐 하세요? 뭐 불편하신 거라도 있으십니 까?"

멈칫.

원래부터 소심했던 건지, 요즘 들어 작은 일에 깜짝깜짝 놀라는 일 이 잦아졌다. 가만히 돌아보니 어제 프런트 쪽에서 본 듯한 남자가 웃으며 서 있다.

"아, 저기, 아무것도 아니에요, 그냥……."

"괜찮습니다. 불편한 게 있으시면 언제든지 말씀해 주세요. 손님 이 왕이란 말도 있잖습니까."

‘최고 매니저 손성훈’이라는 명찰을 달고, 그렇게 가식없는 웃음을 짓고 있는 사람. 단순히 직원과 손님이라는 틀을 벗어나 그는 사람이 사람에게 보내는 미소를 짓고 있었다. 그 덕에 어느 순간 마음이 편안해짐을 느끼며 조심스레 입을 여는 혜원이다.

“불편한 점은 없는데요, 실은… 제가 원래 하루만 묵기로 했었거든요.”

무척이나 조심스레 말을 잇는 혜원을 보며 보이지 않게 살짝 웃고는 성훈이 입을 연다.

“하루만 묵으시다뇨? 전 일주일 동안 예약하신 걸로 알고 있는데요.”

“네? 이, 일주일이요? 그럴 리가…….”

많이 당황한 혜원이 더욱 어쩔 줄 몰라 하는 표정이다.

일주일이라니? 민우 그 사람이 그렇게 말해 놓은 건가?

“우선은 일주일을 예약해 두셨고, 그때 가서 더 연장하실 수도 있으시다고 들었는데요. 물론 저희 호텔에서도 그렇게 해드리겠다고 약속 드렸구요.”

“아… 저기… 저는…….”

[돈 때문에 그러는 거야? 내가 벌써 냈어, 신경 쓰지 마.]

굳이 물어보지 않아도 알 수 있었다. 차갑지만, 안 그런 척 쌀쌀맞은 모습이었지만, 아무것도 신경 쓸 필요 없게 벌써 모든 걸 손써놓은 민우였다.

[실은 여기 내 친구네 아버님 호텔이야. 그 녀석, 내 밥이거든.]

고마워요. 고마워요, 정말. 잊지 않을게요, 나.

"…그럼 저 하루 더 있어도 되는 건가요?"

"하하. 하루라뇨. 일주일이고, 그 이상도 얼마든지 있으셔도 괜찮다니까요."

여전히 마음을 편하게 해주는 성훈의 웃음에 혜원도 그저 고맙다는 얼굴로 가만히 미소를 지어 보인다.

"그럼 얼른 들어가시죠? 여태 밖에 서 계시느라 추우실 텐데."

"아, 예, 감사합니다. 정말 감사해요."

조금 더 눈빛으로 고마움을 전하며 천천히 로비 안으로 들어서는 혜원. 여전히 웃는 얼굴을 하고는 프런트를 지나 엘리베이터 쪽으로 가는 혜원의 뒷모습을 가만히 바라보는 성훈.

[놀리지 말아요, 아저씨. 그런 사이 아니니까.]

오랫동안 친아들처럼 귀여워해 온 민우이기에 왠지 평소와 다르다는 걸 성훈은 단번에 느낄 수 있었다. 처음 호텔 안으로 들어서던 모습 하며 엘리베이터로 데려가는 순간순간의 그 눈빛들 모두. 그리고…

[며칠 있게 될지도 몰라요. 내가 수시로 들를 거지만 나갈 때까지 잘 좀 챙겨주세요. 부탁드려요.]

걱정보단 왠지 위안이 되는 기분이었다. 이제야 겨우 마음을 잡은 것만 같다는 생각도 들었다. 그럴 정도로 저 혜원이란 사람을 소중하게 바라보던 민우의 눈빛이었기에 아까부터 밖에서 서성이던 혜원을 계속 쳐다보던 성훈이었다. 단순히 호텔의 고객이기에 갖는 관심과

는 사뭇 달랐다. 민우를 변하게 해준 사람. 한 번밖에 보진 못했지만, 그래서 아직은 많이 이르겠지만 그렇게 믿고 싶은 마음이 들었기에 성훈은 그저 혜원에게 너무나도 감사하는 마음이다.

"뭐예요. 뭐 좋은 일 있으세요?"

흐뭇하게 웃고 있는 성훈에게 언제 왔는지 은규가 심상찮은 눈길을 보낸다. 혜원을 생각하며 자신도 모르게 기분 좋게 웃고 있었나 보다.

"너야말로 뭐냐, 임마. 아버지 호출이시구나?"

"어얼~ 역시 작은아빠도 눈치 100단이네요?"

성훈과 함께 로비로 들어서는 은규에게 여기저기서 관심 어린 추파의 눈길이 보내진다(이봐욧, 고등학생이란 말입니다).

"아닌 게 아니라 네 녀석이 아버지 호출 아니면 여기 올 일이 뭐가 있겠냐. 설마하니 날 보러왔다는 소린 빈말이라도 안 하는 쌀쌀돌이 님께서."

"아하하, 왜 그러세요. 누가 들으면 절 정말 싸.가.지.없는 조카로 보겠어요."

"어쭈? 웬 아닌 척?"

기분 좋게 웃어 젖히는 성훈과 은규. 은규와 민우, 우진을 친아들 이상으로 생각하며 아껴주는 성훈은 사실 자식이 없었다. 장황히 늘어놓긴 그렇다 쳐도 나름대로 아픈 사정이 있기에, 그만큼 더 세 사람에게 쏟는 애정과 관심이 각별하기도 하다.

"알았어요. 앞으로는 더 자주 들를게요. 삐치지 좀 마요, 나이값도 못하게.”

“사악한 녀석. 웃어른한테 나이값이라니. 얼른 올라가 봐. 기다리
시겠다.”

“쿡, 네, 올라갈게요. 수고하세요, 작은아버지.”

손을 흔들어 보이며 천천히 엘리베이터 쪽으로 걸어가는 은규의
뒷모습에 성훈이 또 기분 좋게 미소 짓는다.

없.다. 한 번 둘러보고, 두 번을 살펴보고, 세 번까지 눈 빠지게 찾
아봤지만 결국… 큰.일. 났.다. 들어선 순간 왠지 깨끗해진 방 안이
조금 불안하긴 했다. 고급 호텔이라 손님이 없는 동안 청소를 해준다
는 건 들어서 알고 있지만, 그래도 설마 없을까 하고는 계속해서 여
기저기 찾아봐도 도무지…

“어떡하냐… 진짜 없다…….”

바닥까지 다 찾아봐도 보이지 않자 맥이 풀린 혜원이 그만 제자리
에 털썩 주저앉는다.

[전화해요.]

죄송해요. 바로 전화 드리려고 했는데 종이가 없어요, 종이가!! 어
떡해요.

분명 스탠드 있는 곳에 잘 접어서 놓아둔 것 같은데 종이는커녕 먼
지 하나 보이질 않는다. 대체 어떻게 된 건가 하고 한참을 곰곰이 생
각해 본 결과 아침에 그 모닝콜인지 뭔지를 받으려고 덜 깬 눈으로
전화기에 손을 뻗다가 떨어진 것도 같다.

그래도 그렇지, 바닥에 있다고 다 갖다 버리냐! 안 되는데, 진짜. 잃어버리면 안 되는 건데, 나… 어떡하면 좋아. 정말 어떡하면…

……!!

갑자기 벌떡 일어선 혜원이 서둘러 방을 빠져나간다. 무슨 일이 있어도 번호를 찾아야 하기에 문득 눈빛에 처절함이 감도는 것도 같다.

무슨, 누가 들으면 이민이라도 가는 줄 알겠수.

[은규야~ 이놈 자식, 보고 싶어서 어쩌누~ 이놈 자식… 어흑.]

정말 말 그대로 눈물만 안 흘렸다 뿐이지, 목소리는 거의 울먹이면서 징얼징얼. 주특기인 '이놈 자식'을 연발하면서 은규 아버지 명훈은 그렇게 망가져 버렸다. 참으로 웃긴 것이, 남들 앞에서는 대기업 회장이라며 있는 폼 없는 폼 다 재는 카리스마라면서, 저렇게 항상 하나뿐인 아들 앞에서는 마음대로 망가져 버리는 아버지란다. 저럴 때 보면 작은아빠랑 형제라는 게 맞지, 맞아. 형제가 세트로 나이값도 못하고, 참. 엄마, 대체 아버지 어디가 좋아서 결혼하셨나요?

생각할수록 어이없음에 피식 웃으며 뒤쪽에 기대어 서 있던 은규. 미끄러지듯 잘 내려가던 엘리베이터가 별안간 멈춰 서는가 싶더니…

땡.

스르륵.

위쪽의 '7'이라는 숫자를 확인하고는 그만 거두려던 은규의 시선이 순간 멈칫…

"……"

갑자기 왠지 모르게 조금 긴장되는 듯 이유없이 뭔가 말을 하려던 자신이 못내 당황스러워 입을 다물고 만다. 눈빛이 마주친 순간, 뭐라고 말로 설명하기가 어려운 느낌. 자꾸만 뭔가가 목구멍에 걸린 것처럼, 그래서 따갑게 아프고 숨이 막혀오는 것만 같은…

"저 혹시… 혹시요."

뭔가… 아득하게 먼 곳에서의 어떤 울림 같은 게 살짝 귓가를 간지럽히는 것 같다는 착각. 이대로 그냥 있었으면 좋겠다는 막연한 어떤 그… 조금 더 정신을 놓던 은규가 이내 얼른 입을 연다.

"아, 예, 혹시… 뭐요?"

"혹시 쓰레기 처리하는 데가 어딘지 아세요?"

쓰, 쓰레기? 난데없이 쓰레기라니? 조금 당황하긴 했지만 얼른 표정관리하는 은규다.

"쓰레기… 라뇨?"

"실은 방에서 쪽지를 떨어뜨렸는데 청소하시는 분이 치우신 것 같아서요. 꼭 찾아야 하는 거라 지금 급하거든요. 실례지만 혹시 어딘지 아시나요?"

정말 다급한 목소리의 혜원을 '그랬구나' 하는 표정으로 보는 은규. 혹시라도 쓰레기를 태우지나 않을까 한시가 급하기만 한 혜원이다.

"혹시 태우기라도 하면 큰일이거든요. 아신다면 가르쳐 주세요. 부탁드립니다."

"저기, 죄송하지만 난 여기 직원이 아니거든요?"

"네? 아, 이런."

그러고 보니 급한 마음에 엘리베이터에 타지도 않고, 그저 문밖에서 그렇게 말을 하고 있었다. '열림' 버튼도 안쪽의 은규가 겨우 눌러주고 있었고, 제일 먼저 만났다는 이유로 마구 물어보기만 해버린 자신. 그제야 상황을 파악한 혜원이 어쩔 줄을 몰라 하는 표정이다. 갑작스럽긴 하지만, 그래서 놀라긴 했지만, 지금처럼 저렇게 혜원의 순간순간 변하는 표정이 꽤나 재밌다는 은규다(원래 약간 사악한 기질이 좀 있다).

"죄송합니다. 정말 죄송해요. 제가 너무 급해서 그냥 막 물어봤나 봐요. 오해해서 죄송합니다."

"아니요. 그래도 다행히 제가 쓰레기 모아두는 곳은 알거든요. 직원은 아니지만요."

"저, 정말요? 아세요?"

진심으로 환하게 웃는 혜원의 얼굴에 괜스레 따라서 기분이 좋아지는 은규다.

"그래요. 어쨌거나 밑으로 내려가야 하는 건 맞으니까 얼른 타시죠."

"예? 아, 예. 감사합니다."

여태 엘리베이터에 오르지도 못한 채 질문만 해댔던 무례한 자신을 탓하며, 은규와 함께 탄 엘리베이터 문이 닫히고 그렇게 조금은 안심을 해보는 혜원이다.

✳

“뭐야, 이 자식. 금방 온다더니 왜 이렇게 안 나타나냐.”

자신의 마음을 대변해 준 우진에게 감사. 꽤나 오랫동안 놀았다고 생각했더니 당구장을 나올 때쯤은 역시 두 시간 정도 후였다. 은규가 아무리 천천히 갔다 하더라도, 한 시간은 아버지를 뵙고 오는 금방이 아니었다.

“전화라도 해봐.”

“기왕 당구장 나왔으니까 자리나 잡고 전화하자. 어디로 갈까?”

저 눈치없는 녀석. 어쩐지 잘 나간다 했더니만 금세 눈치없이 놀 곳만 고르는 우진을 민우가 째린다. 괜히 직접 전화해 보려니, 평생 안 보채던 녀석 소리 또 듣겠고, 혜원에게 잠깐 들러보고 싶어서 기회만 노리고 있는 민우의 마음은 정녕 아무도 몰라주는 듯.

“아, 오빠~ 사거리 쪽에 클럽이 새로 생겼던데 가봤어요?”

“맞다~ 물 죽여준대요~ 우리 오늘 거기 가요. 네?”

“그래? 후후, 그럴까, 그럼? 민우야, 거기로 갈까?”

“…뭐, 좋을 대로.”

누가 ‘바람의 아이들’ 아니랄까 봐, 어떻게 된 게 놀 때마다 매번 잘도 여자들을 갈아치우는 이들이다. 신이 나서 깔깔거리는 여자애들과 우진의 뒤를 가만히 따라가는 민우. 하지만 자꾸 눈에 밟히는 혜원 때문에, 그래서 이렇게 아무리 놀아도 마음이 편치 않은 것 같다.

“……”

버릇처럼 자꾸만 뒤쪽을 돌아보는 혜원.

[아니요, 진짜 괜찮다니까요. 가르쳐 주셨으니 그만 가보세요. 저 혼자 찾을 수 있어요.]

[저야말로 괜찮다니까요. 혼자 어느 세월에 그걸 찾아요. 둘이 하면 그나마 낫겠지. 자, 얼른 찾읍시다.]

다행히도 각 방에서 수거된 쓰레기들은 충별로, 그리고 코너별로 나뉘어져 있었다. 마감 시간에 맞춰 모두 합친 다음, 그날그날 한꺼번에 소각하는 것. 아직은 분류되어 있다지만 그래도, 쓰레기의 양은 실로 엄청났다. 게다가 혜원이 찾으려는 것은 자그마한 종이 쪽지이기 때문에, 어디서부터 손을 대야 할지 도저히 가늠할 수가 없을 정도였다. 말로는 괜찮다고 하지만, 거대한 쓰레기 더미 앞에서 쩔쩔매고 있는 혜원과 혜원의 괜찮다는 만류에도 불구하고 어느새 두 팔을 걷어붙이고 벌써, 쓰레기 더미 한가운데로 들어가 버린 은규였다.

"근데 그쪽 이름 물어봐도 되나요?"

열심히 뒤적이던 은규가 문득 혜원을 향해 묻는다. 조금 머뭇거리다가 입을 여는 혜원.

"…민혜원이에요."

"손은규입니다. 반가워요."

불쑥 손을 혜원에게 내밀었다가 다시 자신의 바지에 쓱쓱 닦고는 조심스레 내미는 은규의 손을 실례되지 않게 혜원이 살짝 잡는다.

"반가운 건 좋은데 자꾸 죄송해서요."

"죄송하긴요, 어차피 저 시간 많다니까요."

[금방 와라. 혹시나 딴 데로 새거나 시간 끌면 죽.는.다.]

다른 건 몰라도 노는 데 있어서 만큼은 참석의 의의를 정말 중요하게 생각하는 우진의 마지막 당부가 맘에 걸리긴 하지만, 그대로 두고 갈 수가 없었다. 엄청난 쓰레기의 양을 보고 그대로 가는 것도 미안한 노릇이겠지만, 아주 솔직히 말해서 혜원을 조금이라도 더 알고 싶은 마음에서였다.

"분홍색 무늬없는 구겨진 종이랬죠? 찾긴 쉽겠네. 근데 그렇게 목숨 걸고 찾는 걸 보니까, 혹시 남자 전화번호나 뭐 그런 거 아니에요?"

웁쓰. 저기, 제가 돗자리라도 깔아드려요(;;)말없이 다시 찾기 시작하는 혜원을 보며 은규가 조금 섭섭한 투로 입을 연다.

"맞아요, 진짜?"

"맞긴 맞는데요. 일자리 때문에 그러는 거지, 딴 건 아니에요."

"일자리요?"

"예, 제가 아르바이트를 구하고 있는데 도움 주시겠단 분 연락처거든요."

가만히 생각해 보니까 굳이 이렇게 변명할 것까지야 없는 것도 같고(;;)하지만 그런 혜원의 말에 괜스레 안심하는 은규다.

"근데 참, 여기 호텔에 묵어요? 혼자?"

"사정이 좀 있어서요. 오늘까지만 묵을 거예요."

자기 일처럼 정말 열심히 찾아주고 있는 은규를 보며 살짝 웃던 혜원이 순간 멈칫!!

제발… 제… 제발!! 손끝에 와 닿는 낯설지 않은 종이의 감촉과 눈으로 색깔이 분홍색이라는 것까지 확인하고는… 부들부들 떨리는 손으로 종이를 살짝 펴보니…

지수혁. 0IX—XXXX—XXXX

심.봤.다. 틀림없이 하늘이 도운 것이야. 이 감동이란… 으흑!
"차, 찾았어요, 여기."
"정말요? 우와~"
떨리는 마음을 애써 억누르며 혜원이 종이를 들어 보인다.
"안에 봤어요, 정말 맞는지?"
"네, 맞아요. 정말 감사합니다. 덕분에 빨리 찾을 수 있었어요."
서둘러 다가온 은규에게 정말 고맙단 듯 웃어 보인다.
"덕분은요. 결국은 혜원 씨가 이렇게 찾았잖아요."
"아무튼요. 정말 감사합니다. 그리고 너무 죄송했구요."
"어쨌거나 다행이네요. 혜원 씨가 찾아서 저도 너무 기쁩니다. 그럼 이만 나가죠, 우리."
"아, 예."
천천히 복도를 걸어나와 다시 엘리베이터 앞에 선 두 사람.
"그래도 종이뿐이라 냄새는 안 나네요."
"그러게요. 다행이에요. 냄새까지 뱄으면 너무 죄송해서 아예 얼굴도 못 봤을 거예요."

땡. 스르륵.

어느새 도착한 엘리베이터의 문이 열리고,

"정말 감사했어요. 나중에 기회가 있으면 신세 꼭 갚을게요."

"연락처, 알려주실 수 있으세요?"

문득 한껏 진지해진 은규의 눈빛에 혜원이 조금 당황한다.

"저기, 제가 지금은 마땅한 연락처가 없어요. 어쩌죠?"

"그럼 몇 호실에 묵으세요? 뭐, 한밤중에 쳐들어가진 않을 테니 걱정은 마시구요."

"703호요. 금방 나가긴 할 거지만."

"아~ 네, 명심할게요. 올라가세요, 이만."

또 미처 몰랐던 거지만 은규는 그때까지도 '열림' 버튼을 눌러주고 있었다는 사실. 미안한 얼굴로 얼른 올라타는 혜원에게 가만히 손을 흔들며 웃어 보이는 은규다.

"만나서 반가웠습니다. 안녕히 주무세요."

"고마웠어요. 그럼."

아주 짧게나마 눈을 맞춰보고는 그렇게 닫혀지는 엘리베이터 문을 바라보고만 있었다.

[…민혜원이에요.]

첫눈에 반한다는 거 좀처럼 믿지 않았다. 아니, 영화나 드라마에서 그럴 때마다 솔직히 유치하다는 생각뿐이었다. 그 후로도 한참이나 더 그렇게 엘리베이터 문을 바라보고 서 있다가 천천히 로비를 향해 걸어나가는 은규. 그리고 다시금 머리 속에 가득 자리해 버리는 잊을 수가 없는 혜원의 모습.

"은규야, 너 왜 이제 나오냐? 무슨 일 있었어?"

"아뇨. 그냥 엘리베이터로 장난 좀 쳤어요. 간만에 하니까 재밌던데요."

순간의 느낌을 지울 수가 없었다. 숨이 막히도록 설레인다는 게 뭔지, 이제야 알아서 조금은 안타깝다는 생각도 든다. 마주한 순간 자꾸만 아련해져 오던 느낌에 좀처럼 눈을 뗄 수도, 외면할 수도 없게 만들어 버리던…

"이런. 나이가 몇인데 그런 장난을 하고 놀아? 전기세 내고 가, 임마."

"치사하게 그럴 거예요? 정 그럼 외상으로 달아놓으시죠. 나 이만 가요, 수고하세요~"

느낌 같은 건 중요하지 않게, 그냥 마음 맞는 애들과 사귀어왔다. 아직은 어린 나이라서 더 그랬던 건지 일시적인 감정과 사귐, 단지 그뿐이었던 것 같다. 자신의 외모와 배경을 보고 달려드는 여자들. 조금이라도 친하게 지내고 싶어서 안달하는 그들에게 신사적인 은규는 적당히 기회를 줬던 것뿐이었다.

"나야. 어디냐?"

─새끼. 시간이 몇 신데 지금 전화해? 여기 사거리 클럽이야. 얼른 와.

"미안. 알았어, 5분 안에 갈게."

목소리만으로도 충분히 우진의 째림을 느끼며, 은규가 핸드폰을 주머니에 넣는다. 그러면서 또 가만히 생각에 잠기는 은규. 민우는 가슴속에 상처를 담고 있기에, 감정없이 조금 과하다 싶을 정도로 아무나 만나 그렇게 지내왔고 우진은 원체 여자를 좋아하는 성격이라, 영원히 아름다운 솔로를 꿈꾸며 절대로 깊게 사귀는 것만은 피한다는 자유연애주의자. 그러고 보니 자신은 딱히 이러이러하다고 정의를 내리기가 좀 난감하다. 누군가를 절실히 좋아해 본 적도 없었고, 남들처럼 한밤중에 보고 싶어서 그리워해 본 적도 없는 것 같고, 매사에 확실한 걸 좋아하는 성격이라 진심으로 끌린 적도, 마음을 줘본 적도 없다. 아무에게도 먼저 다가가지는 않으면서 자신에게 다가오는 이들을 그저 거절하지 않는 것뿐. 그런데… 그런… 데…

"…민… 혜원."

어느새 어둑해진 하늘을 올려다보며 나지막이 혜원의 이름을 내뱉어본다. 왠지 모르게 입술이 가늘게 떨리는 것 같은 느낌에, 그리고 조금은 불안하게 느껴지기도 함에… 은규는 서둘러 걸음을 재촉한다. 뭐가 뭔지 잘 모르겠지만, 자신이 혜원을 자꾸만 떠올리고 있는 것 한 가지만은 분명한 듯하다.

✻

"내일 오후 5시로 잡아놨습니다. 우선은 만나보시는 거 괜찮으시겠죠?"

어차피 선택의 여지는 없었지만, 이런 식으로라도 자신을 배려하는 김 실장이 고마움에 수혁이 아주 살짝 미소 짓는다.

"드디어 내일이네요. 근데 신비감 조성하려고 사진은 생략하는 건가요?"

“하하, 그럴 리가요. 드리려던 참이었습니다, 도련님. 여기요.”

세상과 단절된 듯 한껏 조용하기만 한 리무진 안. 손수 몸을 돌려 뒷좌석의 수혁에게 한 장의 사진을 내미는 김 실장이다. 말없이 받아 드는 수혁의 눈빛이 이제는 거의 포기 상태인 듯하다.

“김은주. 23살. 우주그룹 외동 따님입니다. E여자대학교 경영학과에 재학 중이시구요.”

짐짓 조용한 목소리로 간단히 몇 가지를 설명해 주는 김 실장. 자신을 향해 밝게 웃고 있는 사진 속의 여자도 아름다웠지만, 정작 수혁의 눈엔 어느 틈엔가 혜원의 얼굴만이 끊임없이 아른거리고 있었다.

[아, 저기… 저 정말 괜찮은데요.]

억지로 쥐어준 건 자신이라는 걸 알고는 있지만, 아무 뜻 없이 그저 한 번만 걸어줬으면 했기에… 그런 식으로라도 목소리를 들려준다면 했었기에… 혜원 씨.

김 실장의 시선을 피해서 가만히 사진을 뒤짚어 내려놓는다. 사진 속의 여자 얼굴 위로 혜원의 모습이 겹쳐진 때문이기도 했지만, 시선을 돌리는 그 어느 곳에도 혜원은 자리하고 있었다.

함께할 수 있다면… 조금이라도 좋으니 곁에 둘 수만 있다면… 누군가에 대한 그리움에서 생기는 욕심이라는 거… 쉽게 이룰 수 없을 때 이렇게까지 아픈 거였나.

몇 가지를 더 설명해 주려던 김 실장이 문득 입을 다물어 버린다. 아침부터 무척이나 설레고 들떠 있던 수혁을 기억한다. 한시도 핸드폰에서 눈을 떼지 못하던 생전 처음 보는 수혁의 귀여운 면모도. 그리고…

[내일… 몇 시로 약속되어 있나요?]

하루 종일 기다려 봐도 끝내 오지 않던 연락에 먼저 말을 꺼낸 건 수혁이었다. 한눈에도 알 수 있게 풀이 죽어 있는 수혁을, 그 생각에서 벗어나게 해주려고 일부러 더 부산거렸건만 어쩐지 별 효과는 없는 것 같다.

"장소는요?"

"아, 일단 호텔 커피숍으로 잡아놨습니다. 괜찮으시죠?"

"그럼요. 잘하셨어요."

잘하셨어요… 잘하셨어요라니. 실은 나가고 싶지 않은 마음뿐인데… 아무것도 하고 싶지 않은 기분인데. 뭔가 사정이 있어서라고 애써 생각하려 해봐도 좀처럼 위로가 되질 않는다. 내일은 연락을 주지 않을까 하는 기대도 어느새 조용히 가슴 한켠에 묻혀 버리고 만다.

[…민혜원이에요.]

가만히 눈을 감으며 이내 들어 올린 손으로 가볍게 얼굴을 한 번 쓸어 내린다. 은연중에 손끝이 가늘게 떨려오는 건 그만큼 절실하고 그립다는 뜻인지.

✳

"……."

벌써 10분째 계속되는 째림.

"정말이에요. 아저씨 생각나서 사 왔다니깐요."

누가 그랬다. 사람이 안 하던 짓을 하면 죽을 때가 다 된 거라고. 그 말이 떠오름에 민우의 명복을 빌어주며 가만히 묵념을 올리는 성훈이다.

"뭐, 뭐 하시는 거죠, 지금?"

"안 하던 짓 하다가 네 녀석 갑자기 죽을까 봐 걱정돼서 미리 명복이라도 빌어주려고."

그런 성훈에게 괜히 죄지은 것처럼 눈빛만으로 붙들려선 땀만 삐질삐질. 여전히 민우를 예리하게 훑어보는, 이미 모든 걸 알아버린 듯한 성훈의 눈길이 따갑다.

"이런 말 참 뭣하지만… 도둑이 제 발 저린다더니 그렇게 긴장하는 거 처음이다, 너?"

"기, 긴장은 무슨, 아무튼 그럼 저 올라갑니다. 맛있게 드세요."

후닥닥.

최대한 빠른 걸음을 티 안 내려 노력하며 엘리베이터 쪽으로 사라지는 민우를 보다가 자신의 손에 들려진 양갱에 시선을 주는 성훈. 고얀 것. 기왕 사 올 거면 선심 좀 쓸 것이지. 내가 노인네냐, 양갱을 사 오게. 여보, 나 정말 그렇게 늙어 보여? 언제 한 번 날 잡아서 다같이 기합을 줘야겠다고 다짐하는 성훈. 그러면서도 혹여 직원들에게 빼앗길까 안 주머니에 양갱을 감추는 성훈이다.

어느새 7층에 도착한 엘리베이터에서 가만히 내리는 민우. 진짜 뭐라고 하지? 근처에 지나다가 그냥 잠깐 들렀다고? 유치하다고 속으로 욕하는 거 아냐.

은규가 도착하기 무섭게 클럽을 빠져나왔다. '혹시' 하는 표정으로 의심하는 두 녀석에게는,

[형 때문에 가는 거지, 그 딴 인간 땜에 가는 거 절대 아냐. 아버지는 무슨.]

아버지 어쩌구 미리 선수 쳐서 화를 내고는 마구 성질 부리며 유유히 빠져나온 것. 끝까지 의심의 눈초리 같긴 했지만, 성질 부리는 민우를 차마 막지 못하던 은규와 우진이었다. 알았다고, 시끄러우니 그만 가보라던 은규와—녀석은 이미 모든 걸 알고 있는 눈치였고—아버지한테 너무 그러지 말라고, 가서 아무 소리 말라던 우진(내가 진짜 우진이 네 녀석 땜에 산다, 살아).

우뚝.

혜원의 객실 문 앞에 조심스레 멈춰 선 민우가 잠시 숨을 고른다. 누굴 만나기에 앞서, 특히 여자들에게 이렇게까지 긴장해 본 적이 없었던 민우다. 많이 낯설기만 한 자신의 모습은 그냥 무시해 버리기로 한 지 이미 오래. 조금 더 머뭇거리던 민우가 이내 손을 올린다. 노크라도 할까? 젠장, 너무 안 어울리는데. 그냥 니 스타일대로 해라, 이 민우. 가만히 주머니에서 카드키를 꺼낸다. 성훈에게 양갱을 건네며 몰래 슬쩍한 나름대로의 비법이 훌륭했다고 자화자찬.

"저기, 나 들어가려고 하는데(벌써 문까지 열어놓고는 그게 할 소리냐)."

아주 천천히 문을 열고는 고개를 들이밀어 기웃기웃, 그리고는 소리없이 들어가는 민우를 모르는 사람이 보면 도둑으로 오인하기 딱

좋겠다.

샤워기를 잠그고는 뒤쪽에 걸려 있던 커다란 타올을 집어 들어 몸에 두르듯 감싼다.

[아니, 벌써 시간이 저렇게나? 얼른 샤워부터 하고 전화해 봐야지.]

혹시나 또 잃어버릴까 하는 맘에 종이를 옷 주머니 속에 꽁꽁 숨겨 두고 어두워진 창밖을 보고도 알 수 있듯, 시간이 많이 늦었기에 샤워도 서둘러 끝냈다. 오로지 빨리 나가서 수혁에게 전화를 해봐야겠단 생각에 타올만 대충 걸치고는 욕실 밖으로 나가는 혜원이다. 아니다, 시간이 너무 늦은 것도 같네. 지금 시간에 전화하는 건 실례잖아. 그냥 낼 아침에 일찍 일어나서 해봐? 오늘 전화 달라고 한 것 같긴 한데… 하루 늦게 했다고 모른 척하면 어쩌지?

이런저런 생각에 표정은 또 붉으락푸르락해지고, 흘러내리려는 타올을 가슴 위로 끌어 올리며, 천천히 침대 쪽으로 다가간다. 그러다가…

멈칫.

어디선가 본 듯한 낯익은 뒷모습, 아니, 그보다도 분명히 혼자 있어야 할 방에 누군가의 모습이라니!

"아, 저, 저기, 난……"

창가 쪽에 서 있던 그가 돌아보며 얼굴을 붉히는 동시에… 그의 얼굴을 확인함과 함께… 창가에 비치는 자신의 민망한 모습?!

……….

이.럴. 수.가!! 절규 직전의 표정으로 넋이 나간 혜원에게서 얼른 등을 돌리며 구석으로 가는 민우.

“아, 아무것도 못 봤으니까 거, 걱정 마. 흠흠.”

그러면서 얼굴은 왜 극도로 붉어지는 것이며, 그렇게 말을 더듬고 헛기침까지 하는 건 뭐라니. 충격으로 인해 할 말을 잃고 있던 혜원이 이내 정신을 차리곤 다시 욕실 쪽으로 달려간다. 잠시 후 사라진 혜원을 확인하는 민우가 못내 놀란 가슴을 쓸어 내린다.

뭐냐, 이민우. 여자 벗은 거 첨 보냐. 가슴은 또 왜 이렇게 두근거리고 지랄이냐. 체엣. 괜히 창밖을 뚫어져라 쳐다보며 하늘에 별이 몇 갠가 세어보는 척(분명히 말해 두지만 너무 티난다), 그리고…

“놀랐잖아요. 그렇게 불쑥 들어와 있구.”

짐짓 투정 섞인 목소리의 혜원을 가만히 돌아본다. 진분홍빛 긴팔 니트와 편해 보이는 구제 청바지가 깔끔하다. 어느새 얌전히 차려입었다지만, 머리는 아직 덜 마른 듯 감싼 수건 사이로 어깨에 물이 뚝뚝 흐른다. 그 모습을 보면서 민우는 또 너무 안 어울리게도, 혜원의 머리를 직접 말려주고 싶다는 생각을 한다(사람이 변하기 시작하면 너무 무섭다).

“미안. 프런트에서 전화한다는 게 깜빡했어.”

아직도 잘 눈을 못 맞추는 민우가 정말이지 꽤나 놀란 것 같다.

“근데 이 시간에 무슨 일로?”

“응? 아, 뭐 그냥 지나가다가.”

가만히 혜원의 눈치를 살핀다. 다행히도 유치하다고 속으로 욕하는 것 같진 않다.

"그게 아니라 혹시나 도망갔을까 봐 불안해서 와본 거죠?"

장난스런 혜원의 말에 민우가 피식 웃는다.

"잘 아네. 그래도 말은 잘 듣는군. 당분간 있으라는 말 말야."

"그렇게 됐어요. 아르바이트 구하기가 생각보다 쉽지 않네요."

멈칫.

혜원의 말에 그만 경직된 얼굴로 민우가 다시 입을 연다.

"뭐야! 그럼 아르바이트 구해서 나간단 얘기였어?"

"정말 금방 구할 줄 알았거든요. 그렇지만 내일은 무슨 일이 있어도 구해질 거예요."

뭐라고 말을 하려다 그냥 입을 다물어 버리는 민우. 괜히 자신도 모르게 지금 혜원에게 화를 내려고 했다.

"아니, 꼭 구해야죠. 정말 오늘까지만 묵을 거예요. 혹시라도 걱정 안 해도 돼요."

뭔가 정해진 것도 아니면서 자신의 호의를 거절했다는 것보다는 하루만 부탁한다고 하길래 어디 갈 데라도 있는 줄 알았던 건데. 그래서 조금이나마 걱정을 덜었었던 건데. 근데…

"내일 일 구해서 나가게 되면 바로 연락해서 신세 갚을게요. 혹시 부탁 같은 거 있으면 생각해 놔요."

그렇게 아무렇지도 않은 얼굴로… 그렇게 조금도 힘이 안 든다는 괜찮단 얼굴로… 너… 젠장. 숨이 막힐 정도로 가슴이 미어져 오는 아찔함. 뭔가가 가슴 속 깊은 곳에서, 그렇게 소리없이 무너져 내리는 듯한데, 왜인지 너무도 속이 상함에 자꾸만 괜스레 혜원에게 화가 나는 민우다.

"맞다, 연락처 알려줘요. 내일 자리 잡으면 전화할게요. 근데 혹시 돈 쓰는 거라면 조금 기다려야 할지도……."

"뭐가 그렇게 괜찮은 건데?"

침대 머리맡 테이블에서 종이를 찾던 혜원이 순간 멈칫.

"내일이면 뭐가 있기라도 한 거야? 그래서 그렇게 괜찮은 얼굴이야?"

"저… 저기요?"

"내 이름은 '저기'가 아니라 이민우라고 말했을 텐데!"

"……!"

소름 끼치게 냉랭한 목소리. 예리하리만큼 자신을 꿰뚫는 듯한 저 눈빛. 문득 할 말을 잃은 혜원에게 또다시 입을 여는 민우.

"어제 그랬지. 딱 하루만 신세지겠다고. 난 뭐라도 정해진 줄 알고 내버려 뒀던 거야. 근데 뭐? 아르바이트를 구해서 나가?"

신세지고 어쩌고 그 딴 게 중요한 게 아냐. 너에 대해 이름밖에 아는 게 없단 것도 조금은 화가 나지만 말야. 신세진 거 받아내려고 내가 지금 이러는 거 아니잖아. 설마하니 너, 내가 정말 그럴 거라고 생각했던 거야? 제길.

"진작 그런 사정이 있다고 얘기해 줬으면 안심하진 않았을 거 아냐. 도움은 못 되더라도 괜히 혼자 괜찮겠지 넘겨짚진 않게 해줬어야지. 차라리 그게 낫다구.”

“…….”

안 그래도 걱정돼 죽겠는데 정말 갈 데 없다는 거 맞잖아, 너. 그러면서 그렇게도 괜찮다는 얼굴을 하는 거야, 왜! 왜 자꾸만 내게 선을 그어놓는 것만 같은 거냐구, 왜!

“…….”

솔직히 화를 내야 하는 상황은 아니었다. 그저 미처 몰랐다고, 이제라도 자신이 도와주겠다고 하면 되는 거다. 근데 뭐가 이렇게 자꾸만 맘에 안 드는 건지, 자신조차도 도무지 이유를 알 수가 없는 민우다. 그리고 ‘이건 아닌데’ 라고 생각한 순간 힘없이 고개를 떨구고 있는 혜원이 눈에 들어왔다. 왜 자꾸만 자신 앞의 혜원은 저렇게 아프고 슬픈 모습인 건지에 또 속이 상한 민우라서…

미안해… 미안… 해, 정말… 정말 미안. 너한테 화낼 상황 아닌데도… 그런데도… 나, 난… 하아.

“갈게. 늦은 시간에 괜히 온 것 같다.”

차마 미안하다는 말은 하지 못한 채 서둘러 문 쪽으로 걸어가는 민우와 아무 말도 나와주지 않는 상황에 그저 멍하니 서 있을 수밖에 없는 혜원.

탁!

완전하게 안과 밖의 상황이 되고… 비록 문 하나지만 그렇게 확실하게 나뉘어진 후에야,

“미안… 해.”

　겨우 내뱉어진 말 한마디에 민우가 가만히 눈을 감아버린다. 조금 전의 상황으로 돌아갈 수 없음에 견딜 수 없게 후회가 되고 아파오는 마음이라니, 그렇게 이유없이 혜원에게 화를 내버린 자신이 못 견디게 원망스러울 뿐이다.

"차마 어떠한 말로도 쉽게 설명할 수가 없는 이 감정들.

그저 마음 가는 대로 놓아버리고만 싶은 충동 아닌 절실한 이 느낌.

다른 건 아무래도 좋으니 너만 바라보고, 사랑하고 싶은 거라고…

그 마음이 어느새 너무 많이 커져 버려서 이제는 힘들어진다고…

우습다. 우습고 유치하다. 사랑이란 건 한순간의 착각일 뿐이다.

절대 그렇지 않다는 걸… 나 또 이렇게 네가 그리워 눈물이나."

"걱정 마요, 형. 예, 예, 끊으세요."

핸드폰 플립을 닫아 주머니에 넣는 은규에게 우진이 입을 연다.

"누구, 수혁이 형?"

"응. 별일없냐구. 어지간히 싫은 소리를 들은 모양이야."

우진에게는 좋게 둘러댄 은규지만 짐짓 걱정스런 시선을 민우에게 돌린다.

[어째 이틀 동안 잘 들어온다 했어. 니들이랑 같이 있는 거지? 부탁 좀 한다, 은규야.]

집에 간다고는 했었지만, 수혁의 전화로 은규는 확신(달리 눈치 8단이 아니다). 그러면서도 내색하기 싫어하는 민우를 알기에 또 가만히 눈치를 살피며 한마디 건넨다.

“아버지가 많이 뭐라 하셨구나? 잊어버려, 임마. 신경 쓰지 말라구.”

아버지 때문이 아니란 걸 알고 있었다. 자세히 뭔 일인지는 모르겠지만 다시 클럽으로 찾아온 민우는 지금까지 말없이 저렇게 술만 마셔대고 있다. 치워진 술병만 해도 거의 한 상자. 워낙 술발이 세다고는 하지만 그렇기에 더욱 걱정되는 은규다.

“좀 쉬어가면서 마셔라. 술하고 원수졌냐?”

“그래, 임마. 너 아까부터 한마디도 안 하고 술만 털어놓고 있다구. 하여간 술발은.”

[그렇게 됐어요. 아르바이트 구하기가 생각보다 쉽지 않네요.]

잠시 멈칫하는 민우의 머리 속 가득 아주 조금도 쉽사리 지울 수 없는 혜원의 모습.

[정말 금방 구할 줄 알았거든요. 그렇지만 내일은 무슨 일이 있어도 구해질 거예요.]

아련해지는 민우의 눈가가 여리게 떨리고 술병을 쥔 손에 아주 조금씩 힘이 들어가는가 싶더니…

[아니, 꼭 구해야죠! 정말 오늘까지만 묵을 거예요. 혹시라도 걱정 안 해도 돼요.]

너 나한테 더 이상 신세지는 게 그렇게까지 싫은 거냐? 그래?

[내일 일 구해서 나가게 되면 바로 연락해서 신세 갚을게요. 혹시 부탁 같은 거 있으면 생각해 놔요.]

젠장. 기어이 화를 이기지 못하고 그만 입술을 깨물며 고개를 아래로 떨궈 버린다. 그러더니 다시 또 술병을 들어 입으로 가져가서는 그대로 털어 넣는다. 알싸한 맛이고 뭐고 이제는 더 이상 느껴지지도 않음에 민우의 마음이 더욱 답답하고, 넌지시 허공을 응시하는 민우의 눈빛과 거칠지만 애달픈 그 눈빛 속의 그리움이 커다랗게 일렁인다.

미안해… 미안해, 정말… 화내려던 게 아니었는데… 나도 모르게 그만, 그만 너에게…

"민우야! 임마, 괜찮아? 서은이 왔어. 정신 좀 차려봐."

언제 왔는지 아직까지도 조금 뽀로통한 얼굴로 자신의 옆에 서 있는 서은을 가만히 올려다보는 민우. 그러나 다시금 선명히 떠올라 눈앞에 아른거리는 건 혜원의 얼굴이다.

보고 싶어서 간 거야. 하루 종일 보고 싶었기에 힘들게 간 거라구. 이름밖에 모르는 것도 너무 속상한데 괜찮다는 너의 말만 믿고 걱정을 더 못해준 게 난 화가 나는 거야. 사실은 하나도 안 괜찮으면서… 당장이라도 울 듯한 그런 얼굴로 그렇게 괜찮다는 말만. 너… 하아… 민혜원. 혹시 지금 또 울고 있는 건 아닐까? 차갑게 쏘아붙이고만 나의 말에 상처를 입었으면 안 되는데.

"…미안해."

문득 서은의 얼굴 위로 겹쳐지는 혜원에게 민우가 나지막이 미안하다고 말한다. 많이 놀라는 은규와 우진, 그리고 서은.

"미안해. 화내서 정말 미안… 미안해. 미안하다……."

자신을 향해 하는 말일 거라는 생각에 가만히 민우의 머리를 끌어

안는 서은이지만, 그런 민우를 보며 은규와 우진은 괜스레 불안한 마음이 들어 술을 입 안으로 털어 넣는다. 아직까지도 혜원의 모습만을 그리는 민우의 쓸쓸한 얼굴이 많이 가엾다.

"그만 가라니까. 오빠, 오늘따라 왜 그래?"

한참 새벽이 되어서야 술자리는 그렇게 흐지부지 끝이 났다. 벌써 한 여자와 방으로 들어간 우진은 뭘 하고 있는지 코빼기도 보이질 않았고, 다른 방 앞에서 이렇게 실랑이를 벌이고 있는 은규와 서은. 그들 뒤로는 잔뜩 술에 취한 채 침대에 널브러져 있는 민우가 보인다. 같이 술 마시고 놀다가 늦어지면 으레 함께 자기 일쑤였건만 오늘따라 자꾸만 자신을 만류하는 은규를 서은은 도무지 이해할 수 없다는 얼굴이다.

"내가 민우 오빠랑 자는 거 하루 이틀이야? 갑자기 왜 그러는 건데?"

"아까도 말했잖아. 오늘은 안 된다구. 나와, 얼른."

"은규 오빠."

자신의 손목을 잡고 끌어내리던 은규를 서은이 가만히 쳐다본다.

"오늘은 안 돼? 왜? 왜 안 되는데, 오늘은?"

"……."

제법 날카로운 눈빛으로 묻는 서은에게 은규는 왠지 아무 말도 못하고 있다.

"나오라고 하지만 말고, 알아듣게 말을 해봐. 왜? 왜 그러는데,

대체?"

"이서은, 너 진짜……."

"알아. 알고 있어, 나."

가만히 눈을 내리깔며 짐짓 태연한 척하는 서은. 그녀의 대단하기만 한 자존심이 알게 모르게 조금씩 흔들리기 시작한다.

"나한테 미안하다고 한 게 아닌 거… 나도 알고 있다구."

"서은아."

"그냥 가. 가줘, 오빠. 나중에 아프더라도 지금은 이러고 싶어, 나."

"……."

항상 제멋대로인 서은. 어려서부터 민우를 향한 일편단심으로 어떤 말에도 상처받지 않던 알아주는 얼음공주. 형제가 없어서 은규나 우진 역시 잘 따르지만 뭐든지 맘에 안 들면 성질 부리기 일쑤인 철부지. 그런 서은이 지금 저렇게까지 진지한 표정이라니… 게다가 지금의 민우의 상태를 은규만큼이나 눈치 챈 것만 같은 느낌인데…

"…아무 말도 하지 마. 내가 알게 될 때까지 말하지 말아줘. 난 괜찮으니까."

더 이상 말을 하지 않는 게 나을 것 같았다. 못 이기는 척 이내 가만히 한 발짝 물러서 주는 은규를 보며 서은은 천천히 문을 닫았다.

민우의 지금 마음이 어떤지… 아버지 때문에 저렇게까지 속상해하는 것이 아님을… 그리고 무엇보다도, 친구의 아픈 마음이 너무도 투명하게 비쳐지는 탓에… 민우야.

조금을 더 그렇게 서 있다가 돌아서는 은규의 눈빛이 많이 애처롭다. 차마 도움이 되지 못하는 자신을 탓하며 부디 친구가 상처받거나 다치는 일은 없기만을 바라며…….

"시간이 너무 늦었어. 내일 학교도 가야 하잖냐."

"이것만 마시고 들어가서 잘게요. 그래도 작은아빠 성의라서 마셔주는 건 줄 알아요."

성훈이 내민 따뜻한 코코아를 한 모금 들이마시며 싱긋 웃는 은규. 새벽이라고는 하지만 호텔의 특성상, 들어오는 투숙객들은 꽤 있었다. 물론 조금 한산하기는 한 로비. 한쪽에 마련된 휴게실에서 은규는 성훈과 잠시 마주 보고 앉아 있었다.

"일주일은 넘기나 했더니 그새를 못 참고 또 여자들이랑… 대견하다, 이놈들."

"고3이라고 더 그러시나 본데, 학교에서는 모범생이니까 괜히 핀잔 말아요. 대학은 간다구요."

"말은 잘하지. 지킬 건 지켜가면서 망가져라. 그럴 거라고 믿고 봐주는 거야."

은근슬쩍 시작되는 잔소리를 듣는 둥 마는 둥 흘려버리던 은규가 별안간 눈을 반짝이며,

"참, 나 물어볼 거 있어요."

"뭔데?"

갑자기 너무도 진지하게 빛나는 은규의 눈빛에 갑자기 성훈도 긴

장한다.

"저기, 고객정보는 유출금지라는 거 잘 아는데 말이죠."

"알면서 뭘 물으려구? 설마하니 네 녀석이 여자를 물어볼 리는 없을 테고."

가끔씩 호텔에 들러 왔으면서도, 은규는 한 번도 이런 질문을 한 적이 없었다. 고객에 관해 물어보면 책임 관리자인 성훈이 누구보다 난감할 거란 것도 잘 알고 있거니와 누구를 쉽게 진심으로 마음에 담지 않는 은규를 성훈 역시 너무도 잘 알고 있었다. 그런데 은규는 지금 아주 많이 망설이고 있다.

"뭔데 그래? 말해 봐, 임마. 국가기밀만 아니라면 뭐 한 번 생각해 볼게."

평소 같지 않게 진지하게 고민하는 은규에게 성훈이 장난스런 눈길로 보챈다. 그러고도 잠시 더 머뭇대며 끄는 모습의 은규가 결국엔 꽤나 힘겹게 입을 열더니,

"…703호요. 민혜원이라는 투숙객, 알죠?"

"703호? 민… 혜원?"

멈칫.

조금 굳어지려다 애써 태연하려는 성훈의 얼굴을 은규는 웬일인지 눈치 채지 못하는 듯.

"혼자 묵고 있는 것 같은데 실례될 것 같아서 이름밖에 못 물어봤어요. 오늘까지만 묵게 될 거라던데 연락처나 뭐 아시는 거 좀 있으세요?"

[은규 녀석한테 아는 척 마세요. 절대 비밀, 꼭이요.]

불현듯 귓가를 스쳐 가는 민우의 목소리. 혜원을 어떻게 알았는지 자신에게 묻는 은규를 그저 말없이 쳐다만 보는 성훈이다.

"숙박부는 썼을 테니까 연락처나 주소 같은 거 있겠죠?"

[그 녀석 알면 안 되니까 비밀 지켜요. 안 지키면 나 아저씨 안 봐요.]

알았다, 임마. 알았다구.

조금 더 머뭇거리던 성훈이 금세 사악한 미소를 달고는 은규를 살핀다.

"손은규. 너 그렇게 여자한테 열 내는 거 처음 본다?"

"그래요? 처음이니까 많이 봐두시죠."

"뭐냐, 뭐. 어디서 만났어? 혹시 아는 사이야?"

성훈의 질문에 마음을 다잡을 새도 없이 은규의 얼굴이 금세 아련해지고 만다.

뭐, 아는 사이는 아니구요. 알고 싶은 사람이라고나 할까.

"자세한 건 묻지 마시고 어쨌거나 좀 알아봐 줘요, 작은아빠. 존경할게요."

"뭐? 그럼 여태 존경 안 했단 소리구나. 고얀 놈!"

"아니, 저기, 그런 게 아니라요."

얼렁뚱땅 둘러대면서 제법 골난 표정으로 성훈이 벌떡 일어선다. 자신이 생각해도 참 말도 안 되는 핑계긴 하지만 상황수습에는 원래 서툰 성훈이다.

"됐네, 조카 놈아. 난 무례한 사람은 상대 안 해."

"쉽잖아요, 연락처 정도는. 좀 알려줘요. 부탁드려요."

불쌍한 것. 은규 이놈아, 아마도 그 사람은 안 될 거야. 니가 지금 이러는 거 충분히 처음이라는 건 알겠는데, 그래서 도와주고 싶은 마음은 정말 굴뚝같긴 하지만은…

"정말 이러시기예요? 저 이런 부탁 처음이잖아요. 처음이자 마지막이라구요."

그렇지만… 엄밀히 말하자면 민우가 먼저거든, 그래서 안 된다는 건 너도 이해하지?

"혹시라도 잘해보고 싶은 마음이라면 능력껏 알아내, 임마."

은규에게서 가만히 돌아선 성훈의 얼굴이 조금은 씁쓸히 웃는다. 괜한 억지 같기도 한 자신의 부자연스러움을 부디 은규가 눈치 채지 못해주길 바라며…

"충분히 도와줄 수도 있지만, 안 그러는 거… 무슨 뜻인지 알겠지? 손은규의 능력도 믿고 있거니와, 편법이란 게 안 통하는 게 사랑이란 거니까. OK?"

운명이라는 거… 한 번 믿어봐야 할 것 같구나. 내가 직접 나서서 일을 만들어주는 것보다는… 정 안되면 우연이라도 말이야.

저벅저벅.

조금씩 자신에게서 멀어지는 성훈을 말없이 바라보고만 있는 은규. 그리고는 곧 알겠다는 듯이 기분 좋게 싱긋 웃으며 일어선다. 엘리베이터 쪽으로 걸어가면서도 자꾸만 싱겁게 웃고 마는 은규. 적잖이 아쉽지만 잠깐 동안만이라면 기꺼이 접을 수도 있겠다는 생각. 그만큼 커져 버린 혜원에 대한 감정, 혜원에 대한 소중한 이 느낌들.

땡. 스르륵.

조금만 더 확인해 보고 난 후에라도 늦진 않겠지.

"체크아웃 할 때 꼭 전화해요, 작은아빠!!"

너무 늦은 시간이라 방으로 찾아갈 수는 없었다. 가만히 손을 들어 보이는 성훈에게 한 번 더 미소를 띠고는 천천히 엘리베이터에 오르는 은규. 다시금 머리 속 가득 자리하는 혜원의 모습에 조금씩 닫히는 엘리베이터 문 사이로 자신도 모르게 또 흐뭇이 웃게 되는 은규다.

"으음… 음……."

속이 왠지 쓰리면서 머리도 깨질 듯이 아파오고, 입 안이 바싹바싹 마른다는 느낌. 얼굴을 잔뜩 찌푸리면서 힘겹게 눈을 뜬다. 어둡기만 한 방 안. 은은하게 켜져 있는 스탠드 불빛만이 조용한 방 안을 가득히 채우고 있다. 조심스레 몸을 일으키다가 또 아파오는 머리를 움켜쥐며 그만 멈칫한다. 이런, 마셔도 너무 많이 마신 탓인가. 하긴 나중엔 어떻게 된 건지 생각도 안 나네. 쓰읍.

가려진 커튼 너머로 많이 어두운 하늘. 시계가 새벽 4시를 향해 가고 있다. 가볍게 머리를 양쪽으로 흔들며 마저 일어서려던 민우가 멈칫, 그도 그럴 것이 벗고 있는 자신과 또 바로 옆에 누워 있는 서은이 눈에 들어온다. 그리고 자신과 마찬가지로 벌거벗은 서은의 몸이 시트 사이로 간간이 보이고… 이런, 보나마나 또 술에 잔뜩 절어서는…
제기랄.

얼굴을 조금 구기며 옷을 챙겨 입는다. 아무 감정도 없이 그렇게
여자들을 안고, 어느 누구에게도 진심 어린 마음을 주지는 않는 민
우. 지금의 서은과의 잠자리처럼 언제나 술을 마시고 나서야 가능한
민우였다. 술마저 들어가지 않은 제정신으로는 아무리 민우라도 진
심없는 행동은 어렵다. 창가에 살짝 걸터앉아 담배를 입에 무는 민
우. 담배 끝이 빨갛게 타 들어감에 이를 지켜보는 가만히 내리깐 민
우의 눈빛이 조금 일렁이는 듯하다.

[뭐가 그렇게 괜찮은 건데?]

끊임없이 후회하고 있었다. 그렇게까지 화를 낼 필요는 없었는데,
오히려 더 힘든 건 혜원일 텐데… 이민우, 경솔했어, 임마.

[내일이면 뭐가 있기라도 한 거야? 그래서 그렇게 괜찮은 얼굴이
야?]

아무 말도 못하던 혜원. 자신을 놀란 눈으로 쳐다보던 그녀. 쉽사
리 말을 꺼내지 못함에 갈수록 더욱 하염없이 아련해지기만 하던 그
눈빛까지… 그리고…

[진작 그런 사정이 있다고 얘기해 줬으면 안심하진 않았을 거 아
냐. 도움은 못 되더라도 괜히 혼자 괜찮겠지 넘겨짚진 않게 해줬어야
지. 차라리 그게 낫다구.]

괜한 억지. 화가 나는 마음에 그냥 쏘아붙이고 만 자신이 못내 한
심스럽기만 하다. 그런 자신의 말을 어떤 생각으로 들어줬을까… 조

금의 기분 나쁜 표정도 없이 그렇게 직접 말했듯이 그저 괜찮다는 얼굴로 정말 그렇게 혜원은…

[갈게. 늦은 시간에 괜히 온 것 같다.]

미안하단 말을 해야 했었는데… 소리 질러서 혹시 놀란 건 아니냐고 물어보고 싶었는데, 정말…

"젠장, 민혜원 너……."

내내 고개를 떨구고 있던 혜원의 모습 때문에… 맑게 일렁이던 눈빛이 민우에게는 한없이 슬프게만 보였기에… 왜 자꾸만 자신 앞에서 혜원은, 그렇게 아프고 슬픈 모습인 건지 또 화가 나서… 제길.

마지막으로 한 번 더 길게 빨아들이고는 담배를 비벼서 꺼버린다. 입가에 조금씩 담배 연기를 내뿜던 민우가 결심한 듯 겉옷을 챙겨 들고 방을 나간다. 새벽 4시라는 시간이 조금도 망설여지지 않는 것은, 어쩌면 아직까지도 술기운이 조금은 남아 있는 탓이리라.

쾅쾅쾅!

언제부턴가 작은 노크 소리는 그렇게 두들김으로 변해 있었다.

쾅쾅쾅쾅!

모두가 잠들었을 고요한 한밤중에 적잖이 귓가를 건드리는 저 소리는 대체…

쾅쾅쾅쾅쾅쾅!

뭐야, 무슨 소리지?

안 그래도 꽤 늦게 잠이 들었던 혜원이 계속되는 문소리에 못 이겨

끝내 몸을 일으킨다. 정말 누가 이 시간에 저렇게도 두들겨 대는 것
인지.

쾅쾅쾅! 쾅쾅!!

이, 이런. 좀처럼 그칠 것 같지 않은 두들김에 잠시 문 쪽을 쳐다보
며 한숨을 내쉬더니 혜원이 기어이 몸을 일으킨다.

"누구세요?"

잠깐 동안의 침묵. 밖의 두들기는 소리도 잠깐 멈추는 것 같더니,

쾅쾅쾅쾅쾅.

또다시 시작되는 소리에 안 되겠는지 혜원이 천천히 문을 열기 시
작한다. 아직은 잠이 덜 깬 눈으로, 조금씩 모습을 보이는 상대가 누
구인지 확인하는 순간,

"…미안해. 미안해서 왔어."

욱신.

갑자기 숨이 멎는 듯한 착각. 가슴이 아려오고 자꾸만 콧등이 찡해
지는 것만 같은…

"…미안해서. 너무 미안해서 온 거야, 나."

너무나 상처 입은 그런 눈빛으로… 좀처럼 눈조차 잘 맞추지 못하
면서도 그저…

"아까 미안했어. 갑자기 화가 나서 그런 거야. 다른 뜻은 없었어."

충분히 전해졌다고… 차갑게 툭툭 내뱉어 버린 아까의 말은 이미
잊었다고… 그렇게까지 상처받은 아픈 눈빛은 보기 싫다고. 왠지 모
르지만 차갑고 싸늘한 표정이 더 어울린다고…

말없이 활짝 웃어 보이는 혜원이 민우에게는 그저 고맙다, 괜찮다는 마음이 모두 전해진 것만 같아 조금씩 가슴 한구석이 따뜻해진다. 그렇게 잠시 동안 계속되는 침묵, 굳이 말로하지 않아도 통하는 진심이기에, 아니, 오히려 말보다도 더 깊숙이 전달되는 눈빛이기에 혜원에게 조심스레 눈을 맞추며 역시나 따스하게 미소 짓는 민우다.

모르겠지만… 나 대체 이런 감정 어떻게 해야 하는 건지 정말, 정말 모르겠지만… 가늘게 떨리는 움직임을 억누르며 아주 천천히 혜원의 볼에 손을 갖다 대는 민우. 사랑이란 거… 상대가 너라면 할 수 있을 것 같아. 아니, 나 어쩌면 니 허락도 없이 벌써 사랑해 버린 것만 같아. 그래서 또 미안해. 미안… 해.

정말 소중한 것을 다루듯이 그렇게 잠시 어루만져 보다가… 나 다가가도 되는 건지 아무런 확신이 내겐 없다지만. 나 정말 이렇게 내 맘대로 널 사랑해도 되는 거니?

혜원을 바라보는 민우의 눈빛이 조금씩 많이 일렁이는 듯하더니… 너 지금처럼 그렇게 내 곁에서… 언제나 활짝 웃는 밝은 모습만 보여줄 수 있는지, 내가 그렇게 만들어주고 싶은데… 두 번 다시 슬프거나 아파하지 않게 내가… 널 영원히 그렇게 지켜주고 싶은데… 언제까지고 내 곁에만 주고 싶은 마음뿐인데.

이내 천천히 혜원에게로 다가가는 민우의 얼굴과 점차 가늘게 떨리고 마는 혜원의 입술.

나… 그래도 되겠어? 정말 나… 그래도 되는 거니? 혹시나 내 맘대로 했다고 화낼까 봐 묻는 거야. 정말… 나 널 사랑해도 되겠니? 응?

“……!”

아주 조금 입술이 맞닿았다고 느낀 순간 깜짝 놀라 버린 민우가 황급히 얼굴을 뗀다. 이리저리 흔들리는 눈동자와 정말 많이 놀란 듯 입술조차 다물어지지 않는다.

“…아, 미, 미안. 내가… 무슨 짓을…….”

갑작스런 말에 질끈 감았던 눈을 떠보니 많이 당황한 얼굴의 민우가 어쩔 줄을 몰라 한다. 덩달아 당황함에 붉어지려는 얼굴을 슬쩍 쓰다듬는 혜원이 조심스레 민우를 살핀다.

“그냥… 그냥 미안하다 말하려고 온 거야. 그뿐이라구, 나.”

횡설수설. 또다시 눈빛조차 제대로 못 맞추고, 손발까지 섞어가며 안절부절못하는 민우. 어딘지 조금은 귀여운 것 같기도 한 그의 모습에 혜원이 피식하고 살짝 웃는다.

“아, 아까 너무 미안해서. 사과 안 한 것 같길래 그냥, 미안하다고 말하려구. 알지?”

민우는 자신이 지금 무슨 말을 하는지도 모르겠지만, 한 가지 분명한 건 했던 말을 계속 조금씩 바꿔서 끊임없이 하고 있다는 것이다. 조금을 더 혼자 버벅대던 민우가 이내,

“가, 갈게, 이만. 늦었는데 잘 자.”

곤히 잘 자고 있는 사람을 깨워놓고는, ‘잘 자’ 란 말이 나오는 건지, 참. 뒤도 안 돌아보고 사라지는 민우를 가만히 쳐다보다가 멍하니 선 채로 소리없이 웃어보는 혜원.

아까 왠지 싫지 않았어. 왜 이러냐며 밀쳐 낼 수도 있었는데… 싫

다고 충분히 피할 수 있었는데도, 나…

조심스레 손을 들어 입술에 가져간다. 아직도 조금은 남아 있는 듯한 민우의 흔적. 많이 떨리는 손가락으로 잠시 매만지다가 불현듯 떠오르는 한 가지. 근데 인간적으로 술 냄새 너무 난다. 너 혹시 술김에 그런 거 아니니?

그렇게 조금을 더 있다가 곧 두근거리는 마음을 다잡으며, 문을 닫고는 방으로 들어온다. 다른 무엇보다도 직접 사과를 하러 와줬다는 사실이 기쁜 혜원이다. 잠시 동안을 더 그렇게 멍한 표정이더니 다시금 침대 위에 눕는 혜원의 얼굴이 많이 밝다. 아직까지도 이렇듯 아릿한 설레임과 민우의 감미로운 느낌들이 생생히 남아 있다니… 아무래도 오늘 잠자긴 틀렸는 생각.

저벅저벅.

"아우~ 속 쓰려."

냉장고 문을 열어 물통을 꺼내서는 그대로 입을 대고 마시는 민우.

"임마, 컵에 따라 마시랬지. 혼자 사냐?"

"내 맘이셔."

마침 계단을 내려온 수혁이 민우의 머리를 살짝 쥐어박는다.

"얼굴 보니 어제 또 엄청 마셔댔군. 술고래 같은 녀석. 어째 이틀 동안 잘도 기어들어 온다 했다. 삼 일을 넘기면 이민우가 아니지."

"형이 되어갖고는 동생 깎아내리는 데 재미 들렸나 봐. 쳇."

식탁에 앉는 수혁을 새치름히 째리며 뿌루퉁한 얼굴로 마주 보고 앉는 민우다.

"어쩌다 한 번이면 말을 안 해. 평소 때 잘하고서 그런 말 해야 하는 거 아냐, 양심없는 녀석아? 안 그래?"

"항복, 항복. 미쳤지, 이민우. 어쩌다 제 무덤을 또 스스로 팠냐. 식사나 하시죠, 형님."

슬슬 시작되려는 수혁의 잔소리에 모른 척하며 수저를 드는 민우. 화제를 돌려보려 은근슬쩍 수혁의 눈치를 살피다가,

"근데 어제 잠 못 잤어? 얼굴이 별론데?"

멈칫.

민우를 따라 수저를 들려던 수혁이 순간 멈칫하고 만다. 그와 동시에 내내 사라지지 않던 누군가의 모습이 또 어느새 머리 속에 가득 자리한다.

"뭐야, 뭐. 무슨 고민이라도 생긴 거야? 그래?"

"......"

끝내 전화를 주지 않았다. 혹시나 하는 마음에 자정이 넘도록 기다려 봤지만, 그래도 혜원의 전화는 걸려오지 않았다. 기대는 어느새 걱정으로만 변해가고… 더욱이 그만큼 혜원이 그리워지는 게 사실이었다. 왜 안 했을까? 벌써 다른 일자리를 구한 건가? 그래서 굳이 내 도움이 필요 없게라도 된 건가? 혹시라도 무슨 일이 생긴 건 아니겠지?

"말해 봐. 내가 상담해 줄게. 일이 잘 안 풀려? 협상하려는데 어디가 말 안 듣는 거야? 응?"

점차 더 진지해져만 가는 수혁의 눈빛에 덩달아 진지하게 물어보는 민우. 누구보다 일에 대한 욕심이 남다른 수혁이기에 어쩌다 혹시 생기는 고민거리는 일에 대한 것들이 대부분이었다. 그나마 수혁의 뛰어난 수완능력 덕분에 웬만한 합병이나 인수관련 건들은 문제없이 처리되는 게 보통이었고, 간혹 협상조건에 고집 피우는 경우 때문에 고민해 본 수혁이라는 걸 너무도 잘 아는 민우이기에 지금의 추측은 결코 괜한 것이 아니었다. 하지만,

"……."

뭐라고 또 물어보려다가 그만 할 말을 잃고 입을 다무는 민우. 여태 지내오면서 저렇게까지 걱정스러운 얼굴은 정말 단 한 번도 본 적이 없었던 것 같다. 아련하다 못해 어딘지 아파 보이는 눈빛. 걱정스럽도록 시려 보이기까지 한 처음 보는 수혁의 모습. 차마 말을 걸면 안 될 것만 같은 처연해진 수혁의 표정. 금방이라도 무너져 버릴 것만 같은 느낌의 수혁.

형…….

"그만 쳐다보고 밥이나 먹어. 그래도 명색이 고3인데 학교는 갈 거지?"

"어, 어? 어, 그럼. 가야지."

괜히 아무렇지 않게 면박을 주는 수혁이 다시금 수저를 입으로 가져간다.

"보나마나 은규 명령이겠구나? 정 피곤하면 조퇴하더라도 일단 가. 알겠어?"

"알았다니까. 걱정 마, 형."

아무래도 일부러 더 괜찮은 척하려는 수혁이 어쩐지 자꾸만 눈에 밟히는 민우다. 나름대로 태연하려는 모습이라지만 수혁의 얼굴은 아직도 많이 굳어 있다. 뭐야, 무슨 일인 거야? 형, 혹시 뭐 다른 고민거리라도 생긴 거야? 그래서 그렇게까지 아파하는 얼굴이야, 지금? 한 번도 없었잖아, 그런 얼굴은. 그렇게까지 슬퍼 보이는 눈빛은 정말… 형.

"너, 그러다 정말 지각한다. 얼른 밥 먹어라."

하여튼 눈치 하난 은규가 형님 하겠다니까. 괜스레 재촉하는 수혁을 잠깐 째리며 곧 수저를 입으로 가져가는 민우. 아닌 척하는 건 잘 알겠지만 수혁의 어두운 얼굴이 계속 마음에 걸린다.

✳

"은규 오빠?"

"한잠 자야겠다구 양호실에 갔어. 교실에서 엎어져 자는 건 학생의 도리가 아니라나? 하여튼~"

한적한 옥상. 가만히 벽에 기대어 서 있는 서은의 곁으로 천천히 다가온 우진이 바닥에 털썩 주저앉는다.

"민우는 잠깐 집 들렀다 온댔지?"

"응. 조금 있으면 올 거야."

"한나절 자야 하는 걸 은규 녀석 때문에 이게 뭐냐. 무슨 고3이 결석하면 패륜이라나 어쨌다나. 쳇."

"쿡. 그래도 덕분에 대학은 가겠지. 안 그래?"

입에 문 담배에 불을 붙이고는 깊게 한 모금 들이마시는 우진. 잔뜩 피곤하다는 얼굴로 머리를 조금 긁적이며 아직 덜 깬 두 눈을 가만히 깜빡깜빡거린다.

"실은 나 물어볼 거 있어."

조금은 갑작스러운 것도 같지만 거침없이 말을 꺼내는 서은을 그럴 줄 알았다는 표정으로 보는 우진이다. 자신을 향한 우진의 시선에 서은은 애써 태연한 척 얼굴을 굳히고…

"뭐, 별건 아니구 그냥 자꾸 맘에 걸리는 게 있어서 말인데……."

싸늘하고 앙칼진 목소리에 철저히 감정을 배제한 듯한 차가운 느낌. 그냥 보기에도 알 수 있듯 좋아하는 민우를 많이 닮은 모습이다.

"아무거라도 좋으니까 아는 대로 말해 줬으면 좋겠어. 물론 그에 앞서 혹시라도 숨기거나 감추는 건 전혀 고맙지 않다는 것부터 알아 주고."

아침 일찍 같이 등교를 한 세 사람. 은규가 양호실에 가기 위해 일어서기가 무섭게 우진을 호출한 건 서은이었다. 은규나 우진 모두 서은에게는 편한 존재라고는 하지만, 옳고 그른 것 하나하나에 늘 까다로운 은규보다는 지금의 자신에게는 우진이 더 도움이 될 것 같다는 판단이었다.

"무슨 말이 나오든지 상관 안 해. 그러니까 오빤 그저 알고 있는 대로만 말해 줘. 그래 줘, 우진 오빠."

"상처받을 만한 것까지 다 감수할 수 있다는 말이야, 지금?"

움찔.

솔직히 말해서 많이 두려운 서은이다. 감정을 숨기고 아무렇지 않은 척하는 게 그다지 어렵지 않던 자신이었건만 이번만큼은 너무도 잔인하고 어렵다고 생각되는 것. …민우에 대한 것이기에 당연한 건가.

"궁금한 게 있으면 물어보려는 건 당연한 거고. 더군다나 그게, 그 물어보려는 게 내가 충분히 대답해 줄 수 있는 거라면 나 역시 기꺼이 대답해 주면 되는 거겠지."

짐짓 싸늘한 말투로 툭툭 내뱉는 우진이 익숙하기에 그만큼 편한 건지도 모른다.

"뭐야. 뭔데 그래? 어렵지 않잖아, 말해 봐. 뭐냐?"

"민우 오빠 말인데……."

순간 괜스레 불길한 예감에 조금 움찔하는 우진을 허공을 향한 서은의 눈빛이 차마 눈치 채지 못하고…

"그랬잖아, 이상하다고. 우리랑 약속 깨가며까지 작업하는 녀석 아니라고 오빠가 그랬지."

당연한 거였다. 민우에 대한 일이라면 하나부터 열까지 간섭하고 지켜보는 게 익숙한 서은이다. 어쩌면 지금 이렇게 물어오는 게 오히려 늦은 건지도 모른다.

"알고 있어, 여자라는 거."

기어이 내뱉어 버린 서은의 말에 애써 반응하지 않으려 아무 말도 않는 우진. 그저 가만히 담배를 물어 한 모금 빨고는 한숨과 함께 크게 내쉰다. 그런 우진의 침묵에 서은은 또 입을 연다.

"그리고… 지금까지와는 다르다는 것도 나 알고 있어, 오빠."

"……."

일부러 서은을 보지 않았다. 그저 별일 아닌 척 허공만 둘러대는 우진의 시선이 옆 쪽의 서은을 거듭 외면한다. 자존심 강하기로 유명한 서은이 지금 조금씩 목소리를 떨고 있었다.

"혹시… 봤어? 어떻게 생긴 앤지. 어떤 여잔지 혹시 알아?"

[젠장, 민혜원 너…….]

깊게 잠들지 못한 자신을 후회했다. 아니면 일어난 기척이라도 할 것을, 괜히 가만히 있다가 못 들을 걸 들은 기분이었다. 그저 목소리 밖에 들을 수 없던 민우의 그 한마디에, 눈으로 직접 보지 않아도 알 수 있을 것 같던 민우의 표정에, 자꾸만 걱정하던 자신의 예감이 맞아주었다는 두려움에, 그렇게 아침이 밝아올 때까지 움직일 수가 없던 서은이었다.

"말해 줘. 알고 있는 것 말해 줘, 오빠. 나 알아야겠어. 부탁할게."

"미안한데, 내가 알고 있는 게 아니다. 어쩌냐?"

이번에도 침묵으로 응수할 것 같던 우진이 끝내 담배를 바닥에 비벼 끄고는 몸을 일으킨다. 역시나 서은과는 눈을 마주치지 않으려는 듯 허공을 향한 채 말을 잇는다.

"친구라서 이러는 거 절대 아냐. 물론 추측이라면 얼마든지 맞장구쳐 줄 수는 있어. 그렇지만 아직은 확실하지 않은 거니까 미리부터 상처받진 말라는 거야, 내 말은."

사실이었다. 평소와 다르다는 건 충분히 알고 있지만, 민우가 확실

하게 말해 준 건 아니었다. 그리고 아무리 눈치없는 우진으로서도 벌써부터 서은이 모든 걸 알아봤자, 민우나 서은 모두에게 좋을 건 없을 거란 생각도 한몫했다(사실 자신도 아는 것은 별로 없다).

"민우 향한 니 맘, 하루 이틀 아니잖아. 아직도 이깟 일에 신경 쓰고 그래? 그랬어, 이서은?"

"민혜원이라고 했어."

멈칫.

표정이라도 살피려고 우진이 서은을 보는 순간 참다 못한 서은이 끝내 입을 연다.

"같이 잤다고는 해도 이름 같은 거 맘에 두지 않잖아. 새벽에 깨어나서는 그렇게 걱정되는 목소리로 혼자 읊조리거나 그런 건, 더 더욱 안 한다구, 민우 오빠는."

조금씩 울먹이는 목소리로 변하는가 싶더니 어느새 두 눈에는 눈물이 그렁그렁하다. 심하게 떨리는 입술을 힘 주어 깨무는 서은의 모습은 정말이지 우진으로서도 처음이다.

"아니라고 믿고 싶어. 혹시 아는 이름 아니야? 개기는 남자애 이름이라면 더 좋겠는데, 어때?"

어떻게 보면 억지 같기도 한 귀여운 투정. 그러면서도 짐짓 스스로를 위로하고픈 절박함이 엿보이는 것도 같고… 조금 더 서은을 지켜보던 우진이 손수건을 꺼내 슬쩍 건넨다.

"닦아라, 얼음공주. 눈물이 얼면 보기 흉하다구."

"놀리지 마. 나 지금 심각해."

“기다려. 민우가 말해 줄 때까지 아무 소리 말고 기다려 줘봐.”

손수건을 받아 들고는 서둘러 눈물을 닦으며 넌지시 우진을 쳐다보는 서은.

“그렇게 얼렁뚱땅 넘어가는 녀석 아니잖아. 기다려 봐. 그때 가서 따져도 늦지 않아.”

“그렇지만 나 진짜 불안해서…….”

“그렇게 자신이 없어? 인물, 배경, 조건… 이서은 만한 애가 어딨냐, 솔직히. 안 그래?”

“…….”

어느 정도는 위로하려고 건넨 말인 걸 알면서도 조금 기분이 풀어지는 서은이다.

“내려가자. 수업 시작할 때 다 됐어.”

혹시라도 낯선 자신의 눈물에 어색함을 느끼지는 않을까 손수건은 깨끗이 빨아오라는 말을 덧붙이며 먼저 앞장서서 옥상을 나가주는 우진과 그런 우진의 뒷모습을 잠시 동안 바라보다가 이내 아무렇지 않은 얼굴로 따라나서는 서은.

기다려 보자고… 늦지 않다는 우진의 말을 한 번 믿어보자고… 얼렁뚱땅 넘어갈 리 없는 민우를 믿어보는 거라고… 민우 오빠… 소리 없이 미소 짓는 서은의 미소가 어딘지 많이 불안하다.

띠리리리~ 리리리리링~

또 한 번 울린 시작종이 어느덧 3교시 시작을 알린다. 아무도 없는

조용한 양호실에 혼자 누워 있는 은규. 양호 선생님은 곧 있을 체력 검사 준비로 교무실에 가 있는다며 모처럼 은규에게 혼자 있을 시간을 허락해 주었다.

[저 혹시… 혹시요.]

등교하자마자 피곤한 몸을 이끌고 양호실로 내려온 은규였다. 술은 그리 많이 마시지 않았다지만, 민우와 우진의 뒷처리며 이래저래 바빠서 늦은 새벽에야 잠이 들었기에 피곤하긴 했다(알아서 적당히 마시는 은규라 항상 뒤처리 담당이다). 벌써 3교시가 시작될 시간이라면 등교 때로부터 족히 두세 시간은 지났으련만 잠을 이루지 못한 채로 아까부터 침대에 누워서는 그저 천장만 바라보고 있는 은규다.

[혹시 쓰레기 처리하는 데가 어딘지 아세요?]

좀처럼 잠이 오지 않는다는 것보다는 자꾸만 생각나는 누군가로 인해 쉽게 잠들 수가 없다는 표현이 더 맞을 듯하다. 그리고…

[죄송합니다. 정말 죄송해요. 제가 너무 급해서 그냥 막 물어봤나 봐요. 오해해서 죄송합니다.]

"쿡……."

자신도 모르게 피식 웃고 마는 은규. 그냥 조금 장난기가 발동해 직원이 아니라고 말해 본 것뿐인데, 그렇게까지 진심으로 미안해하던 얼굴이라니. 오른손을 올려 머리 뒤로 가만히 팔베개를 한다. 여전히 천장을 향해 있는 은규의 눈빛에는 이루 말할 수 없는 그리움이 묻어 있다.

[…민혜원이에요.]

혜… 원…….

처음이라는 말로는 모든 게 차마 설명되지 않을 감정이었다. 아무 소리도 들리지 않는 것만 같던… 괜히 가슴속이 시리도록 아파오는 것도 같고… 마치, 뭐라 말할 수조차 없이 아련하고 애절한 꿈을 꾸는 것만 같던 기분. 처음 엘리베이터 문 사이로 눈빛을 마주치며 그렇게 만났던 순간들부터가 혜원은 은규에게 있어 처음이라는 말 그 이상의 기억이었다.

[그러게요. 다행이에요. 냄새까지 뱄으면 너무 죄송해서 아예 얼굴도 못 봤을 거예요.]

미안해하며 울듯 하던 표정부터 드디어 종이를 찾았다고 좋아하던 밝은 얼굴까지, 아주 잠깐 동안이었지만 어느새 혜원에 대한 느낌은 이렇게까지 절실하게 가슴속에 남아버렸다.

[정말 감사했어요. 나중에 기회가 있으면 신세 꼭 갚을게요.]

하아… 조금의 망설임도 없이 그렇게 매 순간순간을 떠나지 않고 맴도는 혜원에 대한 느낌들. 떨쳐 버리려는 의지는 아주 처음부터 없었단 듯 그렇게 계속해서 혜원에 대한 마음만을 붙잡고 있었다.

이상해. 너 지금 무지 이상하다구, 손은규. 근데 알면서도 조금도 싫지가 않은 건 왜일까? 오히려 잡고 싶음에 아쉽고 절실해지는 이런 기분들은… 나 어쩌면, 어쩌면 말이야. 나… 정말 나…

드르륵.

"부득부득 우겨서 학교 오래 놓고 팔자 좋게 혼자 양호실 신세냐? 나쁜 새끼."

갑작스런 소리에 고개를 돌려보니 천천히 들어서는 민우가 보인다. 주머니에 양손을 꽂은 채 건들건들. 고개가 약간 비스듬히 숙여져 있어 결 고운 은빛머리가 부드럽게 찰랑인다.

"뭐야, 이민우. 설마하니 지금 온 건 아니겠지?"

"설마는 설마로 끝내라. 교실에서 죽 때리다가 안 되겠어서 맘 놓고 자려고 내려온 거야."

"잘했어. 오는 김에 우진이도 데려오지."

"귀찮다구, 내려오는 시간에 더 자겠대. 그렇게 귀찮으면서 어떻게 사나 몰라."

조금 몸을 일으켜 앉는 은규를 보며 앞쪽에 마주한 침대 위에 털썩 앉더니 그대로 몸을 뉘이는 민우다.

"아침에 보니까 집 들른다고 갔다더라. 몇 시쯤 간 거야?"

"어, 새벽에 잠깐 깼다가 바로……."

[…아, 미, 미안. 내가… 무슨 짓을…….]

별안간 '화아악' 달아오르는 민우의 얼굴에 덩달아 말을 잃어주는 은규의 눈빛이 반짝.

[그냥… 그냥 미안하다고 말하려고 온 거야. 그뿐이라구, 나.]

쳇. 키스 처음 해보는 사람처럼 왜 그렇게 떨었담. 바보같이. 진짜 혼자서 횡설수설하니 얼마나 바보 같았겠냐구, 젠장.

잠시나마 잊고 있었던 어젯밤의 일들이 고스란히 머리 속에 떠올라 버리고, 그렇지 않아도 괴로울 정도로 내내 떠나지 않고 맴돌던 입술의 감촉이 너무도 생생하게 되살아난다. 그렇게 혜원과의 짧은,

아주 짧았던 입맞춤은…

"딱. 걸.렸.어. 이.민.우."

움찔.

도저히 어쩌지를 못하고 갑자기 붉어져 버린 얼굴의 민우를 가까이에서 유심히 쳐다보던 은규의 눈빛이 꽤나 사악하다.

"너 그러다 얼굴 화상 입겠다? 그만 해라."

"그, 그만 하라니. 뭐, 뭘 어쨌다고, 내가?"

"저런 어설픈 시치미를. 새벽에 뭔 일이라도 있었던 눈친데? 불어라. 뭐냐?"

"……."

은규의 말에 곧 입을 여는가 싶더니만 뭐라고 차마 반박하지 못한 채 그대로 입을 다물어 버리는 민우의 얼굴은 여전히 끝도 없이 달아오르고, 괜히 어쩔 줄 모르는 애꿎은 눈빛만 이리저리 굴려진다. 하지만 은규는,

"직접 말하기 어려우면 보기를 줄 테니 골라라. 성공이냐, 실패냐?"

뜨끔.

아무래도 이 자식은 친구가 아니라 귀신 같아. 어느새 '스킨십'에 대한 것이라는 것까지 파악을 마친 은규는 실로 무서웠다. 어찌해야 하나 슬금슬금 눈치를 보더니 이내 안 되겠는지 천천히 은규에게서 돌아눕는 민우다.

"이 자식, 피하지 말고 말하라니깐. 1번이야, 2번이야?"

"아, 몰라. 나 잘 거니깐 시끄럽게 하지 마. 잘 거야, 시작~"

시, 시작? 갑자기 뭐가 시작이라는 거냐. 하여간에 이 자식, 며칠 전부터 진짜 이상하다니깐.

거의 다 눈치는 챘지만 미련을 못 버리던 은규가 조금 더 민우의 뒤통수를 째리다가 못 이기는 척 시선을 거둬준다. 민우가 저렇게까지 수줍어하는 얼굴은 아마도 친구가 된 이래로 처음인 것 같다.

✱

이.럴. 줄. 알.았.지.

계속 두근거리는 마음으로 새벽 5시를 조금 넘겨서야 겨우 잠이 들었다. 방 안 가득 내리쬐고 있는 늦은 오후의 햇살. 침대에서 몸을 조금 일으킨 자세 그대로 움직이지 못하고 있는 멍한 표정의 혜원. 내가 미쳐. 어쩐지 원없이 자는 것 같더라니 저게 대체 몇 시야, 지금.

모닝콜을 못 들을 정도로 깊게 잔 건지, 오후 4시를 향해 가고 있는 시계를 보고는 절규하는 혜원이었다. 모른다, 난 모른다. 이제 어쩔 것이냐, 민혜원. 평생 늦잠이란 거 모르더니, 너 왜 그랬어.

[아, 미, 미안. 내가… 무슨 짓을…….]

화아아악.

순식간에 극도로 붉어지는 얼굴을 손으로 살며시 감싸 쥐는 혜원. 아직도 생생하기만 한 입술의 감촉이 또다시 떠올라 머리 속은 복잡복잡. 그러게 미안하단 말만 하고 갔으면 좋잖아. 덕분에 가슴 설레서 늦잠 잤단 말이다. 저녁 즈음 민우가 차갑게 몇 마디 하고 간 후에도 쉽사리 마음이 안정되질 않아 늦게 잠자리에 들었었다. 새벽에 문을 두드려 찾아왔을 때도, 그 얼마나 힘겹게 일어났던 혜원인가! 그렇게 힘겹게 깨어나 또 힘들게 잠이 들었으니, 늦잠 자는 건 어찌 보면 당연한 거 같기도 하지만은 덕분에 기필코 아침 일찍 일어나 수혁에게 전화하리라던 어젯밤의 굳은 다짐은 한순간에 무너져 내리고 말았다. 아르바이트를 구하긴 해야 하는데… 직접 돌아다녀 보려 해도 시간이 너무 지났고… 어쩐다, 이제라도 전화를 해봐? 하긴 지금 내가 고민하고 말고 할 상황이 아니지.

조금을 더 멍하니 있던 혜원이 얼른 일어나 옷 주머니를 뒤져 종이를 꺼낸다. 수혁의 이름과 번호를 들여다보다가 다시 주머니에 잘 넣어두고는 욕실로 향한다. 얼른 씻고 전화해야지, 안 되겠어. 괜히 비장하게 한 번 씩 웃는다.

"편안한 시간 되셨습니까?"

"아, 예. 덕분에요."

카드키를 반납하러 들른 프런트에서 친절하게 미소 짓는 여직원이 맞아준다.

"뭐, 특별한 불만사항은 없으셨구요?"

"예, 괜찮았어요. 여기요."

혜원이 내민 카드키를 조심스레 받아 들며 여직원이 또 한 번 친절한 미소를 날린다. 컴퓨터를 잠시 두들겨 방 정보를 찾아내고는 카드키를 살짝 그어 종료처리를 하는 듯.

“이제 된 건가요? 가도 돼요?”

“예, 손님. 체크아웃 정상적으로 처리되셨습니다. 이용해 주셔서 감사합니다.”

한시가 급한 마음에 서둘러 방을 나섰던 혜원. 그러더니 문득 최고 매니저 성훈이 생각나 찾아봤지만, 업무 때문에 바쁜지 어느 곳에도 보이질 않는다. 사람 좋게 웃어주던 그 웃음이 자꾸만 떠올라 꼭 끝 인사는 하고 가야만 할 것 같아서였는데, 지금 혜원에게 기다릴 여유 는 없었다. 마지막으로 한 번 더 수고하시라는 말을 건네고는 조금 빠른 걸음으로 호텔을 빠져나온다. 그러다가,

멈칫.

이런. 그냥 방에서 전화 한 통 쓰고 나오는 건데. 급하게 서두르다 보면 꼭 이렇게 후회하는 법이다. 다시 돌아가서 전화 한 통 쓴다고 하기도 참 뭐한 상황. 늦은 오후의 햇살을 느끼며 혜원이 천천히 발 걸음을 옮긴다. 저쪽 건너에 공중전화가 보이자 괜히 또 발걸음이 빨 라지고 만다.

✳

“몇 시쯤 됐나요?”

“곧 4시 30분입니다. 늦지 않게 도착할 테니 걱정 안 하셔도 됩니 다.”

“네.”

맞선 자리에 늦을까 봐 물어본 건 아닐 테지만 자꾸만 초조해하는 수혁의 모습에 김 실장이 오히려 더 정성이다.

"퇴근 시간이 아직 좀 남아서 밀리지는 않네요. 조금 이르게 잡길 잘한 것 같죠, 사장님?"

"그러게요. 명색이 처음 만나는 자린데 남자가 늦으면 안 될 말이죠."

괜히 맞장구쳐 본 우스갯소리조차도 아무런 감정이 실리지가 않고, 심지어 지금 하고 있는 말이 뭔지조차 잘 모르겠음에 몸과 마음이 따로라는 말을 이제야 실감난다. 마음은 딴 데 가 있는 수혁의 모습은 그렇게 조금씩 위태로워 보이고, 답답한 마음을 억누르다시피 하며 가만히 창밖으로 시선을 돌리는 수혁이다.

늦은 오후. 그리 많지 않은 사람들이 한적한 시간대를 즐기고 있었다. 신호에 가끔 걸리는 것 빼고는 차들도 그런대로 원활하게 움직이고, 연인끼리, 친구끼리 모여서 걷는 사람들은 이제 막 바빠지려는 저녁을 준비하는 듯이 보인다. 멍한 표정으로 창밖에 시선을 둔 수혁이 아무 말도 않은 채 그저 조용하다. 그러다가 또다시 아련해지는 눈빛이 이제는 거의 익숙한 듯 자연스럽기만 하다.

왜 이렇게 마음속이 허전한 건지… 아무것도 아닐 거라는 생각이 조금도 위로가 되질 못하고… 이미 지나쳐 간 사람일지도 모르는데… 그렇게 그냥 잊어버려야 하는 건지도 모르는데, 난… 난 자꾸만… 자꾸만 우습게도 왜… 왜…….

어느샌가 또 자리해 버리는 혜원의 모습. 애절하고 절실한 느낌으로 그렇게 눈앞에 맴돌기만 하는 혜원. 쉽사리 다가갈 수도 없고, 좀처럼 다가와 줄 것 같지도 않은 불안함. 그리고… 그런 불안함에 계속 어두워만 지는 얼굴을 이제는 애써 밝게 할 힘조차 없는 듯하다.
그랬는데…

"……!"

두근.

너무나 솔직한 심장이 반응하고 만다. 아무 생각 없이 머리 속이
하얗게 비워지고 눈동자가 크게 떠진 채 이리저리 흔들린다. 때마침
신호에 멈춰 서는 차 덕분에 수혁의 시선이 편하게 움직일 수 있다.
이토록 놀라는 이유… 자신의 솔직한 심장이 반응한 그 무엇… 너무
나도 확실한 단 한 가지 이유를 자신이 알기에… 아무 말도 할 수 없
을 정도로 심하게 굳어버린 수혁. 그러더니 기어이…

"잠깐, 잠깐 차 좀 세워주세요. 어서요."

"예? 아, 예. 예."

갑작스런 수혁의 말에 운전기사가 놀라 얼른 길가에 차를 댄다. 역
시나 적잖이 놀란 김 실장이 몸을 돌려 의아한 눈으로 수혁을 쳐다본
다.

"미안해요. 제가 전화 드릴게요, 김 실장님."

"사장님? 그게 무슨……."

탁.

서둘러 차에서 내리는 수혁을 그저 멍한 얼굴로 쳐다보는 김 실장.

"정말 미안해요. 내가 다 책임질 테니까 우선은 나 보내줘요. 전화
드릴게요."

"사장님? 아니, 사장님! 갑자기 무슨 일로… 사장님!!"

말을 마치자마자 바로 멀어지는 수혁을 보며 망연자실한 표정이 되어버리는 김 실장과 그런 차 안의 사정을 아는지 모르는지 계속해서 누군갈 찾아 걷던 수혁. 그리고…

우뚝.

바로 조금 앞에 혜원이 있건만 섣불리 다가가지 못하고 수혁은 멈춰 선다. 뒷모습만으로도 혜원은 그렇게 충분히 절실한 느낌이다. 천천히 어디론가를 향해 걸어가는 혜원을 말없이 조심스레 따라가고 있는 수혁. 자신조차도 놀랄 만큼 벅찬 마음이 느껴짐에 점차 손끝부터 떨려오기 시작한다.

뭐라고 하나… 왜 전화 안 했냐고부터 물어볼까? 그냥 하기 싫어서 안 했다고 하면 어쩐다? 무슨 말부터 어떻게 해야 할지 도저히… 하아… 믿을 수가 없었다. 지금 이렇게 자신의 앞에 있는 혜원이 마치 꿈인 것만 같아 혼란스럽기도 하다. 잡힐 듯 잡히지 않던 혜원의 환영이… 너무나 그리워한 나머지 이렇게 생생한 착각이 되어버린 건 아닌지… 많이 걱정되고 그만큼 두려우면서도, 이대로 놓쳐 버리면 정말 안 될 것 같다는 마음이 들고… 기어이 입을 열어 혜원을 부르려는데, 그새 앞쪽의 공중전화 박스로 들어가는 혜원이다. 조금 기다릴까 하다가 천천히 다가가 보는 수혁. 그리고…

웅. 웅.

문득, 자신의 안 주머니에서 진동으로 울려대는 핸드폰을 꺼내어 받아본다.

"네, 여보세요?"

―…….

그리 멀지 않은 통화감. 말이 없는 상대방이 왠지…

"여보세요. …말씀하세요."

―…저기, 저 민혜원… 이라고 하는데요.

두근.

수시로 반응하는 심장 때문에 수혁이 오히려 안절부절. 혜원의 목소리에 미소 지어지는 입가를 느끼며, 가만히 앞쪽의 혜원을 쳐다본다. 그에 반해 바로 뒤에 수혁이 있다는 사실은 전혀 알 수 없는 혜원이다.

"아, 혜원 씨? 안 그래도 전화 기다리고 있었어요."

―죄송해요. 어제 전화 드리려고 했는데 좀 사정이 있었어요. 정말 죄송합니다. 너무 늦게 했죠, 제가.

죄송하단 말을 연발하며 벌써 작아지는 목소리에 소리나지 않게 살짝 웃은 수혁이 천천히 혜원에게 다가간다.

"그래요. 솔직히 너무 늦게 한 것 같네요. 분명히 어제 전화 달라고 했는데 뭐예요, 도대체."

―…죄송해요. 정말 죄송합니다. 그럼… 역시 늦었겠네요. 안 되…겠죠? …후우.

괜한 장난기가 발동한 수혁의 말에 잔뜩 움츠러들고 만 혜원의 한숨이 귓가를 때린다. 거의 바로 뒤까지 다가간 수혁이 조금 소리를 낮춰 다시 입을 연다.

"잘 아시네요. 늦어서 안 되죠, 당연히. 내가 어제 전화를 얼마나 기다렸는데, 여태 뭐 하다가 이제… 안 그래요?"

—정말, 정말 죄송해요. 그냥 혹시나 해서 해본 거예요. 신경 쓰지 마세요. 괜찮아요.

어쩐지 끝으로 갈수록 조금씩 떨리는 것 같은 혜원의 목소리다. 다시금 장난스런 얼굴로 입을 여는 수혁.

"난 약속 안 지키는 사람한테는 일자리를 못 주겠네요. 나야말로 미안해요."

—아, 아뇨. 아니에요. 정말, 정말 죄송했습니다. 그럼… 이만 끊을게요. 실례 많았습니다.

"…아, 혜원 씨. 잠깐……."

달칵.

장난이 조금 과했나 하고 생각하는 순간 벌써 전화를 끊어버린 혜원이었다. 플립을 닫아 안 주머니에 넣은 수혁이 보일 듯 말 듯 웃으며 다가가는 순간… 자신을 향해 돌아서려는 혜원에게 정말 환하게 웃어주려던 바로 그 순간…

"혜……."

움찔.

이런… 울고 있었다. 아니, 금방이라도 울 것 같은 그런 얼굴로 두 눈 가득 눈물을 머금고 있는 혜원이었다. 너무 놀라 할 말을 잃은 수혁과 그런 수혁을 보고 더욱 놀라는 혜원.

수, 수혁… 씨? 혜원은 당연히 자신의 앞에 있는 수혁이 놀라워서 할 말을 잃고, 수혁은 자신의 장난에 혜원이 울어버려 극심한 죄책감에 할 말을 잃는다. 잠시 동안의 침묵. 한 치의 엇갈림도 없이 마주친 둘의 시선. 그러다 힘겹게 먼저 입을 여는 수혁.

"미안… 해요. 장난이 너무 과했나요? 미안해요, 정말."

[장난이 너무 과했나요?]

장난… 이에요? 지금 장난이었어요? 그럼… 그럼 나 늦지 않은 거예요? 일자리 아직 구할 수 있는 거 맞아… 요?

또르르. 기어이 볼 위로 떨어져 내리는 혜원의 눈물에 어쩔 줄 모르며 얼른 손수건을 꺼내는 수혁. 변명이었든 어쨌든 차라리 말을 하지 말 걸 그랬나(;;) 하는 생각으로 조금을 망설이던 수혁이 이내 서둘러 혜원의 눈물을 닦아준다.

"미안해요. 정말, 정말 미안합니다. 울지 말아요. 제발……."

"흑. 나 안 늦었어요? 나 일자리 아직 있어요? 흑."

울먹이는 혜원의 목소리. 긴장이 풀리면서 극심한 안도감에 흘린 혜원의 눈물이라는 걸 그제야 눈치 채며 더욱 정성스레 눈물을 닦아주는 수혁이다.

"그럼요. 당연히 안 늦었죠. 일자리 많으니까 걱정하지 마요. 네?"

작게 고개를 끄덕이며 자신이 닦아주는 대로 가만히 있는 혜원이 못내 사랑스럽다. 아주 깨끗하게 혜원의 눈물을 닦아주고는 다시금 혜원과 눈을 맞춘다.

"아까 장난친 건 미안하지만… 어제 전화 계속 기다렸던 건 사실이에요. 나 하루 종일 아무 일도 못했다구요."

부드럽고 따스한 목소리. 한없이 깊고 넓은 눈빛으로 그렇게 자신을 바라봐 주는 수혁.

"혹시라도 무슨 일이 생긴 건 아닐까 걱정돼서 죽는 줄 알았어요. 그것 땜에 약간 화도 나긴 했구요."

"아, 정말 죄송해요. 정말, 정말 죄송해요, 나……."

진심으로 미안한 얼굴을 하는 혜원에게 수혁이 그저 괜찮다는 듯 부드럽게 웃어준다.

"괜찮아요. 이제라도 전화해 줬으니, 이렇게 다시 만났으니 됐어요, 혜원 씨. 이제 됐어요."

"수혁 씨."

수혁의 편안한 목소리가 귓가를 맴돌고, 혜원을 감싸주는 눈빛이 그저 편안하기만 하다. 그렇게 한참을 아무 말도 필요없다는 듯 서로를 응시하던 두 사람. 그리고 서서히 진정되어 가는 혜원이기에 그제야 밝은 미소를 되찾는 수혁이다.

✳

"참, 어제 아버님은 잘 가셨구?"

"응. 말도 마라. 이민 가는 사람처럼 그냥~ 주책이지, 진짜."

하루 종일 양호실에서 때우고 났더니 어느새 하교 시간이 가깝다. 마지막 수업인 물리 시간이 담당 선생의 갑작스런 사정으로 자율학습으로 바뀌었다지만, 고3답지 않게 어느새 교실은 꽤나 어수선하다.

"보나마나 손은규, 또 싸가지없게 나이값 좀 하셔라 어쩌구 했겠군."

"쳇, 너나 작은아버지나 날 왜 그렇게 싸가지없는 놈으로 모는 거냐."

"그래도 아주 틀린 말은 아닌 거 솔직히 인정하잖아. 안 그래?"

"아주 틀린 말이 아닌 건 우리 아버지가 나이값 못하는 게 사실이란 거다, 임마."

여태까지 책상에 널브러져 자고 있는 우진—대, 대단하다—과 그래도 고3티를 내며 책 한 번 훑어보는 은규. 그리고 의자에 흘러내릴 듯 기대어 앉아서는 은규와 몇 마디 말을 나누다 말고 문득 또 가만히 뭔가를 생각하는 민우.

아직… 있겠지? 혜원… 솔직히 얼굴을 마주할 자신은 없었지만 언젠가는 수습해야 할 일이 아니던가. 사실 그보다는 보고 싶은 마음이 더 크기도 하고(정말 사람 변하는 거 순간이다). 많이 놀랐을 텐데, 기분 나쁘진 않았을까? 그렇게 제멋대로 키스하려고 했다고 혹시나 엄청 화나 있을지도 몰라. 마침 화내려던 참에 내가 도망가 버린 거면 어쩐다?

혜원에 대한 생각으로 아련해지다가도 금세 이런저런 걱정에 붉으락푸르락. 그러다가 문득 느껴지는 조용한 기운에 민우가 고개를 돌려보니…

깜짝!

어느새 바싹 얼굴을 들이밀고는 자신을 열심히 관찰하는 은규.

"하고 싶은 말 있으면 그냥 해. 괜히 딴 얘기 들쑤시지 말고."

으, 은규야, 부탁인데 그냥 책이나 읽지 않겠니? 그 편이 정말 아주 많이 도움이 될 것 같구나.

"드, 들쑤시긴 내가 뭘. 하고 싶은 말 같은 거 난 없다구."

괜히 자세를 바로하며 시선을 피하는 민우가 아무리 봐도 어색하긴 하다. 그런 민우의 모습에 아무렇지 않게 넘어가 주려다가 다시금 떠오르는 장난기에 은규가 씨익 웃는다(다시 말하지만 이 사람 꽤 사악하다).

"아까 양호실에서 모른 척해준 걸로 충분하잖아. 더 이상은 나도 인내심 한계야."

아예 작정을 했는지 읽던 책까지 덮어버리고는 의자를 끌어다가 민우 바로 앞에 다가앉는 은규. 괜스레 이리저리 시선을 피해보는 민우의 등 뒤로 커다란 식은땀 하나가 뚜욱 떨어진다.

"우진이 녀석 세상 모르고 자고 있으니 맘 놓고 얘기해. 이 형님 입 무거운 건 잘 알잖냐."

"……."

뭐라고 반박을 해야 상황을 넘긴다는 건 알겠지만 마땅히 변명할 게 떠오르지 않아 답답한 민우. 그런 민우를 힐끔 보더니 은규가 다시 또 입을 연다.

"…평소와 다르다는 거 알아. 처음으로 진심이란 것도 알고 있어. 익숙하지 않은 감정이라, 숨기고만 싶은 마음까지도 이해한다구."

턱을 손에 괴고는 나지막이 읊조리는 은규를 민우는 차마 똑바로 쳐다보지를 못한다. 누구보다 자신을 잘 알고 있을 녀석을 따돌리는 게 조금씩 더욱 힘들어진다.

"알았어. 나도 싫다는 녀석 억지로 캐물을 만큼 잔인하지는 않아. 다만 내가 이러는 건 혹시나 서투르다고 네 자신을 탓하다가 상처받 진 않을까 싶어서야."

솔직히 지금까지로도 충분히 잔인했다고 말해 주고 싶지만, 정말 로 걱정해 주는 은규의 진심 어린 목소리에 곤란해하던 민우의 표정 이 조금씩 풀어지고,

"물론 알아서 잘하리라고는 믿지만 진심이라는 거 많이 어려울 수 밖에 없다는 건 알지? 힘들다고 예전처럼 대해 버린다거나 뭐, 그런 실수할까 봐 하는 소리야. 괜한 걱정인가?"

"그래, 괜한 거야. 괜한 걱정이야, 너."

아무 대답 없이 넘어갈 수도 있었겠지만 조금 편하게 웃어 보이며 민우가 입을 열었다.

"이런 적 없어. 이렇게까지 다른 모습 정말 없었어, 나. 니들이 걱 정하는 거 당연해."

가볍게 한 번 떨궈지는 고개가 무척이나 절실한 느낌이다. 차마 소 리 내기조차 조심스럽다는 듯 지그시 내리뜬 눈빛 가득 다시금 끊임 없이 누군가의 환영으로 아련해진다.

"상처받을 거 두려워했다면 나 시작도 안 했어. 근데 이미 멀리 왔 어. 멀리까지 와버렸어, 나."

소리없이 미소 지은 입가마저 흐릿한 그리움이 감도는 게 참으로 보기 좋다는 생각. 어느새 덩달아 미소 짓는 은규의 모습이 정말 민 우에 대한 배려로 소중하게 빛난다.

“걱정 안 되게 알아서 잘할게. 그래도 힘들면 니들 있다는 거 기억할게. 아플 수도 있겠지만, 절대 예전처럼은 가지 않아. 충분히… 아팠으니까.”

믿는다고… 처음이라지만 잘해낼 수 있을 거라고… 언제든지 힘들 때 도와줄 수 있다는 걸 잊지 말라고… 지금까지 아팠던 그 이상으로 꼭 행복해야 한다고… 말없이 그저 민우의 어깨를 다독이는 은규… 그리고 늘 그래 왔듯 은규의 눈빛만으로 이미 모든 걸 느낄 수가 있는 민우. 너무도 따스해지는 마음이 사이좋게 일렁여진다. 그리고,

웅. 웅.

순간 주머니에서 진동으로 울려대는 핸드폰을 은규가 얼른 꺼내어 받는다.

“여보세요?”

—은규냐? 작은아빤데, 수업 중이니?

“네, 작은아빠. 아뇨, 자습 시간이라 괜찮아요. 무슨 일로?”

은규의 ‘작은아빠’ 란 소리에 괜히 민우가 더 뜨끔. 여전히 교실 안은 떠드는 아이들로 웅성대고,

—뭐, 별일은 아니고 니가 어제 전화 달라던 말이 생각나서 했다.

“예? 어제요?”

[체크아웃 할 때 꼭 전화해요, 작은아빠!!]

멈칫!

문득 자신이 어제 했던 말이 생각나 멈칫하고 만다. 맞다, 분명 혜원이 체크아웃 할 때 전화해 달라고 했었는데… 그렇다면?

─근데 어쩌냐. 잠깐 자리 비운 사이에 체크아웃 하고 가버렸더구나. 미안해서 어쩌냐.

움찔!

이, 이럴… 이럴수… 가!

와장창!! 그나마 남아 있던 기대마저 무너져 버리고, 수화기 너머의 성훈의 말에 넋이 나간 은규가 하염없이 멍한 얼굴로 할 말을 잃는다.

─부디 날 원망 않기를 바란다, 은규야. 그래도 우연이란 게 있잖니. 괜찮지?

괘, 괜찮냐구요? 그, 그럼요, 괜찮죠. 괜찮고말고요. 안 괜찮으면 또 어쩌겠어요, 젠장. 가만히 입술을 깨무는 은규의 눈이 힘없이 감기고 뭐라 설명하기조차 곤란할 정도로 실망한 기색이 역력한 은규를 웬일인가 싶어 의아하게 쳐다보는 민우다.

─만날 인연이면 또 보겠지. 그러니까 너무 상심 말거라. 이만 끊는다.

"네……."

정말 들릴 듯 말 듯 간신히 대답하고는 플립을 닫으며 핸드폰을 내려놓는 은규. 한껏 풀이 죽은 은규의 모습에 조금을 더 살피던 민우가 이내 입을 연다.

"뭐야. 무슨 일 있어?"

"……."

대답할 기운도 없어 보이는 은규. 모르긴 해도 왠지 '망했다' 는 뜻의 표정이 역력한 얼굴인데, 도대체 무슨 일인 건지…….

"야, 손은규, 정신 차려. 왜 그래?"

넋이 나가도 완전히 나간 얼굴로 멍하니 있는 은규를 민우가 조심스레 흔든다. 민우가 흔드는 대로 가만히 있는 은규가 정말 아주 많이 서운하기만 한 얼굴이다.

몰라. 말하고 싶지 않아, 임마. 혹시라도 다시 못 만나게 되면 나 죽을 거야.

부들부들 떨리는 손으로 머리를 움켜쥐고는 천천히 고개를 숙이는 은규가 많이 불안해 보이고, 도무지 영문을 알 수 없는 민우도 덩달아 불안해져 버린다.

어렸을 적 언젠가 들었던 옛날이야기처럼

아주 오래도록 계속되어 온 것만 같다는 착각.

그렇게 가슴속 한 켠에 내내 자리하고 있다가

이제야 선명히 되살아난 것 같은 이 가슴 저림.

대체 뭐라고들 말하는 감정인 건지

나로서는 도저히 알 수 없는 낯선 이 그리움 따위.

그저 자꾸만 보고 싶고 함께 있고 싶어지는 우스운 욕심까지

그래도 설마, 흔히 말하는 그 사랑일 리는 없을 거라고…

솔직히 더는 감추고 싶지 않다.

여기서 더 이상 감출 자신이 내겐 없어.

아무것도 아닌 일시적인 것으로 넘겨 버리기도 지쳤고,

그럴 때마다 더욱 절실히 떠오르는 널 외면하기도 너무 힘들다.

네가 영원히 행복했으면 좋겠어.

항상 변함없이 내 곁에서 그렇게 맑게만 웃어줬으면 좋겠다.

처음으로 진심이라 그만큼 더 조심스러워만 지는 한심한 나를

아주 조금만…

기다려 줄 수 있겠니.

물론, 궁금했었다. 난 어째서 나의 형과 성이 다른 건지…

[이러지 마. 이러지 말자, 민우야.]

이유도 모른 채 그렇게 아버지께 미움이란 걸 받으며 살아오면서, 원망을 넘어서 체념과 포기로 자라오면서 내게 유일한 삶의 이유는 형이었다.

[상관없잖아. 그 딴 거 중요한 거 아니잖아.]

나만 보면 항상 화를 내시던 아버지. 불쌍할 정도로 구박을 당연하게 받아왔던 어린 시절에도 그렇게 언제나 내 옆에서 날 감싸주었던 단 한 사람, 영원한 나의 수호천사 수혁이 형.

[남들이 아무리 뭐라 그래도 넌 내 동생이야. 그건 절대 거짓이 아

닌 사실이라구, 민우야.]

아주 우연한 계기로 알게 되었다, 유일하게 믿고 의지해 온 나의 형이 친형이 아님을. 형은 지수혁, 난 이민우. 말이 안 되잖아… 아버지와 형은 모두 지씨인데 나만 왜 이씨인 거지? 이 당연한 물음을 난 차마 용기가 없어 속으로 삭혀왔었던 것 같다. 그리고 그보다 더 소름 끼치도록 잔인한 현실은 바로 낯선 이름의 이지선이라는 여자. 인정할 수 없는 나의 친어머니에 관한 것.

[글쎄, 지 회장님 댁 작은도련님이 첩에게서 얻어온 자식이래요.]

[어머, 그럼 그게 사실이었군요. 혼인신고 안 해준다고 버리고 갔더라면서요?]

[쯧쯧, 매몰차기도 하지. 작은도련님만 불쌍하지 뭐예요. 아무것도 모르던데.]

[누가 아니래요. 남들 이목 때문에 받아들였다고 구박이 말이 아닌가 보더라구요.]

모처럼 아버지께 칭찬이란 걸 한 번 받아보고 싶어서, 태어나 처음으로라도 기특하단 소리가 들어보고 싶어서 놀래켜 드릴 양으로 몰래 참석했던 파티가 결국은 잊지 못할 최악의 날이 되어버렸었다

[미안해. 미안해, 민우야.]

오랫동안 진지하게 따져 묻던 나를 보며 한참 후에야 마지못해 입을 열던 형에게서 난 그동안 이해할 수 없던 아버지의 말들을 모두 알 수 있었다.

천박하다는 말… 누굴 닮아서 그리도 약아 빠졌냐는 말… 그리고

무엇보다도 어미를 잡아먹은 몹쓸 녀석이란 소리까지…….

그때가 내 나이 14살 때, 설렌 마음으로 중학교 입학식을 하루 앞두고 있던 날이었다. 얼굴이 퉁퉁 붓도록 밤새 울어대다가 어쩌지 못할 정도로 처참하게 찢어지는 가슴으로 그만 죽어버리고 싶은 생각 때문에 괴로워하던 나를… 존재 자체를 부인하고만 싶어하던 비참한 나를 형은…

[너 없으면 나도 없어. 형도 죽을 거야, 민우야.]

살 수 있게 해주었다.

형은 그렇게 내게 있어 계속해서 삶의 이유가 되어준 유일한 사람이었다. 진심으로 나를 소중하게 대해준 오직 한 사람. 한순간도 나를 버리지 않아준 고마운 나의 형. 그날부터 철저하게 나는 나의 형을 위해서 살기로 다짐하게 되었고,

[이, 이런 망할 자식!! 천박한 놈 같으니라구!!]

완벽하게 망가지기로 했다. 아무리 노력해도 아버지께 인정받을 수 없었던 지난날은 다 잊고, 이제는 도리어 그 명성을 잔뜩 짓이겨 주고 싶은 충동. 혼자 고상한 척, 일류로 손꼽히는 아버지란 인간에게 될 수 있는 대로 나의 친어머니를 떠올리게 해주는 것.

첩의 자식이면 첩의 자식대로 살아야지, 사람들이 수군거리던 것 그대로 그렇게 천박하다던 나의 어머니 모습 그대로.

안 그렇습니까, 아버지? 꽤나 성공적이었다. 더 이상은 아버지의 화난 얼굴이 두렵지가 않았다. 오히려 분노하는 그 얼굴이 가소로워지기 시작했다. 나의 방탕한 모습을 보면서 떠올리게 될 누군가로 인

해 그렇게까지 경멸스런 눈초리로 쳐다보는 쾌감이란 가히… 그렇지만…

[믿는다. 널 믿을게, 민우야. 형은 널 믿어. 그것만은 알아둬.]

나가서 무슨 짓을 하든 형은 날 믿었다. 내 삶의 존재이유인 형이 믿어준다는 건 위험할 정도로 삐뚤어지는 나를 잡아주기에 충분했지만 그럼에도 불구하고 단 한 가지,

[혼인신고 안 해준다고 버리고 갔더라면서요?]

사랑을 믿지 않게 되었다.

처음에는 사랑이란 말로 어머니를 속였을 아버지란 인간, 그리고는 나중에 나의 존재를 알게 되자 책임지기 싫다는 이유로 그렇게 무참하게 버렸을 것이다. 게다가 첩으로 기억되기 싫다는 이유만으로 자식을 버린, 이제는 기억하기조차 싫은 어머니라는 사람. 덕분에 내게 있어 사랑이라는 단어는 한낱 가식과 위선만으로 가득 찬 허상에 불과하게 되었기에… 나아가 여자라는 존재를 철저히 비웃어주기로 했다.

엉망으로 망가진 상처뿐인 내게 어머니와 한 부류인 여자는 모두 매몰찬 이기주의자. 그렇게 난 아무 감정 없이 여자들을 안으면서 내 안에서 그들을 농락하기 시작했고, 정말 다시는 무슨 일이 있어도 절대 여자라는 존재를 사랑하는 일은 없을 거라는 확신이 있었다. 적어도 이때까지 난 절대 그럴 거라 장담하고 살아왔는데… 그랬었… 는데…

[으흑… 나… 나… 흑…….]

욱신.

믿을 수 없을 만큼 빠져들어 버린 느낌. 도저히 어쩔 수 없을 정도로 벅차오르는 마음. 말로 다 못하게 소중하고 아련한 감정. 그래도 설마했었기에 놔둔 거였는데. 나…

[고마워요. 정말.]

뭔지 모를 느낌에 마음이 아려와서, 떠올리기만 해도 그저 그립고 애틋한 맘뿐이라서… 잠시도 지워지지 않음에 괜스레 가슴앓이란 것도 해보고, 좀처럼 어쩌지 못하겠는… 숨 막힐 듯한 이런 간절함 때문에… 나는… 하아… 민혜원… 나… 나 지금 이렇게나 널… 너… 를…….

소리없이 웃어보는 따뜻한 눈빛 가득, 어느새 누군가의 모습이 자리하고 조금씩 알아가는 자신의 마음에 처음으로 행복이란 걸 느껴보는 민우다.

"오래도록 계속되어 온 어둠이 걷히고 드디어 빛을 만났어.

갑작스러워서였는지 잠시나마 그 눈부심에 현기증이 일었지.

뭔가가 머리 속을 날카롭게 헤집고, 알싸한 기운이 서서히 온몸을 감싸는 느낌.

너무 아릿하고 조금은 아프기까지 한…

그래도 놓을 수 없던 나의 빛.

말했듯이 처음이었으니까. 처음으로 그렇게까지 진심이었던 거니까.

그 빛이 또 갑자기 사라져 다시 어둠이 온다면 두 번째 어둠은 죽음일 수밖에 없어."

화이트와 블랙으로 깔끔하게 꾸며진 카페, 아기자기한 소품과 작은 화분들이 심플한 분위기를 더욱 잘 드러내 준다. 창가에 자리한 수혁과 혜원. 은은한 촛불이 테이블 가운데에서 빛나고, 마주한 둘은 앞에 놓인 커피 잔을 가만히 감싸 쥐고 있다. 잔 속에서 피어오르는 연기가 포근해 보인다는 느낌. 코끝으로 살며시 전해지는 향기가 그저 감미롭다.

"정말 죄송해요. 사정이 있었다고는 하지만, 그래도 연락이 늦은 건 실례니까요."

조금의 침묵을 더 지나 보낸 후 조심스레 먼저 입을 연 건 혜원이었다. 그때까지도 지그시 혜원을 바라보고만 있던 수혁이 다시 한 번 환하게 웃어 보인다.

"괜찮다니까요, 혜원 씨. 한 번만 더 죄송하다고 하면 저 그냥 갈 겁니다?"

"아, 죄송······."

또다시 죄송하다고 말하려던 혜원이 얼른 손으로 입을 가린다. 그런 혜원의 모습에 수혁은 또 피식. 당황한 혜원이 커피 잔을 들어 한 모금 마시고는,

"저기······."

이리저리 수혁의 눈길을 피해보다가 이내 결심한 듯 고개를 드는 혜원.

"부탁 좀 드려야 할 것 같아요. 막상 알아보니까 일자리 구하는 게 너무 힘들더라구요."

이리저리 말 돌리는 건 자신없는 성격이라 그저 솔직하게 말해 보는 혜원이다. 살며시 잔을 들어 입으로 가져간 수혁이 한 모금 마시고는 다시 잔을 내려놓으며 혜원을 응시한다.

"폐 끼치고 싶지는 않지만, 지금 제가 사정이 많이 안 좋아서요··· 부탁드릴게요."

"걱정 말아요. 내가 책임지겠다고 했었잖아요. 혹시 뭐 생각해 놓은 건 없어요? 하고 싶은 일이라든지."

따뜻한 미소, 다정다감한 부드러운 목소리. 느껴지는 그의 배려에 자꾸만 편안해지는 마음을 혜원은 어찌할 도리 없이 그저 놓아둔다. 자신을 향해 안심하라는 듯 웃어주는 수혁에게 다시 한 번 조심스레

입을 여는 혜원.

"과외 자리 알아봐 주실 수 있을까요? 학생은 몇 학년이든 상관없구요."

조금은 뜻밖이라는 표정의 수혁을 보며 계속 말을 이어가는 혜원.

"저 이래 봬도 공부 꽤 했었거든요. 많이 가르쳐도 봤구요. 자신있으니까 부탁 좀 드릴게요."

아주 솔직히 말하자면 과외 경험은 받아본 적도, 가르쳐 본 적도 없었다. 그래도 고아원에서 동생들의 공부를 책임지고 지도하던 혜원이었기에 그다지 거짓말은 아닌 셈이다. 그리고 양심을 따지기에 앞서 지낼 곳이 다급한 혜원에게 지금 이것저것 따질 여유는 전혀 없었다.

"과외요? 정말 자신있어요?"

"물론 일류대 타이틀은 없지만 책임지고 잘할 수 있어요. 고3이라도 상관없어요, 전."

워낙 만만치 않은 일자리라 걱정스런 표정인 수혁에게 절실한 마음뿐인 혜원이 강한 어조로 말한다.

"혹시 과외를 원하는 이유라도?"

"실은 지낼 곳이 필요해요. 저 오늘부터 당장 갈 곳이 없거든요."

뜬금없이 이런 말을… 차라리 그때 사실대로 말해 두는 게 나았을 것을… 미안해요. 차마 눈을 못 마주치는 혜원의 말에 놀란 수혁이 할 말을 잃는다.

지낼 곳이 필요해요……? 오늘부터 당장 갈 곳이 없다니 도대체 무슨 일인 건지. 혜원 씨…

"과외는 경우에 따라 숙식 제공이 가능하다고 들었어요. 낮에 어떤 곳을 찾아가긴 했었지만, 일류대 다니는 사람 아니면 채용이 불가능하다고 하더라구요. 전 정말 자신은 있는데……."

"지낼 곳이 없어요? 갑자기 무슨 일이 생긴 거예요?"

"……."

사실은 갑자기가 아니라고… 미리 말 못해서 미안하지만, 지금 갑자기는 아닌 거라고… 궁금함을 이기지 못하고 걱정스레 묻는 수혁을 가만히 쳐다보며 그만 입을 다무는 혜원. 왜 이렇게 아무 말도 해 줄 수가 없는지 자신조차도 알 수가 없다. 왜 자꾸만 자신이 초라하게 느껴지는 건지도… 잠시 더 침묵을 지키는 혜원을 보며 알겠다는 표정으로 수혁이 말한다.

"미안해요. 말하고 싶지 않을지도 모르는데… 그래요, 나중에 기회 되면 말해 줘요. 알았죠?"

너무도 따뜻하게 배려해 주는 수혁을 보며 가만히 고개를 끄덕이는 혜원. 그런 혜원을 보던 수혁이 문득 생각난 듯 눈을 반짝인다.

"혜원 씨, 우리 집에서 지낼래요?"

갑작스런 수혁의 말에 의아한 표정의 혜원. 벌써부터 생각을 굳혀 밝은 얼굴인 수혁.

"갈 곳이 없다면서요. 지낼 곳 필요하댔잖아요."

"그렇지만 더 이상 신세지기는 싫어요. 죄송해서 더 이상은……."

"과외 교사로 채용하면 되잖아요. 제가 혜원 씨 채용할게요."

더욱 알 수 없는 수혁의 말에 혜원이 눈을 동그랗게 뜬다.

"실은 저한테 남동생이 하나 있는데 고3이거든요. 안 그래도 대학 때문에 과외를 알아봐 주려던 참이었구요."

"동생… 이요?"

"네. 공부랑 별로 안 친한 녀석이긴 하지만 머리는 좋으니까 크게 부담되진 않을 거예요. 어때요? 괜찮죠?"

자신의 의사를 기꺼이 물어봐 준 수혁이지만 지금의 혜원으로서는 선택의 여지가 없는 듯. 더는 신세지지 않겠다고, 폐 끼치기 싫다고 생각한 혜원이지만 과외 교사로서 수혁의 집에 들어가는 거라면 굳이 마다할 이유가 없었다.

"정말… 절 채용하시는 거예요? 대학… 다니지 않는데도요?"

"아까 자신있다고 하지 않았나요? 혜원 씨는 그런 거 연연해하지 않는 사람 아니에요?"

"그야 그렇지만 수혁 씨 동생 분이신데 적어도 일류대 정도는……."

"믿으니까 맡기는 거예요. 혜원 씨를 믿으니까."

욱신.

단호한 말투, 지그시 자신을 응시하는 부드러운 눈빛. 한없이 따스하게 다가와 주는 수혁이 고맙기 그지없는 혜원은 순간적으로 욱신거리며 아려오는 마음에 차마 말을 꺼내진 못한다.

"정말 잘 가르쳐 줄 거라 믿어요. 나한테 소중한 동생이니까, 믿을 만한 혜원 씨에게 맡기고 싶은 거예요."

"수혁 씨."

"부탁드립니다. 앞으로 잘 가르쳐 주세요, 선생님."

예의있게 고개까지 숙여 보이는 수혁에게 이내 환하게 웃어주는 혜원. 아무것도 아닌 자신을… 정말 아무것도 아닌 자신에게 이렇게까지 절실한 믿음을 보여주는 수혁. 정말 진심으로 자신을 믿어주는 고마운 사람, 너무나도 따스한 사람, 자꾸만 기대고 싶어지는… 사람.

가슴 가득 따뜻한 기운의 일렁임에 한동안 그렇게 서로를 마주한다. 그저 눈빛만으로 고마움을 전할 수밖에 없음에 안타까워지는 혜원과 금방이라도 터질 듯한 아련한 설레임으로 기분 좋은 수혁. 조금의 빈틈도 없이 담아내는 혜원의 모습이 무척이나 오래도록 눈가에 남는다는 느낌. 그리고…….

[우리는 클럽에 가 있을게. 민우 너, 어디 가는진 모르지만 얼른 와라.]

하루 종일 잠들어 있던 우진이 풀 죽어 있는 은규를 챙기고 말없이 어딘가를 가려는 움직임의 민우를 한 번 째려준 다음 순순히 보내준다. 무슨 일인 거냐고 더 이상 물어보기도 지쳤는지 빨리 오라는 당부만 덧붙였다. 덕분에 머리 굴릴 필요 없이 쉽게 빠져나와서는 주머니에 양손을 꽂은 채 그저 걸음을 재촉하는 민우다.

무슨 말부터 해야 하나. 그나저나 어제 일로 진짜 화내면 어쩌지. 순간 어제 일이 떠올라 또 괜히 얼굴이 붉어지고, 그러다가 또 혜원의 얼굴을 생각하며 한없이 부드러운 눈빛이 되어버린다. 처음이야.

그래서 더 절실하고 애틋한 거야, 나. 믿어줄 수 있겠니? 나 정말 진심으로 널 생각하고 있다는 거 믿어줄래?

천천히 걷던 발걸음에도 어느새 그리움이 묻어나고, 조금 떨군 고개 위로 번져 가는 무언가에 조금씩 애틋한 아련함도 엿보이는 듯. 말해 줘, 다가가도 된다고. 널 사랑해도 된다고 해줘. 그래 줘, 부탁이야.

가만히 감았다 뜨는 눈가가 여리게 떨려 버리는 건 벌써부터 이렇게까지 주체 못하고 뛰어대는 눈치없는 심장이라니, 새삼 자신이 낯설음에 눈을 한 번 깜빡여 보는 민우. 혹시라도 그러지 말라고 하면, 다가오지 말라고 한다면 나 정말 살 수 없을지도 몰라. 그럴 정도로 이미 이렇게 널 사랑해 버렸거든. 하루에도 몇 번이고 너만 떠오른단 말야. 용서할 거지? 니 허락없이 사랑해 버린 거 용서해 줄 거지? 하긴 니가 용서 못한다고 해도 나 이제는 물러설 수도 없게 너무 멀리 와버렸어. 그러니까 밀어내지 마. 혹시라도 안 된다고 도망가면 안 돼. 처음으로 이렇게까지 진심이니까, 그러지 마. 민혜원, 그러지 마. 제발…….

우뚝.

갑자기 걸음을 멈춘 민우가 가만히 고개를 돌린다. 예쁜 꽃들로 가득한 꽃집. 눈부시게 예쁜 향기를 뿜내고 있는 꽃들을 보며 조금 웃던 민우가 안으로 들어간다.

"어서 오세요."

이리저리 두리번거리던 민우의 눈동자가 한곳에 고정된다. 왠지 모르게 손끝이 가늘게 떨려온다.

혜원… 민혜원… 나 말이지, 한 번도 이래 본 적이 없기에 정말 어색하다는 건 알겠는데… 나 왠지 이러고만 싶어진다. 널 위해서라면 무엇이든 해주고 싶어, 나.

혜원을 생각나게 하는 하얀 카라 꽃. 순수하고 고결해 보이는 눈부신 하얀빛에 매혹된 듯 한동안 움직일 수가 없다. 내게 있어 넌 그래. 너무나 깨끗하고 맑아서 조심스러워. 그만큼 지켜주고만 싶고, 또 그만큼 영원히 사랑하고만 싶다. 아닐 거라 외면하는 게 힘들었었어. 일시적인 감정일 거라 망설이기도 했다. 그렇지만 도저히 어떻게 해도 지워낼 수 없는 네가 사랑임을… 나 이제는 알겠어.

"카라, 정말 예쁜 꽃이죠. 꽃말은 환희, 청결, 순결이구요. 카라로 하시겠어요?"

미소 지은 얼굴로 다가온 여직원에게 살짝 고개를 끄덕여 보인다. 잠시 후 풍성하고 예쁘게 포장된 카라 꽃다발을 조심스레 품에 안고 꽃집을 나서는 민우. 가만히 코 끝에 갖다 대어 향기를 맡으며 떠오르는 혜원의 모습과 자신의 낯설음에 또 살며시 웃고 마는 민우다.

사랑해… 사랑할게. 나… 지금 너에게로 간다…

Rrrrrrrrrrrrrrrr.

문득 울려대는 핸드폰을 꺼내어 귀에 갖다 대는 민우.

"여보세요?"

―어, 형이야. 학교 끝났지?

기분 좋게 얼굴 전체로 퍼져 가는 미소. 수혁의 목소리에 걸음을

마저 옮긴다.

"끝났지, 그럼. 시간이 몇 신데."

―지금 어디니? 바쁘지 않으면 잠깐 집에 왔다가 가라.

우뚝. 갑작스런 수혁의 말에 민우가 그만 걸음을 멈추고…

"…지금? 무슨 일인데 그래?"

―글쎄, 잠깐만 들러. 오래 안 걸리니까 지금 바로 와. 끊는다~

"아, 형! 저기……."

달칵.

어느새 끊어진 전화기를 가만히 보다가 주머니에 도로 집어넣고는 잠시 생각한다. 갑자기 무슨 일이래? 목소리가 꽤나 들떠 있는 것 같은데 설마하니 아버지 일로 부른 건 아닌 것 같고… 뭐, 오래 안 걸린댔으니까 그럼 갔다 올까?

손에 들린 꽃다발을 잠시 바라보다가 적잖이 아쉬운 듯한 표정이 되어서는 집 쪽으로 다시 발걸음을 돌린다. 그러면서도 잠깐 들렀다가 혜원에게 다시 가야겠다는 생각에 금세 또 마음이 설레어지고 만다.

*

"여기예요. 들어가죠."

고급스런 외양의 집들이 즐비해 있는 주택가. 그중에서도 단연 웅장하고 화려해 보이는 집 앞에 멈춰 선 혜원이 조금 긴장한다. 수혁의 안내를 받으며 천천히 들어서는 혜원. 크기가 엄청난 대문을 밀고 들어가니 깨끗이 잘 손질된 정원이 맞아준다. 눈부시도록 푸르른 느낌에 괜스레 기분이 좋아지고…

"어머, 이제 오세요, 도련님."

"네, 아버진 아직이시죠?"

"조금 늦으신다고 전화 왔었어요. 근데 이 아가씨는……."

"아, 오늘부터 같이 지낼 거예요. 과외 선생님이시거든요."

"과외… 아, 둘째도련님요? 반갑네요, 아가씨, 아니, 선생님."

"안녕하세요?"

인상 좋은 아줌마의 말에 혜원 역시 깍듯이 인사한다.

"올라가죠. 방 안내해 줄게요."

"아, 예."

천천히 수혁을 따라 계단을 오르는 혜원. 그렇지만 아까부터 느낀 건 집이 어딘가 모르게 조금 낯익은 것도 같다는(의외로 이런 걸 잘 기억 못한다).

"손님들 오시면 쓰시는 방이에요. 미리 꾸며놓진 못했지만 청소는 해놔서 깨끗해요."

"아뇨, 전 상관없어요. 너무 깨끗하고 좋은데요. 감사합니다."

혜원은 햇살이 잘 드는 커다란 창이 무엇보다도 맘에 든다고 생각했다.

"그럼 잠깐 쉬고 있어요. 동생이 지금 오고 있는 중이니까 금방 도착할 거예요. 오면 부를게요."

"네, 그러세요."

수혁이 나가고 혜원은 침대 위에 가만히 앉아본다. 미리 꾸며놓진

않았다지만 깨끗이 정돈된 시트와 방 안의 모든 게 그저 완벽하기만 하다. 다행이다, 정말 다행이야. 오늘도 일자리 못 구하면 어쩌나 했어. 민우 그 사람한테 신세지기 미안한데 또 그럴까 봐 걱정했어. 수혁, 정말 고마운 사람. 아무것도 아닌 나를 이렇게나 믿어주고… 하아~ 내가 그렇게 불쌍해 보였나?

어느새 자기연민으로 끝내 버리는 혜원이 살며시 뒤로 기대어 눕는다. 아주 천천히 감았다 뜬 눈이 허공을 향하고, 입가에 씁쓸히 맴도는 미소가 어쩐지 슬픈 듯. 그래도 이유가 뭐였든 간에 정말… 아주 많이 고마워요. 수혁 씨, 고맙습니다.

"어라? 웬 꽃이냐?"

"형 줄 거 아니니까 침 닦아."

계단을 지나 2층으로 막 올라온 민우를 마침 방에서 나오던 수혁이 맞는다.

"나 정말 금방 가야 해. 근데 무슨 일로 부른 거야?"

"마침 잘됐네. 처음 만나는 기념으로 꽃 주면 되겠다. 그치?"

멈칫.

방문을 열고 들어서려던 민우가 순간 멈춰 선 채 고개를 돌려 수혁을 본다. 무슨 말이냐는 표정의 민우에게 의미심장하게 씩 웃어주는 수혁.

"실은 오늘 네 과외 선생님 모셔왔어. 형이 알아봐 준다고 했지?"

"벌써? 빠르네?"

“그렇게 됐다. 그리고 손님방에서 지내실 거야. 뭐, 자세한 건 공부하면서 알아가구. 인사나 하라고 불렀어.”

살짝 고개를 주억거리는 민우. 그러더니 손님방 문을 슬쩍 한 번 쳐다보고는 조금 소리를 낮춰 속삭이듯 수혁에게 묻는다.

“어느 학교 몇 학년이래? 남자야, 여자야?”

“…스무 살. 너보다 한 살 많은 여선생님.”

“오~ 괜찮은데?”

“모셔올 테니까 방에서 얌전히 기다리고 있어. 선생님한테 까불면 알아서 해.”

제법 진지한 수혁의 협박에 장난스레 두 손을 들어 보이며 졌다는 표정으로 민우가 방으로 들어간다. 꽃은 조심스럽게 책상 위에 올려두고서 침대에 거칠게 털썩 주저앉는 민우. 그때…

달칵.

문소리에 조금 자세를 고쳐 앉을까 하다가 예의상 천천히 몸을 일으킨다. 한 살밖에 안 많은 사람에게 선생님이라고 부르려니 괜히 쑥스러운 것 같기도 하고, 맞먹자니 조금 전 수혁의 협박이 맘에 걸리기도 하고, 이런저런 생각을 하며 아주 천천히 고개를 드는데…

“인사 드려. 민혜원 선생님이시다. 제 동생 민우예요, 혜원 씨.”

잠깐… 잠깐, 지금 뭐라… 고??

“……!”

낯익은 이름에 귀를 의심하며 아찔해지던 눈앞을 침착하려 다잡고 난 후에야 숨이 쉬어진다. 무척이나 심하게 흔들리는 민우의 눈빛.

적잖이 놀란 듯 일렁이고 마는 검은 파장. 뭐야, 네가 왜 여기 있어? 민혜원… 네가… 네가 왜… 게다가 뭐? 선생님? 네가… 네가 내 과외… 선생이라고? 말도… 안 돼! 무슨… 무슨 이런 경우… 가… 제기랄!

조금씩 가늘게 떨리는 입술. 눈에 보일 정도로 굳어진 얼굴이 차마 할 말을 잃고 만다. 그런 민우를 보며 혜원 역시 놀라 할 말을 잃는다. 왠지 모르게 조여드는 기분이 느껴지고…

"혜원… 씨?"

머뭇거리는 혜원에게 수혁이 살짝 눈치를 준다. 조금 더 하염없이 멍해 있더니 이내 얼른 표정을 수습하며 입을 여는 혜원이다.

"아, 예, 안녕하세요, 민혜원입니다."

"말 놔요, 동생뻘인데. 안 그래도 앞으로 가르칠 텐데 친해져야 편하죠. 안 그래요?"

"아, 그렇겠네요. 그럴게요, 수혁 씨."

자신을 향한 수혁의 눈빛에 억지로 밝게 웃어 보이는 혜원. 그런 혜원을 바라본 채로 그저 멍하니 있을 수밖에 없는 민우. 더할 나위 없게 심하게 떨리던 입술을 꼭 다무는 모습.

"선생님 말씀 잘 듣고 깍듯하게 모셔. 버릇없이 굴면 형이 혼낼 거야, 너."

선생님… 선생… 님…… 순간적으로 가슴속에서 뭔가가 요란하게 부서져 내린다. 그리고 아주… 아주 많이 아파오는 느낌에 견디기 힘든 민우는 끝내 고개를 떨구고…

“아, 잠깐 앉아서 얘기나 나누고 있어요. 내가 과일 좀 내올게요.”

“…네.”

조심스레 문을 닫아주고 나간 수혁을 보던 혜원이 잠시 후 천천히 민우에게 고개를 돌린다. 여전히 자신에게서 시선을 피한 채로 고개를 떨구고 있는 민우라 전혀 표정을 살필 수가 없음에 드는 괜한 안타까움. 그러면서 이어지는 둘 사이의 어색한 침묵. 그리고…

…….

적어도 30분 정도는 흐른 것 같다. 무슨 죄지은 사람처럼 불편하게 앉아 있는 혜원과 여전히 고개를 떨군 채 시선을 피하는 민우.

[인사 드려. 민혜원 선생님이시다.]

수혁이 가져다 준 과일은 처음의 모양 그대로 테이블 위에 놓여져 있고, 좀처럼 비상구가 보이지 않는 어두운 미로처럼 쉽사리 말을 꺼낼 수가 없어 앉아 있는 둘의 모습. 둘 사이의 침묵은 갈수록 무거워져만 간다. 그러다가…

치이익. 탁.

가만히 꺼내 문 담배에 불을 붙이고는 길게 빨아들이는 민우의 얼굴이 많이 어둡다. 허공으로 피어오르는 희뿌연 담배 연기 너머로 자리하고 있는 혜원의 얼굴을 애써 보지 않으려는 듯. 그리고 이내…

[말 놔요, 동생뻘인데. 안 그래도 앞으로 가르칠 텐데 친해져야 편하죠. 안 그래요?]

…젠장. 조금을 더 그렇게 있다가 입을 여는 민우의 얼굴이 말도 못할 정도로 담담하고 처연하다.

"과외를… 가르치시겠다?"

갑작스런 민우의 말소리에 놀란 듯 움찔하는 혜원. 그런 혜원을 못 본 척하며 다시금 입을 여는 민우.

"선생이라고… 앞으로는 선생님인 거라고……."

"…네. 아니, 응."

피식.

기가 막힌 듯 터져 버리는 웃음. 미처 숨기지 못한 씁쓸한 표정이 얼굴 가득 어린다. 뭐야, 갑자기 뭐가 어떻게 된 거야, 이거! 선생은 무슨… 네가 내 선생이 된다니 어떻게… 빌어먹을! 가만히 시선을 혜원에게 돌린다. 계속 불편한 자세로 어쩔 줄 모르고 있는 혜원. 쉴 새 없이 꼼지락거리는 손가락이 눈에 들어온다. 차마 태연하다고 말할 수 없을 그 모습에 보일 듯 말 듯 조금 일그러지고 마는 민우의 표정. 선생이라… 선생이 학생 앞에서 왜 그렇게 긴장하는데? 나보다 나이도 많은 양반이 왜 긴장하는 거야, 지금? 혹시 불편해, 내가? 내가? 그래? 그래, 너?

잠시 더 혜원을 바라보다가 기어이 시선을 돌려 버리며 다시금 담배를 입으로 가져간다. 여전히 둘 사이를 가르는 무거운 분위기. 한숨과 함께 길게 연기를 내뿜고는…

"몰랐어, 선생인지. 나보다 나이 많은 줄도 몰랐고. 무례했다면 용서해, 모르고 그런 거니까."

쉽사리 눈빛을 마주쳐 주지 않는 민우. 철저하게 배제된 감정이 싸늘한 말투에 묻어난다.

"아니, 괜찮아. 나도 내가 널 가르치게 될 줄은 몰랐으니까. 나이 차이는 한 살밖에 안 많지만 잘 부탁해."

차가운 민우의 말을 애써 참으며 용기있게 손을 내밀어본 혜원이 지만, 싸늘한 눈빛으로 힐끔거리고 만 민우는 시선을 거둬 버리며 담배만 피워댄다. 조금을 더 버텨보더니 이내 머쓱해진 혜원이 얼른 손을 거두고 여전히 어둡게 굳어 있는 민우는 그저 침묵만⋯⋯.

"저기, 근데 학생이 담배⋯ 피워도 되나?"

움찔.

나름대로 분위기를 의식하며 꺼낸 혜원의 말에 잔뜩 굳은 얼굴을 끝내 조금 일그러뜨리는 민우다. 조심스레 말을 꺼내본 혜원이지만 역시나 민우의 심기를 아주 많이 건드려 버렸다.

"나도 몰랐어, 학생인지. 더군다나 고3이라고는⋯⋯."

"그래서?"

혜원의 말을 끊어버리는 민우. 짐짓 당황하여 입을 다무는 혜원.

"내가 학생인 게 뭐? 더군다나 고3인 게 뭐 어떻다고?"

"아니⋯ 난 그냥⋯⋯."

"벌써부터 선생이랍시고 훈계하려나 본데 첫날부터 이러면 피곤하지."

냉랭한 말투, 싸늘한 억양. 자신의 의지와는 상관없이 말이 아무렇게나 내뱉어진다. 그렇게 힘이 잔뜩 들어간 민우의 목소리에 혜원이 움츠러드는 건 당연하다.

"착각하지 마. 과외 선생이 별거야? 나한테 존경 같은 거 기대하려

면 일찌감치 포기해.”

[선생님 말씀 잘 듣고 깍듯하게 모셔. 버릇없이 굴면 형이 혼낼 거야, 너.]

젠장! 뭐가 이래, 진짜. 선생이라니… 오늘부터 갑자기 선생이라니… 이런 법이 어딨어, 갑자기 이러는 게 어딨냐구!!

똑바로 눈을 쏘아보며 내뱉는 민우의 말에 당황한 혜원이 고개조차 못 돌리고 마주한다. 뭐라고 말을 해야 하긴 하겠는데 아무런 말도 나와주질 않고… 그런 혜원을 아는지 모르는지 계속해서 차갑게 말을 잇는 민우.

“이거였어? 내일이면 꼭 구해질 거라던 일자리가 바로 이거야? 내 과외 선생? …웃겨.”

욱신.

왜… 왜 그렇게 말해. 왜 나한테 화를 내려는 거니? 몰랐어, 몰랐다고 했잖아. 니가 학생이었단 것도 몰랐고, 내가 가르칠 학생이 너라는 건 더 더욱 몰랐어.

차마 말을 못하고 입을 다물어 버리는 혜원의 눈가가 많이 어둡다. 꼬일 대로 꼬여 버린 지금의 민우에게는 어떤 말도 곱게 들리지 않을 것만 같다.

“아, 그렇지. 몰랐다고 했지. 너도 몰랐었다고 그랬지. …그렇군, 몰랐었군.”

“…….”

좀체로 대답을 못하는 혜원을 알아채고는 가만히 눈을 내리깔며 담배를 비벼 끈다. 그리고는 천천히 일어서는 민우를 조심스레 혜원이 쳐다본다. 왠지 모르게 아까부터 자꾸만 가슴 한구석이 아려오는 듯하다.

"어차피 오늘은 인사만 하는 거니까 이만 갈게. 내일부턴 선.생. 님.이라고 불러줄 테니 안심하라구."

"……."

빈정대는 느낌이 가득하다. 굳이 눈빛을 읽지 않아도 알 수 있는 민우의 냉랭한 표정이 못내 서운하기만 하다.

움찔.

그냥 지나치는 줄 알았던 민우가 혜원의 바로 앞에 몸을 숙여 얼굴을 갖다 댄다. 매우 가깝게 다가온 민우의 얼굴에 미처 눈빛을 피하지 못한 혜원이 경직된다. 그리고…

"형하고 어떻게 알게 된 건지는 모르지만 나 안다고 하지 마. 만난적 없다고 하자구. 알았지?"

욱신.

차갑지만 감미로운 목소리. 소름 끼치게 부드러운 느낌으로 입술에 와 닿는 민우의 숨결. 그렇지만 자신을 쳐다보는 눈빛엔 왠지 모를 싸늘한 기운만 가득하다.

"쿡……."

비… 비웃는 거야? 지금 민우가 아무렇지 않게 흘린 미소는 끝내 혜원의 가슴에 아프게 남아버리고… 굳은 채 아무 말도 못하는 혜원을 보며 쓴웃음을 지은 민우가 빠르게 나가 버린다. 조금 전 내뱉어진 민우의 말에 자신도 모르게 굳어버린 혜원. 여전히 경직된 어두운 얼굴.

[나 안다고 하지 마. 만난 적 없다고 하자구. 알았지?]

…충분했다. 민우의 그 한마디로 어젯밤의 일이 모두 설명되었다. 갑작스레 다가왔던 입술에 당황했던 자신이 바보 같고, 내내 떠올리며 두근댄 게 다 괜한 일이었다니. 더군다나 밤새도록 잠 못 이뤘던 자신이 못내 가엾기까지 한 기분인데… 아파, 가슴이 아파서 견딜 수가 없어. 나, 나 지금 왜 이렇게까지 아픈 거니, 왜. 실수라는 의미로 받아들인 혜원이기에 이렇게까지 아픈 건 당연했다. 생전 처음 느껴본 두근거림에 설레어했던 자신이 한없이 초라하게만 느껴지는 순간이다.

그래, 미안. 착각해서 미안해. 아무것도 아니었던 일을 혼자 바보같이 넘겨짚어 버린 꼴이라니… 난 정말 혹시라도… 그럴 리는 없겠지만 정말… 나…

"하아……."

낮은 한숨과 함께 수치심보다는 괜한 아쉬움이 들어 아려오는 가슴을 가만히 눌러본다. 가늘게 떨려오는 손끝을 응시하는 혜원의 눈빛이 어쩐지 너무 많이 아픈 모습이다.

이제부터 넌 내가 가르칠 학생이야. 그 이상도, 그 이하도 아닌 거야. 정말 나 그렇게만 생각할 거야. 어렵게 구한 일자리인만큼 난 절대 포기할 수 없어. 그러지도 않을 거야. 날 믿어준 수혁 씨를 봐서라도 절대로 그럴 수 없어, 나…….

곧 이어 조용히 일어서던 혜원이 잠시 멈칫힌다. 민우의 책상 위에 놓여진 하얗고 예쁜 카라 꽃에 시선이 간다. 바라보기만 해도 마음이 깨끗해지는 투명함. 자신도 모르게 조심스레 손을 뻗어 어루만지는 혜원. 하지만 민우… 쉽사리 정돈되질 않는 차가운 마음. 쓸쓸한 기운이 가득한 어두운 눈가. 천천히 민우의 방을 빠져나오는 걸음 가득 차마 다잡을 수 없이 묻어나는 쓸쓸함.

"그만 좀 마셔, 임마. 도대체 왜 그래?"

"야, 이민우! 너 정말 말 안 할 거야? 진짜 무슨 일이야, 너!"

한눈에 보기에도 무슨 일이 있는 눈치였다. 클럽에 들어설 때부터 한마디 말도 없던 민우다.

"민우야. 야, 임마."

"……"

굳을 대로 굳어버린 얼굴로 말없이 그저 술만 들이키는 민우. 절제 없이 마셔댈 녀석이 아님을 알지만, 말려볼 도리도 없이 바라봐야만 하는 상황이 은규와 우진은 못내 답답하기만 하다.

"그만 좀 해. 술하고 원수졌냐?"

끊임없이 마셔대는 민우에게서 결국 은규가 술병을 뺏어 든다. 잠시 멈칫하던 민우였지만, 또다시 다른 술병을 들어 입으로 가져가는 모습에 은규의 얼굴이 심하게 굳어버린다.

"…졌다, 졌어. 나 잠깐 화장실 좀 다녀올게. 민우 잘 봐라."

화장실로 향하는 우진을 바라보던 은규가 이내 민우에게 고개를 돌린다. 금방이라도 무너질 듯한 위태로운 모습. 그냥 둘까 하다가 아무래도 안 되겠어서 조심스레 입을 열어보는데,

"어제 오늘 대체 왜 그래? 혹시… 뭐가 잘못되기라도 한 거야?"

[미안해. 미안해서 왔어.]

움찔.

문득 처연해지는 민우의 눈빛. 술병을 입으로 가져가려던 손길이 잠시 멈춰지는 듯…

[미안해서… 너무 미안해서 온 거야, 나.]

차라리 아픈 모습을 보게 되더라도 더 무너지기 전에 끊어줘야 할 것만 같아서 뭔가 더 말을 꺼내려던 은규가 민우의 아련한 눈빛에 그만 입을 다물어 버린다.

[아, 미, 미안. 내가… 무슨 짓을…….]

간신히 버티고 있었던 듯 끝내 힘없이 감기는 두 눈과 가만히 고개를 떨군 채 미동도 없는 민우의 입술 가득 미처 소리되지 못하는 아쉬운 설레임이 감돈다.

사랑… 해. 말했잖아, 나 너 사랑해. 처음으로 진심이야. 이렇게까지 절실한 거 태어나 처음으로 너뿐이야. 다가가면 안 돼? 나 널 사랑하면 안 되니? 응? 솔직하게 반응하는 마음 그대로 가겠다는 거… 안 되는 욕심인 거니? 그래?

[인사 드려. 민혜원 선생님이시다. 제 동생 민우예요, 혜원 씨.]

흠칫.

순간 천천히 떠지는 민우의 눈이 멍하니 허공을 향하는 아픈 눈빛

이 되어버리고… 하아… 선생… 니가 내 선생… 이라고. 이제 막 내 마음 알았는데… 어떻게 해볼 수조차 없게 너무 멀리 와버렸는데… 이제 와서 선생인 거라고. 너한테 선생님이라고 부르라는 거야, 지금?!

가늘게 떨리는 입술 너머로 조금씩 거칠어지고 마는 호흡. 마치 끓어오르는 화를 참지 못해 조금이라도 건드렸다간 순간적으로 터져버릴 것만 같은 불안하기만 한 민우의 모습에 은규가 한숨을 내쉰다. 그리고는 자신도 뭔가가 답답한지 술병을 입으로 가져간다. 무척이나 요란하기만 한 음악들로 가득한 클럽 안에서 전혀 즐겁지 않은 듯한 민우의 표정은 한껏 어둡다.

[말 놔요, 동생뻘인데. 안 그래도 앞으로 가르칠 텐데 친해져야 편하죠. 안 그래요?]

아무것도 문제될 건 없었는데, 나이 한 살 정도 많은 것 따윈 정말 아무것도 아닌데… 과외 선생… 만날 기회가 많으니까 오히려 잘된 걸 수도 있어. 선생이라고 사랑하지 말란 법은 없잖아. 아니, 선생이기 이전에 넌 내게 한 여자였잖아. 그렇지만… 그렇지만 너…….

[선생님 말씀 잘 듣고 깍듯하게 모셔. 버릇없이 굴면 형이 혼낼 거야, 너.]

내가 이상한 건가. 내가 지금 이상한 거니? 정말 내게만 보였던 거야? 벌써부터 눈치 챈 게 내 잘못이니? 그래?

[혜원… 씨?]

제기랄. 보고 말았다. 혜원을 향하던 수혁의 눈빛. 한없이 애처롭

기만 하던 부드러운 시선. 분명 수혁은 여태껏 민우 앞에서 한 번도
그런 적이 없었다.

[아, 그렇겠네요. 그럴게요, 수혁 씨.]

아닐 거라고… 그냥 평소와 아주 조금 다른 것뿐이라고… 그저 조
금 더 친절한 것뿐일 거라고… 진짜 그것뿐일 거라고 혜원의 어깨를
조심스럽게 다독이던 수혁의 손짓에도 애써 의미를 부여하지 않으려
던 민우였는데… 그랬는데…

[민우야……]

자신을 향하던 그것과는 사뭇 다르던 혜원의 눈빛이, 수혁의 옆에
서 환하게 웃어 보이던 혜원의 모습이 너무도 분명하게 수혁의 달라
진 모습을 각인시켜 주었기에… 그저 그런 모습만으로 짐작해 버리
고 만 민우였기에… 솔직히 많이 속상하다지만 그 짐작이 불행히도
사실일 거란 확신까지 들기에… 두말할 필요 없이 너무도 어울리던
두 사람이었기에… 정말 그랬기 때문에…

"……!"

그만 멈춘 듯하던 민우가 다시금 미친 듯이 술을 마셔대는 모습에
은규가 경악한다. 얼핏 비친 민우의 눈가가 젖었다고 느낀 게 부디
자신의 착각이기만을 빌어보는 은규. 하지만…

✳

"그래, 민우 과외 선생이시라구?"

"네, 아버지. 가르치시는 동안 여기서 같이 지내실 거구요."

"음."

별다른 기색 없이 고개를 끄덕이는 지 회장. 약속이 있어 늦게 들어온다던 지 회장의 표정이 웬일인지 그리 썩 밝아 보이지 않는다. 그래도 혜원에게는 최대한 티를 안 내려 노력하는 듯한 지 회장의 모습이 역력하다.

"실례지만 학교는 어디신가요, 선생님?"

"네? 아, 저기……."

"S대학교 휴학 중이에요. 집안 사정 때문에 당분간 나와 계신다고 들었습니다. 실력은 검증되셨으니 신경 쓰지 마세요."

수혁 씨… 서둘러 얼버무리는 수혁을 살며시 쳐다보는 혜원. 알았다는 듯 고개를 주억거리는 지 회장을 보며 자꾸만 불편해지는 마음을 추스른다. 아까부터 정말 마음이 많이 답답하다.

"그래요. 녀석이 말썽은 좀 있겠지만 부탁드립시다. 더도 말고 선생 대학 정도만 갈 수 있게 만들어주시오."

"…아, 네. 열심히 가르쳐 보겠습니다."

어느새 굳어버린 얼굴을 조금 떨구고는 한없이 초라해지기만 한 자신을 느끼는 혜원. 그런 혜원을 가만히 쳐다보던 지 회장이 문득 수혁에게 입을 연다.

"수혁이 너, 잠깐 나 좀 보자. …선생님은 그만 올라가 보시죠."

"아, 네. 그럼."

소리없이 방을 나가주는 혜원을 조금 더 바라보다가 지 회장이 넌지시 입을 연다.

"낯이 익다. 내가 어디서 본 게냐?"

기억력이 좋은 지 회장의 말에 수혁이 작게 웃는다.

"기억하시네요. 며칠 전 취임식 파티 때 저와 함께 갔었습니다."

"전부터 알던 사이였냐?"

가만히 응시하는 지 회장의 눈빛이 심상치 않아 괜히 조심스러워지는 수혁.

"아뇨. 그날 물어봤더니 과외 일자리를 알아본다고 해서 모셔왔어요. 조사해 보니 실력도 괜찮고 해서……."

"뭐, 민우의 일이니 니가 알아서 잘하겠지. 그건 그렇고 너."

문득 조금 싸늘해진 지 회장의 목소리에 수혁이 자세를 고쳐 앉았다.

"대체 무슨 생각인 거냐? 우주그룹 김 회장이 섭섭한 티 안 내려고 용을 쓰더구나."

'무슨 말씀이신지' 하던 수혁의 표정이 순간 조금씩 굳어간다.

"갑자기 다른 급한 일이 생긴 거라면 미리 양해를 구하고 연기를 하던가 무작정 바람맞히니 귀한 딸 가진 아버지가 속이 안 상해? 무슨 일이 있었던 거냐?"

"아, 저기… 그게……."

어림잡아 김 실장은 아무 말 안 한 것 같고… 혹시나 하는 마음에 먼저 전화한 건 지 회장이었을 거란 수혁의 생각. 사업적으로 자주 연락하는 사이라지만, 오늘의 약속이 김 회장과 지 회장 모두에게 무엇보다 중요한 일이었단 건 분명했다.

"내가 대신 사과 드렸다. 약속은 내일로 연기해 놓았으니 그렇게 알고."

"저기, 아버지……."

실은, 저 아직은 결혼을 하고 싶지가 않습니다. 아직은… 그리고 아무하고는 하고 싶지가 않아요. 조금 나중에 다른 사람과… 안 될까요?

"아닙니다. 올라가 볼게요. 쉬세요."

"원, 싱겁긴. 그래, 너도 쉬거라."

뭔가 말하려다 입을 다무는 수혁을 대수롭지 않게 보는 지 회장. 천천히 방을 빠져나오는 수혁의 얼굴이 더욱 심하게 어두워지고 만다.

✳

"자식아, 말 들어. 그냥 우리 호텔에서 자라니까."

"됐다고 했잖아. 집에 갈 거라고, 임마."

이리 비틀, 또 저리 비틀. 계속되는 실랑이에도 불구하고 민우는 한사코 은규와 우진의 부축을 뿌리친다. 몸을 못 가눌 정도로 마셔 버린 민우가 걷는 걸음마다 불안한 둘은 안절부절. 사이좋게 오른쪽 왼쪽을 지켜가며 비틀대는 민우를 걱정스레 쳐다본다.

"괜찮아? 조심 좀 해."

"걱정 마셔. 아~주 멀쩡해, 난."

괜히 괜찮은 척 과시하려던 민우가 조금 휘청대는 걸 가까스로 은규가 잡아준다. 워낙 술발이 세기에 그대로 놔뒀던 건데 이렇게까지 취해 버린 모습은 정말 오랜만이다. 조금이라도 자제하려 노력한 은

규와 우진 탓에 어쩌면 민우는 더욱 마음껏 취해 버린 건지도 모른
다.

"장난 아니다. 내일 또 하루 종일 속 부여잡고 죽을상 하겠군, 이
민우."

"누가 아니래. 암만 생각해도 이만할 때 데리고 나온 게 천만다행
이다."

거의 감겨진 눈과 삐딱한 고개의 민우를 보며 혀를 쯧쯧 차는 은규
와 우진이 불안하게 웃는다. 용케도 거의 집 근처까지 걸어온 게 가
상하긴 하지만 그냥 생각하기에도 꽤나 한참을 걸었던 듯하다. 그도
그럴 것이 내딛는 걸음마다 불안불안. 그렇게 자꾸만 인상을 찌푸리
던 민우가 점점 창백해지는 얼굴이 심상치가 않은데… 혹시?

"민우야?"

"우우우욱!!"

외마디 소리를 남기고는 저만치 앞쪽의 담벼락으로 달려가는 민
우. 어째 불안하다 했더니 크게 휘어지는 허리가 적잖이 힘들어 보인
다.

"괜찮아? 아후, 자식"

"우우우우우에에에에엑!! 콜록콜록."

서둘러 달려간 우진이 민우의 등을 두들겨 주고 은규는 민우의 머
리카락을 조심스레 들춰준다.

"숨 들이쉬고 게워내 봐. 천천히."

"후우… 후우… 욱… 콜록콜록!"

천천히 숨을 고르며 몇 번 헛구역질도 해대고, 벽을 짚고 선 민우의 손가락이 조금씩 그렇게 많이 떨린다. 힘겹게 떨구고 있는 고개. 걱정스런 표정이 역력한 은규와 우진.

"괜찮아?"

잠시 후 어느 정도 진정된 듯 말없이 손을 흔드는 민우를 보며 우진이 담배를 꺼내 문다.

"담배 줄까, 민우야?"

이번엔 작게 몇 번 고개를 젓는 민우.

"자, 입가 좀 닦아."

얼굴을 가려주며 내민 손수건을 이내 천천히 받아 드는 민우. 입이 아닌 눈가로 가져가는 것까지 보고는 우진에게로 걸어가 담배를 얻어 무는 은규다.

"그러게 너무 무리한다 했다. 진짜 무슨 일인 거야?"

"가만둬. 안 그래도 속 아픈데 말 시키지 말자구."

벌써부터 어둑해진 거리에 가로등 불빛만 있다고는 하지만, 민우의 눈물을 확실히 눈치 채버린 은규가 역시나 눈치있게 우진에게는 민우를 가려준다. 그리고 부디 아닐 거라며 착각이길 바랬던 민우의 눈물을… 친구가 된 이래로 한 번도 본 적 없던 짙은 눈물이 끝내 떨어져 내림을 확인해 버리고 만다.

"간다. 손수건은 내일 줄게, 은규야."

가슴이 아파서… 민우의 절실한 슬픔이 그대로 전해지는 것만 같아서… 대신 아파주고만 싶다는 게 이런 거구나 하는 마음에… 아끼

는 친구는 항상 행복했으면 했기에…

"민우야, 임마."

"그래, 조심해서 가. 전화할게."

제법 괜찮아졌는지 천천히 걷기 시작하는 민우를 우진이 불러보지만 은규가 제지한다. 많이 정돈된 발걸음으로 조금씩 멀어지는 민우가 오늘따라 왜 저렇게 아프고 가엾게만 보이는 건지, 지켜주고픈 자신의 친구가 왜 저렇게까지 무시 못할 정도로 여리고 위험스런 모습인 건지. 민우야… 임마, 너 진짜… 후우.

"한잔 더 할래?"

"좋~지. 얼~ 손은규, 인간 다 됐네? 가끔 이렇게 기특한 소리도 하고."

"병신."

팔꿈치로 우진의 배를 살짝 찌르고는 앞장서서 걷기 시작하는 은규. 허공을 가만히 응시하는 눈빛이 어쩐지 너무 많이 아픈 느낌이다.

✳

"따뜻한 코코아, 괜찮죠?"

부드러운 목소리에 뒤를 돌아보니 예쁜 머그잔 두 개를 들고 있는 수혁이 보인다.

"좋죠. 감사합니다."

"차 한잔할 시간을 내줘서 제가 더 감사하죠. 자요."

조심스레 머그잔을 받아 드는 혜원과 그런 혜원을 보며 편안하게 웃어주는 수혁. 저녁을 먹고 나서 딱히 할 일이 없던 혜원은 테라스로 나왔다. 집 뒤쪽으로 나 있는 아담한 테라스에는 운치있게 멋진 티 테이블도 마련되어 있었다. 살짝 웃어 보이는 혜원과 마주앉아 있는 수혁은 여전히 주책맞게 뛰어대는 자신의 심장이 괜스레 미워 보인다.

"첫날이라 많이 낯설겠지만 내 집이다 생각하고 지내요. 그게 나도 편해요."

"네, 그럴게요."

한 모금 들이마신 코코아의 따뜻한 기운보다도 친절하게 배려해주는 수혁의 따스함에 기분이 좋아지는 듯.

"이런, 잠깐만요."

갑자기 일어나 안으로 들어간 수혁이 잠시 후 자신의 니트를 들고 나온다.

"밤이라 추워요. 그렇게 얇게 입고 나와 있으면 감기 걸려요."

"아, 괜찮은데……."

"괜찮긴요. 벌써 이렇게 떨고 있잖아요. 사양하지 말아요."

보일 듯 말 듯 여리게 떨리고 있는 혜원의 어깨에 수혁은 정성스레 니트를 덮어준다. 거절하려던 혜원이 너무도 편안히 웃어주는 수혁을 보고 이내 고맙다며 같이 웃어버린다. 조용한 밤. 한껏 어둑해져 있는 하늘에 가득한 별빛이 꽤나 밝게 빛나고,

"만나보니까 어때요? 제 동생, 저 닮아서 미남이죠?"

[형하고 어떻게 알게 된 건지는 모르지만 나 안다고 하지 마. 만난

적 없다고 하자구. 알았지?]

욱신.

장난스런 수혁의 말에 쉽사리 말을 못하고 그저 미소로만 답하는 혜원. 웬일인지 아까 이후로 좀처럼 밝아지질 못하고 있는 혜원의 얼굴이다.

"느꼈는지 모르겠지만 조금 거칠어요. 그게 그 녀석 매력이기도 하고. 간혹 툭툭 쏘아붙여도 상처받진 말아요. 버릇이자 습관으로 그러는 거니까."

"…네."

알고 있는데… 그렇게 쏘아붙이는 성격이라는 거… 차갑게 아무렇게나 말해 버리는 사람이라는 거… 내가 가르칠 학생이라는 것만 빼고는 다 알고 있었어요, 나.

[몰랐어, 선생인지. 나보다 나이 많은 줄도 몰랐고. 무례했다면 용서해, 모르고 그런 거니까.]

욱신.

잠시도 사라지지 않는 고통. 민우가 그렇게 차갑게 나가 버린 후 계속해서 혜원은 가슴이 아려옴을 느끼고 있었다. 단지 자신에게 차갑게 대했기 때문일까? 그게 서운하고 아쉬워서 그런 걸까? 그렇기 때문에 이렇게까지 가슴이 아픈 건가? 단순히 그런 이유로? 아니면… 그게 아니라면… 하아.

"혜원 씨만 믿어요. 믿을 거예요, 나. 남자 녀석이라 더 힘들지도 모르지만 동생처럼 정말 잘 가르쳐 줄 거라고 생각할게요. 그래 줄 거죠?"

"그럼요. 정말 열심히 할게요. 믿어주셔서 정말 고마워요. 고맙습니다."

소리없이 정말 예쁘게 웃는 혜원을 가만히 바라보며 같이 웃는 수혁.

이상하죠, 이렇게 마주 보고 있는 것뿐인데… 나 자꾸만 가슴 가득 벅찬 느낌이에요. 뭔가가 더할 나위 없이 그렇게 그저 끝없이 벅찬 기분이 들어요. 이렇게 내 앞에 혜원 씨가 있다는 것만으로… 그저 이렇게 곁에 함께한다는 이유만으로… 단지 누군가와 같이 있으면서 이렇게 좋은 느낌은 나 태어나서 정말 처음인 것만 같은데… 혜원 씨, 나 말이죠… 벌써부터 혜원 씨를… 혜원 씨를…

"저, 여기 뭐 묻으셨는데……."

넋을 놓고 혜원을 바라보던 수혁에게 문득 혜원이 조심스레 말을 건다. 아마도 입가에 코코아가 조금 묻은 듯. 적잖이 당황한 수혁이 얼른 머그잔을 내려놓고는 여기저기를 닦아본다.

"네? 여기요?"

"아니, 거기 말고 이쪽에… 여기요."

우습게도 묻은 곳만 피해가며 닦아내는 수혁. 조금 웃음을 참아보던 혜원이 못 이기는 척 직접 닦아준다.

"진짜 묻은 곳만 피해가며 닦은 거 알아요?"

"하하, 내가 그랬어요? 이런, 얼마나 바보 같았을까."

"뭐, 많이는 아니구요. 쪼~끔 바보 같았어요. 쿡."

"네? 하하하."

은근슬쩍 장난스레 말하는 혜원을 보며 수혁이 정말 기분 좋게 웃어버린다. 사람을 편안하게 해주는 마력을 가진 수혁에게 자신도 모르게 마음 놓고 웃어버리는 혜원. 그저 바라만 봐도 좋다는 말이 떠오르는 두 사람의 다정한 모습. 그리고…

쏴아아.

욕조 안에 멍한 표정으로 주저앉아 버린 민우. 자신이 옷을 입고 있다는 아주 분명한 사실조차 잊은 채 초점없는 눈동자는 그저 허공을 헤집고,

"젠장."

어느새 온몸이 흠뻑 젖어버려 달라붙은 옷 너머로 실루엣이 그대로 드러난다. 위쪽에서 쉴 새 없이 쏟아져 내리는 물줄기의 차가운 기운은 더 이상 느껴지지도 않는 듯하다.

무시하고 싶었는데… 아까 내가 설불렀던 거라고 생각하려 했는데… 아무것도 아닐 거라고 외면하고픈 그런 감정으로 집에 온 건데… 그렇게 믿었기에 단지 네가 보고 싶었던 건데, 나…….

[하하, 내가 그랬어요? 이런, 얼마나 바보 같았을까.]

정말… 이야? 설마… 형, 정말인 거야? 그… 래?

조금씩 가늘게 떨리는 입술보다도 더 눈에 띄게 흔들리는 민우의 눈동자가 많이 가엾다. 말해 봐. 그런 눈빛 한 번도 없었잖아. 누구보다 형을 잘 안다고 생각했었는데… 그렇게까지 부드러운 눈빛이 얼

마나 낯선지 알기나 해?!

　결코 엿보려던 것은 아니었지만, 2층에 올라서던 순간 테라스의 수혁과 혜원을 민우는 조금의 술기운도 빌리지 않고 지켜봤다. 처음에는 혜원의 모습만 보고 다가서다가 무척이나 따뜻한 눈빛으로 누군가와 마주하고 있다는 걸 알았을 때… 그 상대가 역시나 환한 표정의 수혁이라는 걸 보았을 때… 너무나도 잘 어울리는 둘의 모습과 어우러진 즐거운 웃음소리까지 듣고는…

　"이럴 순… 없어… 민혜원… 너……."

　욱신.

　자신도 모르게 내뱉어 버린 혜원의 이름에 힘겹게 참고 있던 무언가가 가슴속에서 무너져 내리고, 너무도 아프게 아려오는 마음이 느껴져 끝내 눈을 감아버리고 마는 민우다.

　뭐야, 그렇게나 잘 어울리는 모습으로 뭐 하는 거야. 그런 식으로 확실하게 말해 주려는 거야? 다가오지 말라고, 안 된다고 알려주려는 거야, 너? 넌… 넌 형을 향해 있으니까… 넌 형이니까, 절대 난 안 된다는 거야?! 그런 거였어? 그래?! 하아…….

　[뭐, 많이는 아니구요. 쪼~끔 바보 같았어요. 쿡.]

　인정하고 싶진 않지만 수혁을 향해 있던 혜원의 눈빛은 자신을 향하던 아픈 그것과는 너무도 다른 밝고 환한 보기 좋은 눈빛이었다. 그걸 너무도 확실히 알아서, 인정하고 말 것도 없이 확실하게 알아버려서, 자신에게는 이제 선생이라는 존재이기에… 싫다고 밀어내 버리면 당장 갈 곳이 없을 혜원이란 걸 아니까.

“…….”

선택의 여지가 없었다. 현실을 받아들이려는 듯 가만히 고개를 떨구고는 눈을 한 번 감았다 떠본다. 여전히 눈앞을 떠나지 않고 자리하는 혜원에 대한 끝없는 그리움을 느끼며 민우는 얼마간의 시간이 지났는 지 알 수도 없게 그렇게 차디찬 물줄기를 그대로 맞고 있다. 너무도 아파 보이는 아련한 느낌으로, 그렇게 조금씩 젖어드는 민우의 눈빛. 그리고 그 안에 빼곡히 들어차 있는, 이루 말로 다 할 수 없을 정도로 절실해진 혜원의 느낌은…….

"시기를 놓쳐 버려서 지금 아주 많이 후회하고 있다.

처음 딱 그만큼일 때 접었어야 했다고 이제 와서 후회한다.

그랬으면 조금이라도 덜 아팠을 거라고… 적어도 지금만큼 죽도록 힘들진 않을 거라고.

정말 늦어버린 변명이라 소용없다 해도 나 지금 이렇게나 후회가 된다.

그래도 모르는 거지. 미리 알았다고 해도 넌 내 안에서 조금도 지워지지 않았을 테지.

끝이 너무도 분명히 보이는 낭떠러지에 내맡겨지는 심정,

넌… 절대 모르겠지."

"…심각해. 아무리 생각해 봐도 너무 지나치단 말야."

가볍게 부딪친 후 한 모금 들이마신 맥주병을 내려놓으며 우진이 입을 연다. 조용한 재즈가 감미롭게 흐르는 어느 바. 심플한 인테리어와 아늑한 분위기 때문에 은규 일행이 제법 자주 찾는 곳이다. 민우 탓에 괜히 마음이 심란해져 도착하고부터 계속 천천히 술을 마시던 두 사람. 그다지 쉽게 취하지 않으려 어느 정도 페이스를 맞춰서 마시는 모습이 꽤나 능숙하다.

"왜 그렇잖아. 웬만큼 마셔서는 취하지도 않는 녀석이 게워낼 정도로 들이부었단 게 절대 민우답지 않다구."

"그러니까 진심이라는 거야. 그만큼 무서운 게 진심이란 소리야."

답답한 마음에 내뱉은 우진의 말에 가만있던 은규가 맞장구치며 입을 연다.

"짐작은 했었지만 그래도 이 정도일 줄은 몰랐어. 많이 힘든가 봐."

다시금 한 모금을 들이마신 은규가 한껏 가라앉은 목소리로 말하자 우진은 가만히 고개를 끄덕끄덕한다. 여전히 민우만 생각하면 잠시도 안심할 수 없는 걱정뿐인 게 둘의 마음이다.

"맞어. 딴 건 몰라도 내가 눈치 챌 정도면 정말 대단한 거지. 안 그러냐?"

"스스로 인정하는구나, 눈치 0단 김우진?"

괜한 농담 한마디에 그런대로 민우가 우려됨에 짐짓 씁쓸한 웃음을 지어보는 두 사람. 이전까지 한 번도 그래 본 적이 없었단 게 민우에 대한 걱정을 더욱 가중시킨다. 낯설기에 그 끝을 알 수 없는 불안감. 왜 이렇게 자꾸 이상하리만큼 초조하기만 한 건지… 민우야.

"그나저나 어떻게 해야 하냐. 녀석이 기대어올 때까지 기다려줘?"

허공을 향한 채 정말 걱정스런 눈빛으로 우진이 묻는다.

"그전에 해줄 일이 뭔지 알게 된다면 더없이 좋겠다만… 그래야겠지. 기다려야겠지, 우선은."

역시나 허공에 시선을 둔 채 나지막이 읊조리는 은규. 무척이나 닮은 둘의 눈빛, 너무나 믿고 있는 친구이기에 알아서 잘하리라는 생각을 하다가도 낯설기만 한 자신의 감정에 친구가 혹시나 상처 입을까 봐 일찌감치 조바심부터 난다. 서로 다른 허공을 바라보고는 있지만, 민우에 대한 걱정만은 같은 두 사람. 아주 약간의 간격을 두고는 맥주병을 들어 사이좋게 또 한 모금씩 들이마신다. 한차례 마셨던 뒤라 제법 취해가는 것도 같고, 그러다 문득 아련해진 눈빛의 은규가…

"실은… 나도 요즘 좀 이상해, 우진아."

"뭐?"

갑작스런 은규의 말에 시선을 돌려 응시하는 우진. 여전히 허공을 향해 있는, 조금은 흐뭇해 보이는 은규의 눈빛과 어느새 그의 머리 속에 가득 자리해 버린 혜원에 대한 그리운 감정들.

"많이 이르다는 건 아는데 나도 이런 느낌은… 태어나서 처음이라서 말이지."

무슨 말이냐는 우진의 표정이 아주 조금씩 굳어지는 듯하더니,

"태어나서 처음인 느낌? 혹시, 너?"

"아니다. 아직은 아니야. 조금 더 있다가 말할게."

언제부터 이렇게 눈치가 빨라졌는지. 결코 잘못 넘겨짚은 게 아닌 우진에게 은규가 다시 말을 감춰 버린다.

"나도 모르게 말을 꺼내 버렸네. 미안~ 나중에, 나중에 얘기해 줄게."

대충 미안하다는 말로 얼버무리려는 은규와 당연히 삐쳐 버리는 우진.

"뭐야~ 사람 놀리냐? 나 궁금한 거 있으면 밤에 잠 못 자는 거 알잖아."

"그러니까 미안하다구~ 밤에 잠 안 오면 전화해, 자기~"

"변태 새끼."

적잖이 분한 얼굴로 은규를 조금 노려보며 맥주병을 입으로 가져가는 우진. 그런 우진을 보고는 다시 허공으로 시선을 거두는 은규에게 우진은,

"진심인 거냐? 그것만 말해."

멈칫.

자신의 속내를 완벽하게 들켜 버렸다는 것보다는 솔직히 자신도 곤란한 생전 처음의 막연한 느낌을 조금이라도 알아채 준 친구가 괜히 고맙기만 하다는 생각. 잠시나마 움직이지도 못할 정도로 친구가 그렇게 눈치 채버린 솔직하고 진실 어린 자신의 감정이 또 느껴짐에… 혜원.

"쳇, 이젠 니들 둘이 이 형님을 따돌리겠다 이거지? 나쁜 놈들."

은규의 멈칫거리는 동작만으로 이미 모든 걸 알겠다는 얼굴이 되어 은근슬쩍 장난조로 말해 보고는 다시금 맥주병을 입으로 가져간다. 갑작스레 낯설게 변해 버린 친구 녀석들이 걱정되면서도 괜스레 기분 좋게 기대도 되고, 그렇지만 왜 이렇게 마음의 한구석이 심란하기만 한 건지, 아직은 아무것도 알 수가 없는 우진이다.

"언제 왔어? 들어오는 거 못 봤는데."

막 옷을 갈아입고는 수건으로 머리를 닦아내던 민우의 눈에 방으로 들어서는 수혁이 보인다.

“어, 조금 전에.”

“어후~ 이 자식, 술 냄새 좀 보게. 얼마나 마신 거야? 속은 괜찮아?”

진심 어린 걱정의 눈빛인 수혁에게 괜찮다는 듯 조금 웃어 보이는 민우. 젖은 머리를 마저 털어내며 의자에 앉는 민우를 따라 수혁도 침대 끝에 살짝 걸터앉는다.

“어때? 얘기는 해봤어?”

움찔.

물론 알고는 있지만… 수혁이 지금 묻는 게 누구에 대한 건지 너무나도 잘 알고 있는 민우지만… 그렇지만…

“…누구?”

“누구긴, 과외 선생님 말이야. 한 살 차이라 선생님 소리도 잘 안 나오겠지만 노력해. 알았지?”

감정을 숨긴다는 게 이렇게나 힘들 줄이야. 느끼는 대로 툭툭 내뱉어온 민우로서는 지금의 자신이 낯설 수밖에 없다. 애써 아무렇지 않은 척하려던 표정이 어느 틈엔가 어렵사리 조금씩 굳어지고 있었다.

“나이 차이 얼마 안 된다고 맞먹으면 곤란해. 그래도 선생은 선생이니까 실력은 걱정하지 말고.”

움찔.

선생… 선생… 이라고… 아… 그렇지.

정말 어렵게 쓴웃음을 웃어 보이는 민우를 수혁은 그다지 눈치 채지 못한다. 그저 지금처럼 저렇게 굳어버린 표정은 술기운에 취해서 지어지는 얼굴일 거라는 생각. 민우의 어깨를 살짝 다독이던 수혁이 조심스레 자리에서 일어선다.

"뭐, 알아서 잘할 거라고 믿고 더는 말 안 할게. 피곤해 보이는데 쉬어라. 나 간다."

"저기, 형."

민우를 배려해 서둘러 나가주려는 수혁을 작은 목소리로 붙들고 마는 민우.

"저기… 있잖아……."

할 말 있으면 얼마든지 괜찮으니 어서 해보라는 수혁의 표정. 충분히 편안한 얼굴로 물어주는 수혁이건만 쉽사리 말을 꺼내지 못하는 민우다. 그런 민우를 보며 수혁이 꽤나 의아스럽다는 듯 웃는다.

"뭐야, 뭔데 그렇게 어려워해?"

누구보다 민우의 성격을 잘 알고 있는 수혁인지라 이렇게까지 말을 아끼는 민우를 그냥 넘어갈 리 없었다. 조금 더 뜸을 들이는 민우를 보며 안 되겠는지 수혁은 침대에 도로 앉는다.

"아니, 뭐… 별건 아닌데."

별거 아닐 리가 없는데… 속이 온통 까맣게 타 들어갈 지경인데… 형… 아니라고 말해 주면 안 될까…….

아주 조금을 더 그렇게 있다가 끝내 입을 여는 민우.

"어떻게 만난 거야? 어떻게 만나서… 그러니까 내 말은……."

"어떻게 알게 돼서 네 과외 선생으로 모셔왔느냐 이거지?"

아직은 선생이라는 호칭을 말하고 싶지 않은 민우. 그런 의중을 고맙게도 알아들어 준 수혁. 혹시라도 자신의 초조함을 눈치 챌까 겨우 차가운 얼굴을 유지하고 있는 민우와는 달리 수혁은 다시금 혜원을 떠올리며 정말 환하게 웃고 만다.

"나 때문에 일자리를 잃었어. 내가 파티에 억지로 데려가 버려서……."

[카페에서… 우연히 만났지.]

움찔.

혹시나 했던 기대감이 더욱 심한 고통으로 변해 버리는 순간, 내내 아려오던 가슴 한구석이 이제는 기어이 무너진 듯 아무것도 느껴지질 않는다.

"정말 우연히 다시 만나게 되었고, 답례라는 핑계로 데려왔어. 마침 네 과외를 구하고 있기도 했고."

[오~ 우연히? 우연히 어떻게? 어떻게 만났어?]

끝내 초점없이 흔들리고 마는 민우의 눈빛. 할 말을 잃어버린 채 떨리는 입술과 손끝마저 가늘게 떨려옴에 민우는 그만 무릎을 세게 움켜쥐고 만다.

"혹시 기억해, 취임식 파티날 밤 파트너가 생각난다던 내 말?"

[그만 해라, 이민우. 안 그래도 자꾸 생각난다.]

설마… 설마했는데… 그래도 아닐 거라고… 그냥 정말 말 그대로 우연일 뿐인 거라고… 선생으로서 만나게 된 것밖에 아쉬울 건 없는 거라고… 나 어차피 그런 건 상관도 안 하니까… 그러니까 괜찮다고 믿었던 건데… 그랬던… 건데.

“그런 존재야. 내게 있어 혜원 씨는 그렇게 항상 생각나는… 이런 말, 아직은 너무 이른가?”

[뭐가? 그 여자가? 아까 데려갔던 여자가 생각난다는 거야, 지금?]

진심이구나. 정말이구나, 형…….

“아껴주고 싶어. 그러니까 너도 잘해. 단순히 선생이라기보다 친누나처럼 생각해 줘. 그래 줘, 민우야.”

아, 형… 그럼 정말… 제길! 진심 어린 따뜻한 눈빛, 부드럽기 그지없는 포근한 목소리, 저렇게까지 간절한 얼굴로… 저렇게까지 진지한 눈빛으로 지금…

“그랬구나. 알았어, 그럴게. 별로 그렇게 궁금했던 건 아냐. 대답해 주니 고맙긴 하네.”

빈정대는 말투. 그렇지만 수혁에게 하는 말이기에 어느 정도는 부드럽게 들리는 민우의 목소리. 정말 아무렇지 않은 얼굴이 된 민우를 보며 피식 웃은 수혁이 자리에서 일어선다.

“하여간 궁금하대서 대답해 주면 꼭 저렇게 별거 아니라는 표정이란 말야. 싸가지.”

“몰랐어? 이게 내 매력이셔, 이거 왜 이래~”

“내참~ 알았다. 그만 쉬어라. 잘 자.”

“그래, 형도~”

탁.

민우 혼자 남겨진 잠깐의 침묵. 수혁이 완전히 방에서 나간 후에야… 그렇게 아주 모습이 보이지 않게 된 후에야…

"…아니라고 해주면… 안 되겠지, 형……."

욱신.

힘겹게 지그시 깨물고 있던 입술을 겨우 비집고 들릴 듯 말 듯 한 숨처럼 내쉬어진 말소리. 가만히 고개를 뒤로 젖히며 감았던 눈을 뜬 민우가 너무도 아파 보이는 눈빛으로 그렇게 한참을 있어야만 했던… 혜원아… 이내 초점 잃은 눈이 되어 천천히 일어선 민우가 책상 쪽으로 다가가 카라 꽃을 집어 든다. 필요없게 됐다는 말이 괜스레 가슴 아프고… 아무렇지 않아하는 손짓이 너무 슬프고… 쓰레기통에 버려지는 모습이 마치 자신 같아 보이기에, 그래서 너무나 속이 상하다. 그 슬프고 쓸쓸한 웃음과 아무 말도 할 수 없었던 숨 막히는 침묵은… 다른 무엇도 아닌 바로 혜원에 대한 감정 때문이라는 절대 사소할 수 없는 이유라서… 민우는…

"후우……."

안 되겠는지 기어이 몸을 일으켜 앉는다. 손을 조금 뻗어 스탠드의 불을 켜고는 가만히 침대 뒤쪽에 기대는 혜원. 벽에 걸린 시계는 어느새 새벽 3시를 훌쩍 넘기고 있었다.

[실례지만 학교는 어디신가요, 선생님?]

정말 자신있었는데… 학교 타이틀 같은 거 얽매이지 않을 자신 있었는데, 자존심 같은 거 내세울 처지가 아닌 것도 알고 있고, 그냥 열심히 최선을 다하면 다 괜찮을 줄 알았던 건데.

[S대학교 휴학 중이에요. 집안 사정 때문에 당분간 나와 계신다고 들었습니다. 실력은 검증되셨으니 신경 쓰지 마세요.]

신경 쓰지 않는다면 거짓말이다. 아니, 한순간도 머리 속을 떠나지 않는다는 게 가장 정직한 대답일 것이다. 나름대로 지 회장 앞에서의 혜원을 배려한 수혁의 말이라지만, 오히려 지울 수 없을 상처되는 말로 남아서는, 그렇게 혜원을 괴롭히고 있었다.

미안해요. 자꾸 미안해요, 수혁 씨. 그렇게 거짓말까지 하게 만들고… 속으로는 상관없다고, 열심히만 하겠다고 하면서도 정말 솔직히 나 너무 초라해져서… 하아.

다시 한 번 한숨을 내쉬며 침대에서 벗어난다. 괜찮다고 스스로를 위로도 해보고 잊어버리자고 계속 달래도 보는데, 뭐가 이렇게 자꾸만 답답한 건지 정말 좀처럼 정리가 되질 않는다.

안 되겠어. 쉽게 잠을 이루지 못해 뒤척거리다가 바람 좀 쐬려 기어이 문 쪽으로 걸어가는 혜원. 그러면서도 가슴 한구석이 무언가에 콱 막힌 듯 삼켜보려 해도 쉽사리 삼켜지지도 않는… 차마 끄집어내기가 더욱 두려운 건, 정말이지 이렇게까지 아파오는 느낌은 대체…

우뚝.

“……”

방문을 열고 나간 혜원이 문득 걸음을 멈추고 넌지시 고개를 돌려 바라본 곳은 다름 아닌 민우의 방.

[과외를… 가르치시겠다?]

욱신.

잠시 잊었던 가슴 한 켠의 고통이 그대로, 아니, 몇 배로 더 불어나는 것만 같은 착각.

[선생이라고… 앞으로는 선생님인 거라고…….]

차마 어찌할 수 없는 아련한 눈빛으로 가만히 민우의 방문을 바라보는 혜원. 소리없이 일렁이기 시작하는 눈동자 속의 아련함에 점점 더 심해져 오는 가슴 저림.

[벌써부터 선생이랍시고 훈계하려나 본데 첫날부터 이러면 피곤하지.]

자신을 쳐다보던 표정과 차갑게 내뱉던 그 말들, 그리고 절대 지울 수 없는 상처받은 듯 아파 보이던 그 눈빛까지… 민우.

[착각하지 마. 과외 선생이 별거야? 나한테 존경 같은 거 기대하려면 일찌감치 포기해.]

설마… 설마 이거였나. 그 눈빛이 못내 가슴에 남아서… 남아버린 그 눈빛에 이렇게까지 아프고 그런 거야? 그랬던 거야, 나?

[이거였어? 내일이면 꼭 구해질 거라던 일자리가 바로 이거야? 내 과외 선생? …웃겨.]

왜… 정말 왜 이렇게까지 나… 조금을 더 그렇게 바라만 보다가 아주 조심스레 천천히 손을 뻗어 민우의 방문을 살짝 어루만진다. 손끝이 조금씩 여리게 떨리는 것 같다는 착각. 그보다 심하게 눈빛이 흔들리고 있는 건 도대체 왜… 왜…

[아, 그렇지. 몰랐다고 했지. 너도 몰랐었다고 그랬지. …그렇군, 몰랐었군.]

하아. 끝내 손을 거두고는 힘없이 고개를 떨구고 마는 혜원. 굳게 다문 입술이, 그럼에도 가녀리게 떨리는 게 왠지 많이 힘겨워 보인다. 모르겠어. 수혁 씨도 그랬는데, 차갑고 냉랭하게 대할 거라고…
원래 말하는 스타일이니 신경 쓰지 말라던데 왜 자꾸만 너 때문에 마
음이 아픈 거니? 왜 이렇게 니 눈빛이 사라지질 않는 거야. 모르겠으
니 말해 봐. 왜 그런 건지 내게 말해 줘봐, 민우야.

자꾸만 아려오는 마음을 이기지 못한 혜원이 조금을 더 그렇게 있
다가 마저 시선을 거두고는 테라스로 발길을 이으려 서서히 돌아선
다. 그때,

"음… 으윽… 아……."

갑자기 뭔가 심하게 앓는 듯한 소리가 문 너머로 전해져 들려옴에
혜원은 또다시 움직임을 멈칫한다. 조금 놀란 얼굴로 멈춰 선 혜원의
귀에 또다시 방 안쪽에서 앓는 소리가 들려온다.

뭐지? 노크를 할까 하다가 많이 늦은 새벽이라 그저 소리나지 않
게 문을 살짝 열어본다. 어두운 방 안. 희미하게 켜져 있는 스탠드 불
빛만이 간간이 방 안을 비추고 있다. 조심스럽게 방 안으로 들어선
혜원의 눈에 침대 위에 엎드려 자는 민우가 들어온다.

"으읍… 아… 아후……."

어딘가 많이 불편한 듯 연신 신음 소리를 내는 민우. 혹시 어디가
아프기라도 한 건 아닌가 하는 생각에 천천히 다가서던 혜원이 문득
술 냄새를 맡는다. 그러고 보니 온 방 안에 진동하는 술 냄새. 마셔도
보통 마신 게 아닌 듯 꽤나 심각하다. 속이 아파서 그러나?

"저기……."

몸을 조금 숙여 민우를 깨워보는 혜원. 심각한 속쓰림에 마침 잠을

잘 못 자던 민우가 얼굴을 약간 찡그리며 눈을 뜬다. 눈앞에 흐릿한 누군가가, 그렇지만 결코 낯설지는 않은 듯한데.

"뭐야……."

부시시한 목소리, 아직까지도 약간의 술기운이 남아 있는 듯 적잖이 흐릿한 느낌. 스탠드 불빛이지만 자신을 알아본 듯한 눈빛에 머뭇거리며 혜원이 말을 꺼낸다.

"…괜찮아? 어디, 속이 아픈 거야?"

…괜찮아? 어디, 속이 아픈 거야?

…괜찮아?

…괜찮아?

마치 아주 먼 곳의 메아리처럼 아득한 느낌. 목소리를 듣고서야 완전히 혜원을 알아본 민우가 조금 더 혜원을 응시하다가 이내 천천히 몸을 일으킨다. 그러다가 잠시 머리를 짚으며 인상을 구기는 민우. 다른 한 손으로 가슴을 짓누르는 게 어지간히 속이 쓰리긴 한가 보다.

"잠깐 잠이 깼다가 들어와 봤어. 많이 아픈 것 같던데… 물이라도 갖다 줄까?"

혜원? 민혜원? 정말 너야?

힘겨운 속쓰림보다는 혜원이 곁에 있기에 느껴지는 애절함 때문에 보고만 있어도 아려오는 마음이니까, 그래서 이렇게 아무 말도 할 수가 없는 민우인데…….

"잠깐만 있어봐, 물 가져올게."

아무 말도 없이 가만히 있는 민우를 바라보던 혜원이 얼른 방을 나간다. 여전히 허공을 향해 있는 멍한 표정. 술기운에 혜원을 본 건지 아직도 헷갈리는 듯 그렇게 민우 혼자 남아 맞게 되는 잠시간의 침묵.

"마셔, 꿀물이야."

혜원이 내민 그릇을 조심스레 받아 드는 민우. 조금을 더 그렇게 그릇만 보다가 천천히 쭉 들이킨다. 목을 타고 내려가는 따뜻한 기운에 아까부터 뒤집혀 오던 속이 금세 많이 진정되는 듯하다. 깨끗하게 끝까지 비우고는 탁자 위에 내려놓는 민우를 보며 혜원이 가만히 입을 연다.

"이제 좀 괜찮아? …쉴래? 나가줘?"

아니, 가지 마. 그러지 마, 민혜원. 그냥 있어. 그대로 있어줘, 제발… 제발.

미처 말로 나와주지 않는 속마음. 뭐라고 말을 하고 싶음에도 불구하고 그저 힘없이 입을 다물어 버리는 민우. 그런 민우를 보면서 왠지 모르게 그의 아련한 눈빛이 자꾸만 마음에 걸리는 혜원. 그리고 자신 역시 아련한 눈빛이 되어버림에 끝내 나가주려 돌아서는 혜원에게…

"…고맙다."

멈칫.

아주 작게 내뱉어진, 어쩌면 묻힐 뻔한 민우의 말이지만…

[…고맙다.]

민우야… 그래도 확실히 알아들은 혜원이 보일 듯 말 듯 조금 웃는
다. 그리고는 다시 천천히 민우 쪽을 향해 돌아서던 혜원이 다시 또
멈칫한다.

왜… 왜 그렇게까지, 지금… 너… 많이 닮은 아픈 눈빛들이 서로
부딪치고… 뭔가가 그렇게 가슴속에서 무너져 내리고… 좀처럼 피할
수 없게 응시되는 놓치기 싫은 애절한 감정에 계속해서 아릴 듯 아파
오는 마음은 정말 무엇 때문인지…….

"덕분에 괜찮아졌어. 고맙다구. 진심이야."

괜스레 낯선 민우의 따뜻한 목소리. 혹시나 혜원이 못 들었을까 봐
다시 말해 주는 친절한 배려다. 그런 민우에게 가만히 웃어 보이는
혜원. 여전히 무겁게만 느껴지는 침묵. 이내…

"다행이야. 괜찮다니 다행이다. …난 이만 나갈게, 쉬어."

"저기……."

돌아서는 혜원을 또 붙잡고 마는 민우의 아픈 눈빛. 다시금 자신
쪽을 천천히 돌아보는 혜원에게 정말 어렵사리 말을 꺼내보는 민우.

"한 가지만 물어볼게. 하나만 물을게, 나."

잔뜩 가라앉은 목소리에 이유없이 마음이 아파온다. 그 마음을 어
쩌지 못하고 천천히 민우에게로 조금 다가서는 혜원이다.

"기분 나빠하지 말고 들어줘. 그냥… 물어보고 싶은 것뿐이니까."

"……."

민우와의 거리가 좁혀질수록 더욱 심하게 짓눌려지는 마음. 아까
부터 소리없이 부서져 내리던 무언가가 이제는 아주 사라져 버린 듯

느껴지지 않는다. 아니, 사실은 그만큼이나 절실하게 더 아프다는 말이 더 맞을 듯도 하고… 가깝게 다가선 혜원을 보며 조금을 더 망설이다가 어렵게 눈을 바로 맞추는 민우. 그리고는 곧…

"놀란 건 사실이야. 갑자기 나타나서는 선생이라니, 아까 화낸 건 미안하지만 당연하기도 해."

사랑해… 사랑한다고 말하려고 했어, 나. 생각만으로도 그리워지는 널 곁에 두고 싶었어. 정말 그뿐이었어. 사랑하고 싶은 것뿐이었어. 근데 넌… 넌…….

"솔직히 아직도 받아들이기가 쉽진 않아. 말 그대로 선생이 맘에 안 든다고 내보낼 수도 있어."

움찔.

차갑지만 단호한 말투. 그때까지도 조금 떨궈져 있던 혜원의 시선이 놀란 듯 갑자기 민우를 응시하고…

"다른 것도 아니고 선생이 학생 맘에 안 든다는데 안 그래? 고용하는 입장에서는 아주 쉬운 일이지. 근데…….."

그러더니 조금 멈칫하는 것 같은 민우. 모르긴 해도 자신을 향해 있는 혜원의 눈빛이 순간 소리없이 일렁이기 시작했기 때문인 듯하다. 안 그래도 가뜩이나 혼란스러운 마음이 잡히질 않아 있는 대로 성질을 부리고만 싶은 민우라서 애써 담담하려는 차가운 표정으로 입술을 조금 깨물고 만다.

그러지 마. 그런 눈빛으로 보지 말란 말야. 냉정해지는 거 쉬워. 모른 척 내보내 버리면 그만이야. 그렇지만 그러면… 선생인 게 싫다고 널 내보내 버리면… 너… 나 원망할 거니, 혜원아?

"……."

말없이 이불을 걷어내고는 일어선 민우가 책상에서 담배 한 개피를 찾아 꺼내 문다. 스탠드 불빛만이 간간이 비춰지던 방 안에 흐릿하게 희부연 연기가 타오르고, 차마 용기가 나지 않아 민우를 보지 못하는 혜원은 우두커니 선 채로 움직임이 없다. 어느새 서로 등을 마주하고 서버린 두 사람. 그러다 다시 입을 열려는 민우는 얼굴을 마주하지 않아서 더 대담해지는 건지, 아니면 그럴 거라 믿고 싶은 마음인지…

"…물어볼게. 물을게, 나. 아까 물어볼 거 있단 거 지금 묻는다구."

굳이 그럴 필요 없는데도 자꾸만 같은 말을 반복해 버리고… 이러는 이유는 아마도 어쩌면 하고 싶은 말보다는 다른 어떤 말을 힘들게 찾아보려는 민우의 노력 탓인 듯. 그러더니 기어이…

"가르칠 수 있겠어? 나 엄청 까다로운 학생인데……."

…뭐?

많이 일렁이는 눈빛으로 그제야 고개를 돌려 민우를 바라보는 혜원. 솔직히 민우의 입에서 필요없으니 당장 나가달라고 할까 두려웠다. 그럴까 봐 조바심 내고 있던 혜원이었기에 지금 이렇게까지 믿을 수 없는 표정인 건 당연하다.

"학생이 별로 맘에 안 들면 지금이라도 포기해. 어쩔 거야? 대답해 봐."

"……."

그럴 수가 없잖아. 너 갈 데 없다는 거 뻔히 아는데… 잘은 모르지만, 이것도 힘들게 구한 일자리일 텐데. 그런 널 어떻게 나가라고 해. 내가 널 어떻게 내보낼 수가 있겠어. 나 혼자 좋자고 널 보내 버리면… 맘 놓고 사랑할 수 있게 널 나가라고 하면 너 많이 아플 거잖아. 당장 갈 곳이 없어서 더 아파할 거잖아. 게다가 넌… 넌…….

[혹시, 기억해, 취임식 파티날 밤 파트너가 생각난다던 내 말?]

문득 조금씩 아련해지는 민우의 눈빛에 말을 조금 아껴두는 혜원.

[그런 존재야. 내게 있어 혜원 씨는 그렇게 항상 생각나는… 이런 말, 아직은 너무 이른가?]

너는… 이미 그렇게나 형이… 제기랄.

"잘할게. 정말 열심히 할게. 선생이란 소리 부끄럽지 않게 할게, 나."

어느새 환한 표정이 되어 웃고 있는 혜원을… 마주 볼 수 없을 정도로 눈부시다는 건 단지 착각인가.

"아까 했던 말 같은 건 다 잊었어. 신경 쓰지 마. 놀란 건 나도 당연하다고 생각하니까."

정말 괜찮다는 듯 밝게 웃어주는 혜원. 그와 동시에 미처 말하지 못한 민우의 진심은 너무도 잔인하게 가슴속에서 조용히 묻혀져 버리고…

"받아줘. 염치없지만 있게 해줘. 신세진다는 느낌 안 주게 할게. 정말 열심히 잘할게."

[아껴주고 싶어. 그러니까 너도 잘해. 단순히 선생이라기보다 친누

나처럼 생각해 줘. 그래 줘, 민우야.]

안 되는데… 이러고 싶지 않은데… 이러다가 정말 나 금방이라도 죽어버릴지 모르는데… 민혜원, 나 너 사랑한단 말야. 사랑하게 됐단 말야. 벌써부터 이렇게 가슴 가득 니가 있단 말이야. 그런데 어떻게… 어떻게 내가… 아무 감정 없이 널 그저 선생으로 너를… 하아…….

"…알았어. 충분히 대답 됐으니까 그만 해. …의욕 하나는 봐줄 만하군."

가만히 담배를 비벼 끄고는 침대 쪽으로 다가가는 민우가 조금 옆쪽으로 비켜서 주는 혜원을 보며 털썩 소리 내어 침대에 주저앉는다.

"처음엔 무슨 선생이냐고 내보낼까도 생각했지만, 어디 어떻게 가르치나 보고 싶긴 해. 안심하라구."

"…민우야."

"오늘까지만이야. 이렇게 반말하는 거 오늘까지만 할 거야. 반말을 존댓말로 바꿀 시간 정도는 줄 수 있지?"

"……."

너도… 그런 거지? 너도 우리 형을… 내가 아니라 우리 형을… 너무도 잘 어울리는 모습으로 너 역시 형을… 형을…….

끝내 조금 흔들리려는 민우의 눈빛… 수혁을 어떻게 생각하느냐고, 미처 묻지 못한 질문만이 가슴 한 켠에 외로이 쌓이고… 그저 아까의 수혁과 혜원의 눈빛에… 애써 단정 짓는 민우의 눈가가 많이 슬픈 듯…

"피곤하다. 속 괜찮아졌으니까 그만 가서 자. 갈 때 문 좀 닫아주고."

고맙다고… 자신을 있게 해줘서 정말 고맙다고… 혹여 선생 같지 않겠지만 앞으로 열심히 하겠다고… 신세지는 느낌은 정말 안 줄 자신이 있다고… 많은 말들을 대신해서 말없이 웃어버리는 혜원. 그리고는 조심스레 방을 빠져나가는 혜원을 보며 문득 심각하게 처연해지고 마는 민우의 눈빛. 이런 거구나. 마음이 아프다는 게 이런 거였어. 잘은 모르겠지만 나… 이럴 땐 정말 어떻게 해야 하는지 모르겠지만 나는…

"…사랑… 해……."

혜원이 완전히 나가고 문소리까지 난 후에야 정말 작은 소리로 내뱉어보는 민우. 간신히 묻어두려 노력했지만 말해 버린 한마디에 처참하게 무너져 버리는 슬픈 마음은… 안 되겠지… 그런 거지, 나… 혜원아… 혜원아.

가녀린 떨림으로 들썩이는 입술이 계속해서 혜원을 찾아 그리워하지만 끝내는 단념할 수밖에 없겠다는 생각에, 자꾸만 나오는 한숨이 무겁기만 하다.

"여태 자고 있는 게냐?"

아침부터 또 인상을 구기고 마는 지 회장. 혼자 식탁에 앉아 있는 수혁을 보고는 민우에 대해 슬쩍 묻는 거였다. 으레 그랬듯 또 거짓말로 민우를 감싸주는 수혁.

"몸이 좀 안 좋대요. 준비하고 있으니까 지각하지 않게 갈 겁니다."

"고3이란 게 저 모양이라니, 쯧쯧. 보나마나 어제 또 술 퍼마셨나

보구나.”

　나름대로 잘 둘러대 준 수혁이었지만, 하루 이틀 겪는 게 아닌 지 회장은 벌써 속속들이 잘 알고 있는 눈치다. 천천히 식탁에 앉아 수저를 들며 수혁에게 다시금 말을 건넨다.

　“오늘은 잊지 말고 나가봐. 김 실장이 시간과 장소를 알려줄 게다.”

　지 회장을 따라 수저를 들려던 수혁이 순간 멈칫해 버린다. 무슨 말이냐고 굳이 묻기도 전에 재차 당부하듯 입을 여는 지 회장. 오늘따라 괜스레 부담스럽기만 한 친절.

　“될 수 있는 한 많이 만나보는 게 좋겠다만 내가 보기에 그만한 아가씨 더는 없다. 어제 너 아주 큰 실수 한 거야. 오늘 몇 배로 예의 지켜서 잘해.”

　잠시 잊고 있었다, 어제 그렇게 김 실장을 보내 버리고, 약속도 일방적으로 깨버렸다는 걸. 혜원을 다시 만나게 된 그 순간부터 이미 다른 건 아무것도 기억에 있지 않았다. 그래도 아직은 안 되겠다는 마음인 수혁. 그런 마음의 가장 큰 이유는 역시…….

　“시간 지체할 필요도 없는 것 같고, 얼굴만 익히면 바로 날 잡아도 될 듯하구나.”

　혜원…….

　“…저기, 아버지.”

　“우주그룹, 우리 회사의 지분 중 80% 이상이나 차지한다는 건 잘 알고 있지? 두말할 것 없다. 밥 먹자.”

“…….”

지레짐작하고는 중간에 말을 끊는 지 회장의 단호한 말투와 늘 그랬듯 아무 말도 할 수가 없는 수혁. 조금 떨궈지는 고개 너머로 어둡기만 한 그의 눈빛.

네… 알겠습니다… 알겠습니다, 아버지… 그러기로 약속했으니까… 절대로 아버지 말씀 거역하지 않기로 약속드렸으니까…….

아무렇지 않은 지 회장과는 달리 너무나 어둡기만 한 수혁의 얼굴. 잊고만 싶었던 기억이 어느새 선명히 떠오름에 자신도 모르게 가녀리게 떨리는 손끝을 살며시 움켜쥐고 마지막 눈빛에… 처참하게 죽어가던 어머니의 마지막 눈빛에… 나 그렇게 굳게 약속드렸으니까… 마지막 약속 꼭 지켜드린다고 맹세했었으니까. 어머니를 그렇게 떠나보낸 때부터 한 번도 지 회장의 말을 거역한 적이 없었던 수혁이기에 어쩌면 수혁은 그렇게 쭉 자신을 죽인 채로 살아온 건지도 모른다. 그 약속 깨버리면 어머니를 두 번 돌아가시게 하는 거라서… 믿고 있던 아들이 더 아프게 죽이는 셈이라서… 그러면 안 되잖아요… 나 그럴 수가 없잖아요. 어머니… 어머… 니…….

잠자코 다시 수저를 드는 수혁을 힐끔 쳐다보는 지 회장. 아주 오래전부터 자신의 말대로 따라온 수혁이지만 그 속내까지 모두 알고 있지는 않다. 이렇게까지 자신의 말에 잘 따라주는 수혁. 한 번도 토를 달거나 싫은 기색하나 내보이지 않았던… 그렇기 때문에 설마하니, 이렇게나 아픈 마음으로 따라주는 것이라고는 전혀 생각하지 못하는 것도 무리는 아닌 듯.

✳

"어라? 이 자식 좀 보게."

담임이 조례를 마치고 나가기가 무섭게 은규에게 다가서는 우진. 비어 있는 민우의 자리를 쳐다보며 넌지시 입을 연다.

"아무리 무리를 했기로서니 고3이 학교를 안 와? 잔뜩 빠졌군."

아직 나타나지 않고 있는 민우를 괜히 은규보다 먼저 탓해보는 거였다. 아무래도 오랜만에 은규의 칭찬이 아주 많이 고팠나 보다.

"안 되겠어, 이 자식. 내가 직접 가서 끌고 오던지 해야지. 그게 낫겠어. 내가 가야지."

쯧쯧. 그럼 그렇지. 천하의 김우진이 웬일인가 했다, 내가.

얼렁뚱땅 가방을 챙겨 드는 우진을 가만히 제지하는 은규.

"수 쓰지 마. 니 속을 내가 모를 줄 알아? 차라리 귀신을 속여라, 이자식아."

"…뭔 소리야? 민우 데리러 간다는데."

"데리러 간대놓고 민우네서 같이 널브러져 자려는 속셈이잖아. 틀렸어?"

오, 하느님, 이 녀석이 정녕 인간이란 말씀이십니까!

밤늦도록 술을 퍼마시고 늦게까지 자고 싶은 우진을 들들 볶아서 데려온 은규였다. 역시나 고3의 도리를 운운하는 무서운 눈빛의 은규를 차마 어찌할 수가 없어 죽은 듯 조용히 학교로 끌려온 우진이지만, 그래도 뿌리치지 못할 것이 잠에 대한 유혹인지라 아직 등교하지 않고 있는 민우를 들먹여 데리러 간다는 핑계로 눌러앉으려 했었는

데 계략이 완전히 들통나 버린 우진이 은규 몰래 씁쓸히 웃는다. 나름대로 훌륭한 연기였다고 자신하지만 벌써 여러 번 경험이 있었기에 정확히 짐작한 은규가 무리는 아닌 듯.

"쇼 하지 말고 앉아. 민우 녀석한테 전화해 볼 테니까."

역시나 틈을 보이지 않는 은규. 체념한 듯 그만 자리에 주저앉는 우진. 그런 우진을 힐끔 쳐다보며 핸드폰을 꺼내 전화를 거는 은규다. 민우의 단축 번호를 길게 누르고는 바로 귀에 가져다 댄다. 조금 신호가 가는가 싶더니…

—여보세요.

전화 때문에 막 깬 건지 많이 부시시한 목소리. 사실 어제 민우의 모습이 자꾸 맘에 걸려 일부러 아침 일찍 보채지 않았던 은규였다. 지금 이렇게 전화를 걸게 된 것도 당장 학교로 오라는 것보다는 그저 민우가 많이 걱정되는 마음에서이다.

"나 은규야. 아직 자냐?"

—어. 새벽에 잠들었거든.

새벽에? 설마, 너 그때까지 운 건 아니겠지? 차마 묻지 못한 말이 입가를 씁쓸히 맴돌고.

"속은 괜찮아? 어제 많이 힘들어 보이던데."

—괜찮아. 걱정하게 해서 미안하다. 근데 어쩌지? 나 오늘은 학교 못 갈 것 같은데.

정말… 아무 일도 아니지? 아무 일도 없는 거지, 너? 단지 어제 술을 좀 많이 마셨기에… 그래서 더 늘어지게 자고 싶은 마음이기에…

그렇기에 학교에 오기 싫다는 말이지? 아직까지도 슬프거나 아픈 건 아닌 거지?

"그래, 알았어. 담임한테는 잘 말해 줄게. 이따 집으로 들르든지 할 테니까 쉬어."

―고맙다. 끊을게.

많이 아쉬운 마음을 뒤로하고는, 플립을 접어 주머니에 넣는 은규. 내색은 안 한다지만 그래도 가라앉은 민우의 목소리가 자꾸만 가슴속에 남아 아프게 후벼 파는 것만 같다. 민우의 성격을 알기에… 힘이 들수록 더욱 덤덤해하는 녀석을 알기에… 그러면서 말도 못할 정도로 썩어 들어가고 있을 녀석의 상처를 누구보다 잘 알고 있기에… 다시금 민우 때문에 아파지려는 마음을 애써 괜찮다고 위로해 보는 은규다. 그때 어디선가 느껴지는 싸늘한 기운에 조심스레 고개를 그쪽으로 돌려보는데…

"인간아. 차별도 정도껏 해라!"

잔뜩 일그러진 얼굴이 아무래도 또 삐친 듯하다는 불길함.

"누구는 싫다는 걸 억지로 개 끌듯이 끌고 와놓고, 누구는 전화 한 통화로 땡이냐? 고얀."

"뭐? 김우진, 질투도 하냐?"

움찔.

맘 놓고 삐쳐서 투정 부리려던 우진이 은규의 한마디에 순간 발끈한다.

"뭐? 질투?"

“아휴~ 이놈의 인기는 도대체 식을 줄을 몰라요~ 귀찮아 죽겠다니까, 정말.”

“…….”

너 언제부터 그러고 놀았냐? 나 오늘부터 너랑 친구 안 할랜다, 이 놈아! 적잖이 심기를 거슬리는 말에 뭐라고 대꾸도 못한 채 얼굴만 붉으락푸르락. 그런 우진을 힐끔 쳐다보며 은규는 속으로 씨익 웃는다. 아직은 민우의 아픔을 들춰내고 싶지 않다는 작은 바람. 역시 단순한 우진이기에 괜스레 녀석에게 고맙다.

✳

“얼마나 걱정했는지 아십니까? 어젠 도대체 어떻게 되신 겁니까?”

미리 짐작은 했었지만 이렇게 직접 얼굴을 마주하고 나니까 김 실장에게 차마 뭐라고 할 말이 없는 수혁이다.

“사정이라도 말씀해 주시고 가셨어야죠. 어제 갑자기 가버리시고, 얼마나 당황했는지 아십니까?”

절대 따지는 어투는 아닌 정말 걱정했다는 느낌의 목소리. 그런 김 실장의 마음이 느껴져 더욱 미안하기만 한 수혁.

“별일없으시니 다행이긴 합니다만 회장님 어제 전화로 장난 아니셨거든요. 덕분에 많이 시달렸다구요.”

“죄송해요. 저도 갑자기 그렇게 가서 내내 마음에 걸렸어요. 한 번만 봐줘요, 김 실장님.”

이제는 거의 투정조로 변해가는 김 실장의 말투에 은근슬쩍 눈웃음을 치는 수혁. 그런 수혁에게 졌다는 듯 기분 좋게 웃어넘기고 마는 김 실장. 언제나 매사에 완벽하기만 한 수혁이었기에 지금의 이런 모습도 적잖이 낯설기는 하다. 갑자기 무슨 일이 생겼다 하더라도 절대 다른 일에는 지장을 주지 않는 성격인데, 그렇기에 어제 수혁의 모습을 더 더욱 잊을 수가 없다.

"그럼 한 번만 봐드릴 테니 오늘은 절대 같은 실수 하지 마세요. 아셨죠, 사장님?"

움찔.

문득 굳어버리는 수혁의 얼굴. 나지막이 계속 말을 잇는 김 실장.

"어제와 같은 장소로 같은 5시에 잡아놨습니다. 어제 그분께서 싫은 티를 안 내시려 노력 많이 하셨어요."

"……"

어제와 같은 장소로 같은 5시… 어제와 같은… 혜원 씨…….

자신도 모르게 또 떠올려 버린 혜원이 지금의 수혁에게는 더욱 걸린다. 아무렇지 않게 응수할 수 있을 것만 같았던, 충분히 예상해 온 맞선이라는 자리가 혜원이라는 한 사람으로 인해 이렇게나 불편해질 수 있는 건지. 그만큼이나 혜원은 자신에게 절실한 존재가 되어버렸다는 사실이 부인할 수조차 없게 확실해져 가고, 그렇기에 이토록 아려오는 마음이 차마 핑계가 되지 못함에 너무 속이 상하다.

"그럼 이만 나가보겠습니다. 결재 서류 정리해서 금방 올릴게요."

"저기, 김 실장님."

멈칫.

내내 마음에 걸렸는데… 부쩍 달라진 수혁의 밝은 얼굴에 맞선 애

기를 꺼내고 싶지 않았는데… 지금 이렇게 자신을 붙잡는 수혁이 괜
스레 저절로 이해가 간다. 막 문을 잡고 나가려던 움직임을 멈춰 가
만히 수혁 쪽을 돌아본다.

"네, 사장님?"

"저기……."

머뭇거리는 눈빛. 쉽사리 말로 하지 못하는 움직임이 서서히 거두
어지는가 싶더니… 어머니… 이내 다물어지고 마는 입. 금세 아무렇
지 않게 웃고 마는 슬픔이 가득한 수혁의 눈가. 소리 되어 나오지 못
하는 마음이 아프고… 그럴 정도로 되살아나는 기억에 많이 슬퍼
서…

"아닙니다. 서류 바로 갖다 주세요."

"알겠습니다. 나가보겠습니다, 사장님."

삼켜 버린 수혁의 말이 오히려 김 실장의 마음에 더욱 아프게 남는
다. 저럴 수밖에 없는 이유, 망설이던 순간 떠올렸을 단 한 사람을 너
무도 잘 아는 김 실장이기에 그저 조용히 수혁의 곁에서 물러난다.
아무래도 금방 드린다던 결재 서류는 조금 더 후에 올려야 할 듯하
다.

✳

"……."

조금의 망설임도 없이 어느새 혜원의 방문 앞에 와 있는 민우. 잠
깐 얼굴만 보려는 건데 뭐……. 조금 떨군 고개 너머로 씁쓸히 웃고
만다. 이제부터는 움직임의 하나하나에도 굳이 이유를 붙여야만 할

것 같다. 은규의 전화에 조금 더 뒤척이다 일어나 보니 어느새 시간은 12시가 훌쩍 넘어 있었고, 눈을 뜨기가 무섭게 보고 싶은 마음에 이렇게 혜원의 방으로 와버린 민우다. 아직 자는 건가? 일부러 나 때문에 깨면 안 되는데. 어쩌지? 들어가지 말아야 하나? 이런저런 걱정을 조금 하다가 아주 조심스레 방문을 연다. 그래도 미처 들어가지는 못한 채 고개만 빼꼼이 내밀어보는 민우.

"……."

하지만 텅 비어 있는 조용한 방 안. 무척이나 의아한 표정으로 들어서는 민우. 깨끗이 정리된 침대가 괜스레 불안하다.

설마… 설… 마? 왠지 모르게 안 좋게만 생각이 되어지고… 보이지 않는 혜원의 모습에 민우는… 안 그래도 어제 말을 너무 막 한 게 아닌가 싶어 또다시 괜한 죄책감에 민우는… 나간 거야?!

"여기서 뭐 해?"

움찔.

갑작스런 말소리에 돌아보니 막 샤워를 마친 듯 수건을 머리에 두르고 있는 혜원. 예상처럼 사라지지 않아주었다는 안도감과 더불어 새삼 반가움에 할 말을 잃는다. 살며시 풍겨오는 향기로운 샴푸 냄새에 조금은 아찔한 현기증이 나는 것만 같은 착각. 아련해지기만 하는 눈빛을 억지로 다잡아보려는 민우. 그 아쉬움이 가득한 표정.

"무슨 일 있어? 할 말이라도 있는 거야?"

"아… 저, 인기척이 없길래 잠깐 들어와 봤어… 요. 선생… 님."

아직은 좀처럼 자연스럽지가 않은 존댓말. 그리고…

[선생… 님.]

겨우 내뱉어본 민우의 말 한마디에 혜원의 얼굴은 보일 듯 말 듯 쓸쓸해지고. 당연한 건데… 그래 달라고 부탁한 건 나였는데. 이상하지, 네 입으로 선생님이라고 하니까 너무 거리감이 느껴져서 기분이 안 좋아. 괜히 더 멀어 보이고, 이유없이 잡히지 않게 멀어지는 것만 같아서… 그렇지만… 감수해야 하는 거겠지. 그래야 하는 거지, 나.

애써 아무렇지 않은 척 환하게 웃어 보이는 혜원. 그런 혜원을 보며 조금씩 무너지는 마음을 느끼는 민우.

없어, 이젠 없는 거야. 널 여자로 보던 이민우는 죽은 거야. 잠시 그렇게 안쪽으로 숨겨놓은 거야, 나. 그래야 니가 편하니까. 이 집에 있는 동안 선생으로 불려야 하니까. 내가 그러지 않으면 네가 힘들어지니까. 여기 있어야 할 이유가 없어져서 아플 테니까. 그렇게 되면… 그렇게 되어버리면… 날 원망하며 가버릴지도 모르니까… 그럼 난 정말 아프게 죽어버릴 테니까.

"…듣기 좋네, 선생님이라는 말. 존댓말도… 고마워."

"고맙긴… 요. 당연한 거죠. 학생이 선생님한테 존댓말은… 당연한 거잖아… 요."

학생이… 선생님한테… 학생인 내가… 이젠 선생인 너에게… 어쩌면 계속 선생일 너에게… 이제는 내게 여자일수 없을 너에게… 제기랄.

자꾸만 타 들어가는 가슴이 느껴져 시선을 이리저리 돌려도 보고, 어떻게 할 수 없는 아픈 마음에 괜스레 다른 화젯거리를 찾아보다가,

"참, 배고프실 텐데 밥부터… 내려오세요."

"그래. 저, 그리고……."

서둘러 나가려던 민우를 붙잡은 혜원. 눈빛 가득 일렁이는 진심 어린 소중함.

"고마워. 고마워, 정말."

고마워.

고마워, 정말.

혜원… 아… 나… 나 실은…….

맑게 웃어주는 혜원의 고맙단 말에 잠시 머뭇거리고 마는 민우. 눈빛을 마주할 때마다 금방이라도 튀어나올 듯한 자신의 진심이 갈수록 더욱 두려워진다. 안 되는 걸 아니까… 안 된다는 걸 너무나도 잘 알기에 가슴이 심하게 아려오고… 곧 간신히 유지하는 태연한 얼굴로 방문을 닫고 나가주는 민우를 가만히 쳐다보는 혜원.

고마워… 정말 고마워… 솔직히 많이 걱정했어. 받아주지 않으면 어쩌나 하고 무서웠어. 여기서 나가면 또 얼마나 헤매야 할까. 어디로 가야 할지, 뭘 할지 나 아무것도 모르는데… 그렇지만 많이 신세 지지는 않을 거야. 있는 동안 정말 열심히 잘할게. 고마워. 고마워, 정말… 민우야… 정말 고마워.

가만히 소리 죽여 웃어보던 혜원이 곧 방문을 열고 나간다. 계단을 내려가는 혜원의 눈가가 어딘가 조금은 쓸쓸해 보이는 것도 같다.

✱

5교시가 끝난 쉬는 시간. 잠깐의 여유에도 아이들은 학생이라는

이유로 신이 났지만,

　탁.

　아침부터 핸드폰을 들여다보던 손길이 이제는 거의 신경질적으로 변해가는 듯한 이가 있었다.

　[기다려. 민우가 말해 줄 때까지 아무 소리 말고 기다려 줘봐.]

　따지고 보면 겨우 하루밖에 되지 않았다지만, 아주 잠시라도 빼놓지 않고 민우를 봐야 하는 서은으로서는 마치 일 년같이 길기만 한 하루였다(잊으셨는가? 스토커 이서은). 그래도 기다려 보라는 우진의 말에 전화하고 싶은 마음을 힘겹게 삭히고 일부러 민우의 교실에 찾아가지도 않고 간만에 차가운 자존심 자랑을 좀 해보려는데…

　[…민혜원이라고 했어.]

　젠장.

　가늘게 떨리는 손을 들어서는 다시 핸드폰을 눈앞에 갖다 댄다. 여전히 울릴 생각을 않는 핸드폰. 혹시나 하는 민우의 연락은 역시 오질 않고 있다. 조금 뒤틀리는 입술을 깨물며 턱을 괴고 허공을 째리는 서은.

　연락해… 전화해, 이민우. 나 이렇게 기다리고 있잖아. 이서은이 이렇게까지 기다리고 있잖아. 누군지 말해. 여자란 거 충분히 알고 있어. 어떤 사이인지 말해. 뭐라도 좋으니 말하라구! 나 미치는 꼴 보고 싶지 않으면 말하란 말야!!

　극도의 불안감. 주체할 수 없을 정도로 초조해지는 마음. 날카로운 눈빛이 허공을 헤집어, 그렇게 또다시 지워지지 않는 민우를 부른다.

안 그랬잖아. 이제까지 이런 적 없었잖아. 아무한테나 눈길 주는 거 상관 안 했어. 아무 여자나 안고 자는 거 신경 안 썼어. 진심 아니란 걸 아니까. 여자를 믿지 않는 오빠를 내가 아니까.

민우에 대해서라면 집착에 가까운 서은이 민우의 오래된 아픈 상처를 모를 리가 없다. 그렇기에 더욱 아무렇지 않게 민우를 지켜볼 수 있었던 서은이다. 가만히 눈을 내리깔며 핸드폰을 또 쳐다보고는 무거운 한숨을 내쉬는 서은. 자꾸만 민우에게 가보고 싶은 마음을 더 이상은 어쩌지 못할 것만 같은데…

"기분 안 좋아? 아직 연락 안 왔구나?"

움찔.

여전히 차갑게 굳어 있는 서은의 눈에 천천히 다가서는 수정이 보인다. 작게 줄인 교복 재킷 주머니에 두 손을 꽂고는 조심스레 서은을 내려다보는 수정. 새치름히 차가운 눈빛이 어쩐지 서은과 많이 닮았다.

"그러지 말고 니가 해봐. 갑자기 웬 자존심이래?"

"시끄러. 더 열받으면 불똥 튄다, 너."

민우에 대한 지극정성을 잘 알기에 괜히 한번 그래 보는 수정이지만, 그래도 명색이 베스트인 친구다. 집안끼리도 워낙 친하다지만 서은의 집안에는 조금 못 미치는, 다시 말해 하수격 그룹의 딸인 수정. 그런 관계가 친구 사이에도 조금은 작용하는 듯 막무가내인 서은을 수정은 늘 많이 참는다(그래 봤자 다들 싸가지라 거기서 거기다). 이내 의자를 끌어다 서은의 앞쪽에 앉는 수정. 여전히 주머니에 꽂은 양손

이 꽤나 건방져 보이는 건 어쩔 수가 없다.

"내가 내려가 볼까? 보나마나 어제 술 마셨을 텐데 혹시 오늘 안 왔을 수도 있잖아."

"은규 오빠가 안 데리고 왔을 리 없어. 그리고 이번엔 내가 먼저 안 가. 올 때까지 기다릴 거야."

꽤나 다부진 표정의 서은. 분위기 파악 못하며 또 입을 여는 수정.

"근데 그러다 영영 안 올 수도 있잖아. 민우 오빠가 언제 너한테 먼저 연락한 적 있었니?"

"야, 유수정! 지금 내 머리에 빨간불 들어왔다? 한마디만 더 해라, 응!"

다소 협박조로 변해 버린 서은의 말에 조금 입술을 삐쭉이는 수정은 괜히 시끄럽게 뛰어다니는 애들한테 한번 눈을 흘긴다. 그러더니 금세 뭔가가 생각난 듯 서은 쪽으로 조금 더 끌어당겨 앉으며 얌체 같은 표정으로 돌변한다.

"저기, 근데 서은아."

또 무슨 말을 하려나 하는 표정으로 가만히 수정을 째리는 서은.

"그때 말했던 거, 나 언제까지 기다려?"

수정의 말에 조금 생각을 더듬다가 모르겠단 얼굴로 되묻는 서은에게,

"그거. 수혁 오빠랑 한번… 만나보게 해준단 거 말야."

저런, 저 여우같은 년. 표정 돌변할 때부터 알아봤다, 내가. 쯧.

"몰라. 지금 같아선 국물도 없어, 너."

“아이이이잉~ 야~ 친구 좋단 게 뭐냐~ 약속했잖아~”

가뜩이나 기분 안 좋은 서은에게 마구 칭얼대는 수정이 어째 좀 불안한데. 한심하다는 듯 한숨을 쉬고는 몇 번 혀를 차고 마는 서은이다.

“쯧쯧. 필요할 때만 친구라고 엉기는구나, 이년아.”

“어우~ 야~ 내가 언제~”

“속 뒤집혀. 그만 좀 해. 자꾸 그러면 진짜 안 해줘.”

“알았어, 알았어. 그만 할게.”

정말 절박한 듯 얼른 입을 다무는 수정이 어이없어 조금 웃어버리는 서은. 알다시피 민우와 친한 서은에게 얼마 전부터 계속 졸라온 수정이었다. 하수격 그룹이기에 공식파티에 참석한 지 얼마 되지 않은 수정이 수혁을 처음 본 순간 그대로 빠져 버린 건 어찌 보면 당연했다. 귀공자풍의 화려한 외모와 사람 좋아 보이는 따뜻하고 친절한 웃음, 행동 하나하나에 묻어나는 세련된 매너까지. 얼마 전부터 적극적으로 서은에게 자리를 마련해 줄 것을 부탁해 온 수정이다. 거칠고 반항적인 민우도 굉장히 매력적이지만, 수정의 마음은 오직 수혁뿐이다.

“하여간 늦바람이 무섭다더니 침 좀 닦아라, 그렇게 좋냐?”

새치름히 웃으며 고개를 끄덕이는 수정을 한 번 더 흘겨봐 준다. 그러더니 인심 쓴다는 표정으로 팔짱을 끼는 서은이다.

“알았어. 기왕 약속한 거 마련해 줄 테니 걱정 마.”

“와앗~ 고마워, 서은아~”

“야, 야, 내가 기분 안 좋다고 아까 말했을 텐데.”

흠칫.

오, 옴마나. 그렇게까지 째릴 건 없잖아, 기지배야.

어느새 험상궂게 변해 버린 서은의 표정을 보며 슬금슬금 자리에서 일어나는 수정. 아무래도 수혁을 빨리 만나보려면 얼른 민우를 찾아 서은의 기분을 풀어주는 게 먼저일 것 같다.

"최소한의 힘을 실어 정말 살짝 튕겨본 손가락이 건드리는 것만으로도

요란한 소리를 내며 산산조각나게 될 내 사랑은, 깨어지기 쉬운 위험이다.

부서지는 것만이 두려운 게 아니야. 부서져 끝내 아스라진다 해도 그뿐인 거야.

그렇지만 다시는 일어서지 못할 테니까, 두 번 다신 형체조차 찾을 수 없을 테니까.

조금만 더 욕심을 낸 거라 생각했다. 그렇게 너와 마주 보고 싶었던 것뿐이었다.

그다지 큰 호기를 부린 건 아닐 줄 알았었다.

지금… 난 너와 평행선을 걷고 있다."

"어떤 과목이 제일 약해? 예를 들어 점수가 잘 안 나온다든지 좀 어렵다든지 하는 과목 말야."

나지막이 물어주는 혜원의 말에 잠시 생각해 보는 민우. 늦게 일어난 탓에 아침 겸 점심을 먹고는 조금을 더 쉬다가 민우의 방으로 올라왔다. 간단히 둘러보며 집 안 구조를 익히고는 들어온 김에 민우의 방 구경도 좀 하고. 사실 무엇부터 해야 할지 난감한 혜원이었지만, 짐짓 티를 안 내려고 무던히도 노력 중이다.

"아무래도 수학이겠지? 나도 고등학교 때 수학이 가장 골치였거든. 그럼 수학부터, 그리고 영어랑 과학도……."

장소만 바뀌었을 뿐이라지만 밖에서 함께일 때보다 왠지 더 떨리

는 느낌. 그래도 둘 사이에 흐르는 분위기가 그다지 무겁지는 않음이 다행이다.

"저기….."

천천히 계획표를 짜고 있던 혜원이 넌지시 입을 여는 민우를 응시한다. 자신을 바라보는 혜원의 눈빛에 금세 또 흔들리는 마음은 어쩔 수가 없다. 그래도 이내 마음을 먹고는 말을 시작, 속으로는 벌써 잊지 않고 존댓말을 하기로 다짐한다.

"흥미없어요. 나, 공부란 거 전혀 관심없어요."

뭐? 덤덤하다 못해 너무도 태연한 민우의 갑작스런 말에 혜원은 당황했다. 그런 혜원의 눈길을 피하며 다시금 말을 잇는 민우.

"좋고 싫은 것도 없고, 어려운 것도 잘 모르겠고 그래요. 다 그게 그거니까."

"……."

굳이 말하자면 민우의 성적은 그래도 바닥은 아니었다. 공부에 흥미가 없어 열심히 안 할 뿐이지, 대충 훑어보고도 성적은 항상 중상위 정도. 그 나이 때 으레 한다는 반항이라기보단, 훨씬 더 아픈 상처가 민우를 흔들기에 좀처럼 공부에 집중을 하려 하지 않았다. 공부를 열심히 하고 말 잘 듣는 착한 아들. 하지만 민우로서는 이미 그 옛날 접어둘 수밖에 없었기에… 문득 처연해진 민우의 눈빛에 혜원이 조심스레 입을 연다.

"무슨… 그렇지만 너 분명히 과외……."

"걱정 말아요, 과외는 할 거니까. 대학은 가야겠기에 불안한 맘에 형이 추천한 거거든요."

혹시나 하는 마음을 미리 덜어주는 민우다. 자조 섞인 웃음으로 태연한 척하려는 민우. 그래도 어느새 속은 조금씩 타 들어가고…

"혹시라도 신경 쓰지 말았으면 해서요. 나 집중 안 할 거예요. 하루가 멀다 하고 술 마시느라 수업 빠지고 그럴 거예요, 분명히."

지금도 이렇게 힘이 드는데 선생으로 꼬박꼬박 어떻게 널 보겠어. 나도 모르게 너한테 짜증 낼지도 모르는데… 있는 대로 화내놓고 혼자 후회하고 그럴 텐데. 네 잘못 아니란 거 뻔히 잘 알면서도 네가 선생이고 내가 학생이란 사실에 자꾸 화만 날 텐데. 그런데 어떻게 제대로 과외를 받아, 내가… 내가 어떻게 그럴 수 있어.

단호한 민우의 말… 어떻게 보면 경고 같기도 하고… 그렇지만 분명 알 수 있듯이, 혹시라도 자신으로 인해 상처를 받을까 봐 혜원을 생각해 주는 민우의 배려.

"그러니까 알아서 잘 가르쳐 주세요. 그냥 모른 척 알아서 가르쳐만 주면 돼요. 난 그냥 따라갈 테니."

"…민우야."

잠깐 동안의 착각… 저렇게까지 부드러운 목소리로 내게 혹시나 사랑을 속삭여 줄 수만 있다면… 난 영혼이라도 팔 텐데… 하아…….

"모른 척 알아서 가르쳐만 주면 된다니, 그게 과외받는 사람이 할 소리야?"

"……"

가만히 꾸짖는 혜원. 다정하게 바라봐 주는 혜원의 눈빛이 어느새

많이 편해진 듯. 아련한 착각으로 혼란스러운 민우가 그저 말없이 혜원을 응시하고 있다.

"열심히 하겠단 말은 못할망정 무슨 말이야. 그런 말이 어디 있어?"

"아, 저기… 난 그냥……."

짐짓 화난 것 같기도 한 혜원의 말에 뭐라고 하려던 민우가 버벅대고, 그런 민우의 모습에 피식 새어 나오는 혜원의 웃음. 처음 만날 때보다 민우는 정말 많이 편안해져 있었다.

"다른 말은 못 들은 걸로 할 거야. 따라오겠다는 거, 그 말만 기억하고 열심히 할게, 나."

아, 혜원… 아…….

문득, 그만 포기하고 나가주었으면 하는 정말 사악한 생각도 들었었다. 지금이라도 선생을 포기해 주면 안 되는지… 너무도 무거운 이 마음을 정말 어떻게 해야 하는 건지… 자꾸만 탓해서 정말 미안해.

"그러니까 열심히 하자. 편하게 생각하고 어려운 거 다 물어봐, 나도 널… 동생처럼 생각할게."

[나도 널… 동생처럼 생각할게.]

움찔.

갑자기 굳어져 버리는 민우의 얼굴을 혜원은 미처 눈치 채지 못한다. 순간 귀가 멀었으면 하는 바람이… 이뤄지지 않음에 왜 이리도 화가 나는 건지…

[…동생처럼 생각할게.]

젠장. 자꾸만 아려오는 마음에 민우는 고개를 떨군다. 분명 지금의
그 말은 민우에게 선생이라는 말보다 더 심했던 듯.

"참, 이럴 게 아니라 참고서 좀 사러 갔다 올게."

천천히 일어서는 혜원. 계속해서 어두운 얼굴인 민우.

"이 근처 잘 모르지만, 길 익힐 겸 갔다 올게. 그럼 수업은 내일부
터 할까? 괜찮지?"

"…선생님."

우뚝.

민우의 작은 한마디에 굳은 듯 움직일 수가 없는 혜원. 동시에 아
려오는 마음은 왜인지… 조금 더 침묵을 지키던 민우는…

"이거 가져가요. 혹시라도 길 잃으면 전화하구요."

민우야… 무슨 말을 할까, 순간 두려웠다. 언제나 차갑게 얘기하던
민우가 저렇게까지 풀 죽은 모습은 처음이다. 시선을 마주치지 않은
채 손을 뻗어서 자신의 핸드폰을 내밀고 있는 민우. 조금 머뭇거리는
혜원에게 억지로 쥐어주고는 침대 위에 눈을 감으며 누워버리는 민
우다.

"나간 김에 천천히 산책이나 해요. 그러다 길 잃으면 1분 내로 튀
어가 줄 테니, 걱정은 말고."

민우야… 너…

소리없이 작게 웃는 혜원의 눈이 예쁘다. 아무렇지 않게 눈을 감고
있는 민우를 조금 더 보다가 방을 나선다. 왠지 모르게 마음이 많이
편안하다.

*

"가시죠, 김 실장님."

사장실을 나서는 수혁을 보고는 김 실장이 머뭇거리며 일어선다. 아직 약속 시간은 한 시간도 더 남아 있는데, 어제에 이어 오늘은 더욱 서두르는 수혁이다.

"미리 가죠. 그러는 게 낫겠어요."

"아, 네."

김 실장의 표정을 읽은 수혁이 애써 웃어 보이며 설명한다. 여전히 굳어 있는 어두운 눈가. 혹시라도 맞선이라는 것에 대한 긴장 같은 건 전혀 아니었다. 괜한 불안감이 들기는 했지만, 그건 절대 맞선 상대에 대한 것이 아니었고… 수혁의 마음을 어느 정도 알아챈 김 실장은 안 그런 척 수혁을 천천히 에스코트한다.

"타시죠, 사장님."

"……."

아무것도 생각나지가 않고 다른 건 아무것도 모르겠다는 표정의 수혁. 막상 맞선이라는 현실에 부딪쳐 단순히 그래서 생각나는 혜원인지… 분명 그건 아닌 걸 알고 있는 수혁이지만… 보고 싶네요, 혜원 씨.

"하긴 퇴근 시간이라 늦는 것보단 일찍 가시는 게 낫겠네요. 그렇죠?"

"하하. 네."

의미없는 웃음. 공허하게 비어 있는 눈빛. 건네받아 든 결재 서류

들이 전혀 눈에 들어오지 않았다. 하루 종일 두서너 개밖에 처리 못한 수혁이 결국은 접어두고 서둘러 나와 버린 것이다. 어쩌면 당장의 맞선보다는 그 후에 집에 들어가 만나게 될 혜원이 더 많이 보고 싶고 그리워서… 못 보게 된 그 순간부터 그렇게 벌써 그리워져서… 어느 곳을 봐도 혜원이 늘 자리한다는, 언제부턴가 당연해진 사실을 인정하기에 더욱 절실해지는 수혁의 소중하고 애틋한 감정들.

어떡해요… 나 진짜 어떡하면 좋아요. 이렇게나 절실해요. 벌써 이렇게나 많이 혜원 씨를 생각하게 됐어요. 안 되는데… 안 되는 거 알고 있는데. 내가 아무리 혜원 씨 생각해도 혜원 씨는 아닐 수도 있고… 또 난 지금 이래서는 안 되는 건데… 안 되는데, 정말.

많이 어두운 눈빛을 들어 가만히 창밖을 주시한다. 그러는 수혁의 시선 끝에 또다시 자리하는 사람은 오직… 혜원 씨…….

갈수록 주체 못할 정도로 벅차오르는 마음이 느껴져 끝내 두 눈을 감아버리고 만다. 가볍게 쓸어 내리는 수혁의 손끝도 어느새 조금씩 떨려오고 있다.

✳

"…진짜였어?"

실망감을 감출 수 없는 표정으로 우두커니 서 있는 서은. 어느새 하교 시간. 반 아이들은 하나둘 그렇게 교실을 빠져나가고 있었다.

"그렇다니까. 못 믿겠으면 전화해 봐."

"싫다고 했잖아. 먼저 할 때까지 안 할 거라구."

6교시가 끝나기 무섭게 내려가 봤다던 수정이 민우가 안 왔더란

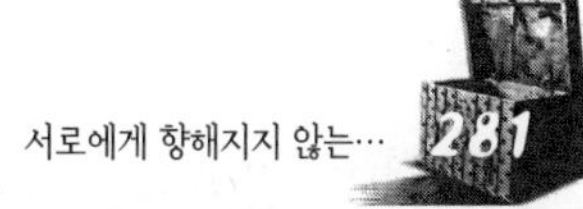

말을 했을 땐 설마했는데,

[오늘 민우 오빠 안 왔대. 아픈 건 아니구, 그냥 집에 있다더라. 무슨 일 있나?]

잘 놀고 난 다음날 결석 및 조퇴를 밥 먹듯 했었어도, 고3이 되고는 은규 덕에 그러지 않았던 민우였다. 수업이 끝나자마자 결국 내려와 본 서은은 우진에게 재차 되물어보길 벌써 여러 번. 그러면서도 마음속 한구석은 자꾸만 왠지 모를 불안감으로 그렇게 어둡고, 이번엔 결코 먼저 전화하지 않겠다는 눈빛이 애꿎은 우진을 괜스레 새치름히 째린다. 그런 서은의 시선을 모른 척 장난스런 말투로 빈정대보는 우진이다.

"오~ 이번엔 먼저 안 하서? 그래, 부디 그러길 빈다."

"뭐야, 우진 오빠! 정말."

"안 그래도 민우한테 가려는 참이야. 녀석 데리고 바로 놀러갈 건데, 같이 안 가?"

우진하고 티격태격하던 서은에게 넌지시 말해 보는 은규. 갈등하는 기색을 숨기지 못하던 서은이 정말 이번엔 다르다는 듯 시선을 돌린다.

"싫어. 안 갈래."

"정말? 진짜야, 이서은?"

애써 딴 곳을 보는 서은에게 못 믿겠다는 우진이 되묻고 성의없게 고개를 끄덕이는 서은을 은규는 웬일인지 더 이상 부추기지 않는다.

"그래, 알았어. 그럼 우린 간다. 우진아, 가자."

“어, 그래. 서은아, 안녕~”

“아… 저… 저기…….”

자존심에 그래 봤다지만, 그래도 억지로라도 데려가 줬으면 했는데 성큼성큼 교실을 나가 버리는 은규와 우진을 차마 잡지는 못한 채 보고만 있는 서은.

뭐야, 민우 오빠 보고 싶어 죽겠는데… 한 번만 더 물어봐 주면 따라가려고 했는데. 체엣.

언제나 냉정한 은규가 오늘따라 더욱 미워 보이고 괜히 화가 나는 마음에 서은은 또다시 핸드폰을 꺼내어본다. 하지만…

잠잠.

정말 이럴 거야? 정말 전화 안 해줄 거야? 내가 얼마나 기다리고 있는지 알면서, 하루라도 안 보면 얼마나 불안해하는지 알고 있으면서.

“이민우, 진짜 죽었어.”

또 신경질적으로 핸드폰을 주머니에 쑤셔 넣는다. 교실 밖에서 기다리고 있던 수정이 잔뜩 골이 난 서은을 보고는 뭐라고 하려다가 그냥 침묵. 깐죽거리기 좋아하는 성격이 오직 수혁에 대한 생각으로 아주 힘겹게 참아진다.

✳

아무리 낯선 동네라고는 해도, 그깟 서점쯤 금방 찾을 줄 알았는데…….

“서점요? 음~ 이 근처는 없구요, 저기 사거리 쪽까지 걸어 나가셔

야 해요. 골목이 좀 복잡하긴 한데.”

워낙 집들이 다 크고 웅장해서 그 집이 그 집인 것만 같고, 이리저리 열심히 찾아서 나가봐도 막다른 골목이 나오기를 여러 차례(부자 동네라 그런지 골목이 많기도 많다).

[이거 가져가요. 혹시라도 길 잃으면 전화하구요.]

아, 아냐!! 나 혼자서도 잘할 수 있어!! 이래 봬도 길 하나는 잘 찾는단다!! …적어도 조금 전까진 이렇게 생각했었건만. 그래도 용케 큰길까지 잘 찾아 나왔다. 좀 시간이 걸리긴 했지만, 민우의 도움 없이 찾아 나왔단 게 괜스레 뿌듯한 혜원이다(본인은 잘 모르지만 시간은 꽤 지났다).

[나간 김에 천천히 산책이나 해요.]

그래, 안 그래도 덕분에 산책 실컷 했어. 그게 다 비슷하고 큰 집들뿐이었지만. 저 멀리 ‘서점’ 간판이 보인다. 사거리 쪽으로 천천히 걸어가는 혜원. 그러고 보니 동네가 천천히 눈에 들어온다. 약국은 저기, 할인점은 저기, 편의점은 저기. 언제까지일지는 잘 모르지만, 당분간은 지낼 동네이기에 눈에 익혀두려는 혜원. 그리고 문득 서서히 아련해지는 마음.

[편안하게 지냈으면 좋겠어요. 필요한 건 뭐든 얘기하구요. 부탁이라고 생각하지 말아요, 절대.]

웬만하면 굳이 집 밖으로 나갈 필요 없게 해주겠다던 수혁의 말이 떠오른다. 그리고 환하게 웃어주던 눈빛도. 그런 수혁의 모습을 떠올리며 가만히 미소 짓는 혜원. 고마운 사람. 고맙다는 말로도 부족한 사람. 정말 그런 사람… 수혁.

주머니에 꽂은 손에 쥐어지는 돈. 과외하려면 참고서도 사야 하고 많이 필요할 거라며 수혁이 알아서 챙겨준 꽤나 많은 돈이었다.

갚을게요. 이 은혜 잊지 않을게요. 지금으로선 언제라고 확실히 약속 못해주지만 지금 신세지는 거 꼭 갚을게요. 그럴게요, 나.

Rrrrrrrrrrrrrr.

우뚝.

뭔 소린가 하던 혜원이 문득 걸음을 멈추고 핸드폰을 꺼낸다. 혹시 늦게 온다고 민우가 전화한 건가 하는 생각으로 들여다보는 혜원. 그러나 액정에 쓰여 있는 건 낯선 이름과 번호.

서은. 01X-XXXX-XXXX

서은? 누굴까?

민우가 아님을 확인하고는 그저 망설이고만 있다. 자신이 아닌 민우의 핸드폰이기에 섣불리 받지 못하는 혜원. 잠시뿐이니 굳이 받을 필요는 없는 것 같은데, 그래도 걸려온 전화를 안 받으면 안 될 것도 같고 어떻게 해야 하나. 그냥 받아, 아님 말아? 어떻게 해.

Rrrrrrrrrrr.

연신 울려대고 있는 핸드폰을 정말 난감한 표정으로 보는 혜원. 그러다가 결국 전화가 끊겼다. …모, 못 받았다. 부재중 전화로 뜨는 것까지 보고는 도로 주머니에 핸드폰을 넣는다. 안 받길 잘했다고 스스로를 위로하는 혜원의 걸음이 다시 서점으로 향한다.

✳

"…뭐?"

꽤나 놀란 목소리. 걷던 걸음까지 딱 멈춰진 걸 보니 예사로 놀란 게 아닌 것 같은데.

뭐… 지금 뭐라고… 굳은 듯 움직이지 못하는 은규를 따라 우진도 걸음을 멈춘다.

"왜 그렇게 놀라? 설마 들어본 이름이야?"

이런저런 얘기를 나누다 문득 우진이 생각난 듯 내뱉은 한마디.

[참, 서은이가 그러는데 민우가 '민혜원' 이라고 했다더라.]

은규가 놀라는 건 당연했다. 잠시라도 떠나지 않고 맴도는 혜원의 생각에 안 그래도 그리워 미칠 지경이었는데, 생각지도 못했던 우진의 입에서 불쑥 혜원의 이름이 나오다니… 그것도 민우가 말했던 이름이라니 대체 뭐가 어떻게?!

설마… 설… 마…….

"그런 거야? 아는 이름인 거야?"

"아니, 아니야. 착각했어. …내가 어떻게 알겠어."

"자식, 싱겁긴. 그럼 어서 걷기나 해."

우진의 말에 애써 태연한 척 다시 걷기 시작하는 은규. 그런 은규를 눈치 채지 못하고는 다시금 입을 여는 우진.

"내 생각인데, 아무래도 민우가 요즘 이상해진 게 그 '민혜원' 이란 애 때문인 것 같아."

“……”

혜원… 민혜원… 같은 이름은 얼마든지 있을 수 있잖아. 말없이 우진을 응시하는 은규. 의지와는 상관없이 계속해서 불안해지고 마는 마음.

“왜 그렇잖아. 새벽에 갑자기 깨어선 여자 이름을 읊조리다니… 민우답지 않잖아.”

묵묵히 듣고만 있는 은규가 아까부터 어두운 얼굴이다. 말 한마디 할 법도 한데 여전히 입을 다물고만 있다. 그러면서도 우진이 하는 말이 다 맞는 얘기라는 게 더 불안하다.

“그러니까 이따 확실히 물어보자구. 여차하면 소개도 받고. 형님들한테 먼저 보고해야 순서잖아. 안 그러냐?”

“…그렇지.”

“진짜 궁금하네. 도대체 어떤 애길래… 그치?”

가만히 고개를 끄덕이며 걸음을 재촉하는 은규. 설마하는 자신의 바람을 믿어보기로 하지만…

[왜 그렇잖아. 새벽에 갑자기 깨어선 여자 이름을 읊조리다니… 민우답지 않잖아.]

그럼에도 불구하고 자꾸만 뭔가가 마음에 걸린다. 아닐 거라고 되뇌이는 게 조금도 위로가 되질 못하는 듯 좀처럼 밝아지지 않는 얼굴. 두려운 마음이 못내 감춰지질 않는다.

“일찍 오셨네요?”

도착한 지 20분쯤 지났을 때였다. 고급스러운 호텔 커피숍. 분위기 좋은 창가 쪽에 자리를 잡고는 내내 잡히지 않는 마음 때문에 수혁은 그렇게 계속 딴생각에 잠겨 있었다.

"지수혁 씨 맞죠?"

"…김은주 씨?"

"반가워요. 실물이 훨씬 멋지시네요."

씩씩하게 손을 내밀어 악수를 청하는 이 여자. 컬이 들어가 세련돼 보이는 갈색 빛 긴 단발머리에 타이트한 옅은 회색 빛 스트라이프 정장이 늘씬한 몸매를 한껏 드러낸다. 거리낌없는 그녀의 행동에 조금 멈칫하던 수혁이 이내 얼른 일어나 악수를 받는다.

"언제 오신 거예요? 아직 시간이 많이 남았는데."

"예, 일이 좀 일찍 끝나서요. 근데 그쪽은……."

"저두요. 괜히 길거리에서 시간 낭비하긴 싫었거든요. 이렇게 일찍 와 계셔주시다니 다행인데요."

조금은 괘씸했다. 어디 가서도 절대 빠지지 않는 자신을 보란 듯이 바람맞힌 남자. 명성은 익히 들어서 알고 있는 수혁이지만 몇 년 동안 유학을 다녀온 은주로서는 초면이었다. 그만큼 기대도 컸었는데 바람을 맞다니. 여차하면 보기 좋게 딱지놓을 작정이었는데…….

"어젠 정말 죄송했습니다. 갑자기 일이 생겨 버려서 전화도 못 드리고… 정말 죄송했어요."

진심으로 미안한 얼굴. 도저히 화낼 수 없게 만드는 수혁의 멋진 눈웃음. 입구에 들어서면서부터 한눈에 수혁을 알아볼 수 있었다. 사진으로 미리 봐서라기보다는 화려한 만큼 단번에 사람을 잡아끄는 매력의 수혁. 부드럽고 수려한 그의 모습에 은주는 잠시 숨을 멈춰야 했었다. 막연한 설레임, 더불어 동시에 생겨나는 그에 대한 호기심.

"아니에요. 어젠 기분 나빴던 게 사실이지만, 오늘 이렇게 만났으니 됐죠. 신경 쓰지 마세요, 전 다 잊었으니까."

"그래 주시면 고맙구요. 아무튼 다시 한 번 죄송합니다."

이제야 알겠다. 짐작은 했었지만 수혁이란 남자, 이렇게까지 매력적이라니… 만난 지 불과 몇 분 되지도 않았는데 이렇게까지 사람 마음을 흔들어놓을 수 있다니… 점점 소유욕이라는 게 생겨난다.

"경영학을 전공하신다구요?"

"네. 어차피 결혼해서 아버지의 사업 이을 거니까 미리 배워두는 거죠."

"실례지만 몇 학년이세요?"

"3학년이요. 유럽 쪽으로 2년 동안 유학을 다녀와서 편입했어요. 대학교 1, 2학년을 외국 친구들과 보냈죠. 색다른 경험이더군요."

이지적인 말투. 조금은 차갑기도 한 것 같은 눈빛. 하지만 수혁은 지금 좀처럼 은주에게 집중을 못한다. 괜히 의례적인 질문만 해대는 자신이 점점 견디기 힘들어진다는 답답함.

"아, 우선 차부터 마실까요? 그리고 나서 식사하시죠."

"그래요. 저녁을 들기엔 아직 이르니까."

실례되지 않게 조용히 다가온 지배인에게 간단하게 헤이즐넛 커피를 시키는 수혁. 작은 소리로 같은 걸 주문하는 은주. 서로를 마주하고 있다지만 같은 시간, 같은 장소에서 너무도 다른 생각을 하는 두 사람. 어느새 마음에 든 수혁을 찬찬히 훑어보는 은주와 얘기를 나누면서도 여전히 혜원에 대한 생각뿐인 수혁. 대화가 계속 이어지는 게 놀라울 정도다.

✳

Rrrrrrrrrrr.

나름대로 빨리한다고 서둘러서는 참고서 몇 권을 골라 집었다. 아까 잠깐 둘러본 민우의 방엔 참고서라곤 보이지가 않았었고, 그나마 꽂혀 있던 교과서들도 완전 새책의 형태로 깨끗했다. 문제부터 많이 풀어두는 게 낫겠다 싶어서 주요 과목별로 기초와 심화부분 문제집들, 그리고 참고서까지 사들고는 서점을 막 나서려는데… 민우? 이번엔 진짜 민우일 것 같다는 생각. 아무래도 집 나온 지 시간이 좀 됐으니, 어디냐고 전화하지 않을까?

Rrrrrrrrrrrrrr.

책이 든 봉투를 한 손에 몰아쥐고 서둘러 핸드폰을 꺼내 든다. 막 받으려던 혜원이 순간 멈칫.

서은. 01X-XXXX-XXXX

혜원은 아까와 같은 이름과 번호에 역시나 망설이고 있다. 순식간에 어둡게 변해 버린 눈가. 그냥 받을까? 받아서 조금 나중에 다시 해 달라고 하면… 안 받는 거나 마찬가지겠구나. 괜히 민우한테 실례라는 마음만 들었다. 핸드폰 주인도 아닌 자신 맘대로 받는 건 민우한 테 너무 실례가 되는 행동이라는… 그러면서도 여자 이름이 찍히는 게… 왠지 모르게 자꾸만 마음에 걸린다.

Rrrrrrrrrrr.

그런 와중에도 계속해서 울려대는 핸드폰. 결국 안 받기로 결심한 혜원은 작게 한숨을 내쉬고는 서둘러 주머니에 집어넣으려다 그만!

달칵.

어, 어떡해. 민우야, 미안. 실수로 바닥에 떨어뜨린 핸드폰을 보며 잠시 경악하던 혜원이 또 멈칫!

—야—!!

허걱!! 뭐, 뭐야.

놀라서 나오려던 비명에 서둘러 입을 틀어막고 선다.

—이민우!! 너 진짜 죽었어—!!

수화기 너머로 들려오는 무시무시한 여자의 목소리. 플립이 열어 진 채 00:01… 00:02… 통화 시간이 매겨지는 핸드폰을 어쩔 줄 모 르는 얼굴로 혜원은 그저 안절부절못할 뿐이다.

—사람 기다리는 거 뻔히 알면서 왜 전화 안 해?! 나 미치는 꼴 보 고 싶어?!

마침 지나가는 사람이 없는 게 차라리 다행인 듯. 바닥에 놓인 핸 드폰을 차마 집을 수도 없는 혜원. 그도 그럴 것이 수화기 너머의 목 소리가 완전히 스테레오로 꽝꽝 울려대고 있어서이다.

—뭐 하는 거야!! 뭐 하고 있길래 전화도 없고 받아도 말이 없어!!

너 진짜 죽을래—!!

저기… 저도 받고 싶긴 한데 말이죠. 나 아직 귀가 멀고 싶지가 않아서 말이죠.

조금을 더 망설이던 혜원이 도저히 안 되겠기에 조심스레 핸드폰을 집어 든다. 뭐라고 말을 해야 할지… 그냥 민우가 지금 잠깐 없으니까 조금만 이따가 다시 전화해 달라고… 누구냐고 물어보면 그냥 옆집 아줌마라고(;;).

—또 여자랑 있는 거야? 엊그제 나랑 호텔에서 했으면 됐지, 그새 또 여자야?!

움찔.

순간 얼어버린 혜원. 어렵게 벌어진 입이지만 차마 아무 말도 하지 못하고…

—잘났어!! 잘났어, 정말!! 누군 눈 빠지게 기다리고 있는데, 여자랑 자느라고 전화도 안 해주고!!

욱신.

순간 심하게 아려오는 심장이 자신조차 믿기지 않을 정도로 많이 낯설다는 느낌. 왜 이렇게… 왜 이렇게 마음이 아픈 건지… 민우야… 너…….

실망한 기색이 역력한 얼굴로 간신히 핸드폰을 들고 서 있는 혜원. 일렁이던 눈빛이 어느새 심하게 흔들리고 마는데… 아무것도 몰랐다지만… 너에 대해 아무것도 몰랐었다지만… 그래도… 그래… 도…

—전화 한 통 해주는 게 그렇게 힘들어?! 시간이 1분도 안 날 정도

로 하루 종일 여자랑 그 짓인 거야, 너?!

실망했다면 내가 어리석은 거니. 그런 거야, 민우야?

가늘게 떨리는 입술로 어쩔 줄 모르다가… 흔들리는 시선을 차마 어쩌지 못하다가…

—야, 이민우!! 가만있지 말고 말 좀…….

탁.

자신도 모르게 플립을 닫아버리고 굳은 듯 조금을 더 그렇게 말없이 서 있던 혜원. 그런 혜원의 마음속에서 알 수 없는 무언가가 심각하게 일렁이고 마는데…….

"그래서 기다렸다가 나가자는 거야? 언제까지?"

느긋하게 소파에 앉아 텔레비전을 보는 은규와는 달리 얼른 놀러 가고 싶어서 계속 보채기만 하는 우진. 그리고 옷을 갈아입고 나갈 채비를 마친 채 계단을 내려오는 민우.

"그렇다니까. 올 때 다 됐으니 보채지 좀 마."

대답하기도 지친 얼굴로 마지막으로 한 번 더 우진을 째리고,

"근데, 어느 학교라고?"

오락프로가 조금 지루한 듯 리모컨으로 다른 채널을 돌리며 나지막이 은규가 묻는다. 그런 은규의 질문에 털썩 소리 내어 소파에 앉더니 짐짓 태연한 척 입을 여는 민우다.

"…S대. 자세한 건 몰라, 형이 모셔왔거든. 추천받았으니 확실하대."

"이야~ 이러다가 이민우 혼자만 대학 가는 거 아냐?"

"자식, 맘 있으면 같이 하자니까. 이따 내가 말씀드려 볼게."

장난 섞인 어조로 말하는 우진에게 민우가 면박 주듯 또 눈을 흘긴다. 그런 둘의 모습에 은규는 피식 웃고 만다. 마침 틀어진 만화 채널에서 주인공의 엽기적인 웃음소리가 쩌렁쩌렁하게 울려 퍼진다.

"뭐 좀 마실래?"

"시원한 거 있음 주라."

"나두, 주스 같은 걸루."

같은 말을 해도 왜 항상 우진은 은규와 달리 얄미워 보이는지. 이유를 알 수가 없어 고개를 조금 갸우뚱하며 부엌으로 들어가는 민우. 그리고 그때,

띠리리리리리리~ ♬

갑작스런 초인종 소리에 걸음을 멈춘 민우가 다시 현관 쪽으로 향한다.

"선생님?"

—어, 민우야.

탁.

낯선 여자의 목소리에 서로 눈치를 보더니 이내 천천히 일어서는 은규와 우진.

"늦었지. 길을 좀 헤맸어."

"…전화하라니까요."

"그래도 이렇게 잘 왔잖아. 덕분에 산책도 잘했는걸."

민우에게 다가서는 우진을 보며 은규는 리모컨을 들어 텔레비전을 본다. 그리고는 서둘지 않고 천천히 우진의 뒤에 가만히 따라선다.

"친구들이야?"

순간 바지 끝에 뭐가 묻은 것 같아서 잠깐 고개를 숙이는 은규. 부드럽고 따뜻한 목소리가 아까부터 왠지 귀에 익은데…

"내일부터 한다고 하셔서 오늘은 좀 놀려구요. 괜찮죠?"

"말하려고 기다렸구나. 그런 줄 알았음 더 일찍 오는 건데. 미안."

철렁.

고개를 들어 앞을 주시하는 순간 심하게 흔들리는 눈빛 그대로 굳어버린 얼굴. 가슴속 너무도 큰 소리에 괜스레 주위를 의식하게 되는 은규. 이럴… 수… 가…….

"실은 저랑 제일 친한 애들이라 소개시켜 드리려고 기다린 거예요. 이쪽은 김우진, 얘는 손은규. 인사 드려, 민혜원 선생님이야."

어떻게… 혜원…….

자신만큼이나 혜원도 조금 당황한 것 같다는 느낌. 그러나 곧 환하게 웃어 보이는 혜원과는 달리 여전히 어둡게 굳어 있는 얼굴인 은규. 서서히 아려오기 시작하는 마음.

"아, 안녕하세요? 우진이에요."

"만나서 반가워. 잘 부탁해."

여전히 밝은 눈빛으로 우진을 보다가 이내 은규를 향해 다시 웃어 주는 혜원. 애써 표정을 풀려 해보다가 그저 가볍게 고개만 숙여 보

이는 은규다. 반갑지 않은 잠깐 동안의 침묵에 조금씩 숨이 막혀오는 은규. 그리고,

"그만 가자. 저희 갈게요."

정말 고맙게도 때마침 침묵을 깨주는 민우.

"아, 그래. 잘들 놀아."

"안녕히 계세요."

"그래. …참, 민우야."

현관으로 향하던 우진과 은규. 여전히 아무 말도 없는 은규와 어색하게 인사를 하고 나가려던 우진. 끝으로 따라나가던 민우가 혜원의 부름에 얼른 돌아본다.

"이거."

조심스레 내미는 자신의 핸드폰을 혜원에게서 받아 드는 민우.

"전화가 왔었는데, 모르고 받았어. 서은… 인가 하던데, 전화해 봐. 많이 기다리나 봐."

움찔.

이런. 심보가 나쁜 건지, 아니면 원래 성격이 이런 건지 다른 건 몰라도 혜원에게는 다른 여자에 대한 모습을 보이고 싶지가 않은데.

"난 올라갈게. 잘들 가."

천천히 사라지는 혜원의 뒷모습이 괜히 슬퍼 보인다는 착각도 들고. 조금 머뭇거리다가 은규와 우진을 따라 밖으로 나가는 민우의 얼굴이 역시 어둡다. 괜스레 찜찜함을 느끼는 우진과 너무나도 명확한 이유로 인해 심한 혼란스러움을 느끼는 은규. 그리고… 혜원의 앞에

서만 억지로 아무렇지 않아 했던 민우까지 다른 듯 닮아 보이는 세 사람의 눈빛. 그들의 허전함 속에 애틋한 무언가가 그저 슬프다.

＊

"어차피 한 살 차이인데, 편하게 말 놓는 거 괜찮죠?"

진도가 빠르다는 말보다는 그만큼 대담한 은주라는 것. 처음 만나서 차를 마시고 식사를 하기까지는 1시간 남짓. 시간에 비해 훨씬 더 은주는 수혁에게 가까이 다가서고 있었다.

"워낙 질질 끄는 걸 싫어하는 성격이라서요. 부담스러운 건 아니시죠?"

"…부담스럽긴요. 시원시원하시고 좋은데요 뭘."

"그럼 나 지금부터 말 놓는다, 오빠?"

애교스럽게 찡긋 웃는 은주. 행여나 불편해할까 수혁도 살짝 웃어주고. 알맞게 익혀진 스테이크를 천천히 맛있게 먹고 난 후, 디저트로 나온 치즈 케이크를 한입 맛보던 때였다. 거의 선전포고에 가깝게 반말을 하기로 하고는, 혼자나마 굉장히 편해진 얼굴로 입을 여는 은주다.

"시간 남을 땐 주로 뭐 해? 영화 같은 거 좋아해?"

"네. …아니, 응."

무의식적으로 존댓말을 하려던 수혁이 귀엽게 째리는 은주를 보며 당황. 다시 한 번 느끼지만 꽤나 거리낌없는 성격인 듯. 당황하는 수혁이 더욱 귀여워서 은주는 소리 죽여 피식 웃는다.

"잘됐다. 심심할 때 오빠 불러서 같이 영화 보러 가면 되겠네."

"······."

말로는 아니라고 했지만 왠지 너무도 적극적인 모습이 조금은 부담이 되고, 아니, 그보다는 마음속에 있는 혜원과 너무도 다름에 그저… 수혁의 아련한 눈빛 가득 잠시도 사라지지 않고 있는 혜원에 대한 마음과 좋은 감정들. 아무리 생각해 봐도 그리운 건 오직 단 한 사람 혜원…….

"그리고… 이건 예의상 묻는 건데."

문득 조심스러운 은주의 말투에 고개를 조금 들어 시선을 마주하는 수혁. 조금도 시선을 피하지 않고 그저 예리하게 수혁을 응시하는 은주.

"설마하니… 애인은 없는 거지?"

움찔.

순간 흔들리고 마는 수혁의 눈빛이 못내 마음에 걸린다. 애써 태연하려 해보는 모습도 눈치 빠른 은주는 괜히 싫고, 처음 얼굴을 마주했을 때부터 자신에게 조금도 집중하지 못하던 수혁. 무슨 생각을 하는 건지 계속해서 다르던 눈빛. 그걸 놓칠 리 없던 은주였고. 뭘까, 대체 무슨 생각을 하는 걸까? 누구를 떠올리고 있는 건지. 그럼 설마 하는 생각이… 그래도 모른 척하고 싶은 마음에…

"나도 애인은 없어, 친하게 지내는 남자 친구는 여럿 있지만. 하긴 애인이 있었음 이런 자리에 나왔겠어? 괜한 거 물어서 미안~"

"······."

미안… 오히려 내가 미안해. 나 사실 마음속에 다른 사람이 있어.

내내 생각나고 보고 있어도 그리운 그런 사람이 있거든. 그런데도 이 자리에 나왔어. 그런데도 나올 수밖에 없었어, 나. 미안하다. 정말… 정말 미안해.

끝내 확실히 대답 않는 수혁에게 은주는 굳이 되묻지 않는다. 아니라고 믿고 싶은 마음과 그렇다 해도 어차피 상관없다는 자신. 어쨌거나 분명한 건 수혁은 자신과 결혼하게 될 사람이기에…

"바로바로 물어볼 거야. 혹시나 궁금한 게 생기면 한밤중에라도 전화할 거고 그렇게 오빠 알아갈 거야. 그러면서 나도 알려줄게. 빨라야 서로가 편하지."

"……."

수혁의 침묵을… 이제는 알아서 긍정으로 받아들이는 은주. 그러면서도 자꾸 뭔가가 마음에 걸리긴 하지만 그보다는 이미 뚜렷하게 각인되어 버린 수혁에 대한 마음이… 자신조차 놀라울 정도로 벌써부터 생겨 나버린 주체못할 정도의 그에 대한 소유욕에…….

"잠깐… 화장실 좀."

조심스레 일어나 자리를 피하는 수혁을 조금 예리한 눈빛으로 바라보는 은주. 불현듯 드는 욕심이지만 하루라도 빨리 수혁과 함께하고 싶다는 생각. 그러면서도 걸리는 수혁의 눈빛 때문에 불안함으로 물들어지는 마음 한구석.

✴

"…솔직히 모르겠다. 헷갈려 죽겠어."

흥겨운 하우스 음악이 가득한 클럽. 도착하고는 줄곧 술만 마시던

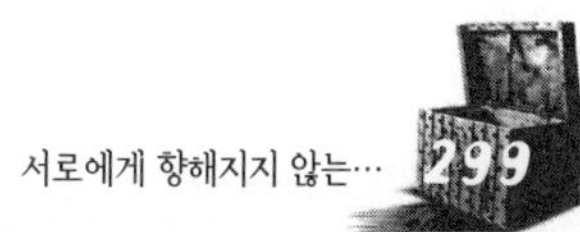

우진이 기어코 궁금한 듯 입을 연다. 그런 우진을 넌지시 바라보는 민우. 그 옆엔 차마 입을 못 여는 은규가 있다.

"이것저것 온통 연결이 안 되잖아. 뭐부터 물어볼지조차……."

정말 솔직한 우진의 말. 혼란스럽다는 말이 어쩐지 조금은 이해 안 되는 민우다. 초저녁이라지만 어느새 클럽 안을 꽉 채운 사람들이 음악에 맞춰 신나게 몸을 움직이고 있다. 천천히 한번 쭉 둘러보다가 다시 맥주병을 입으로 가져가던 우진이 슬쩍 은규의 눈치를 본다. 눈치없이 말을 꺼내면 항상 자신을 제지해 주던 은규. 오늘따라 은규가 너무 조용하다.

"뭐가? 뭐가 그렇게 모르겠고 헷갈려? 연결이 안 되는 건 또 뭐고?"

"그게 말이지…."

의아한 표정의 민우를 바로 쳐다보며 말을 꺼내려던 우진이 잠시 멈칫. 오늘따라 은규가 정말 이상하다. 저렇게까지 어두운 얼굴이라니… 그러다 곧 다시 말을 잇는데…

"선생이라며. 아까 그 사람, 선생이잖아."

"근데?"

기어이 서두를 꺼내고 마는 우진. 우진이 꺼낸 '선생'이란 말에 어쩔 수 없이 굳어지는 민우의 얼굴.

"민혜원이란 이름, 그것 땜에 네가 요즘 괴로워한 거라고 생각했어. 그런데 선생이라니, 모르겠잖아."

욱신.

너도… 그렇게 생각하냐? 우진이 너도… 선생 좋아하는 건 안 된다는 말인 거지?

시선을 조금 떨구며 입을 다물던 민우가 천천히 맥주병을 입에 대고 들이마신다. 그런 민우를 미처 바라보지 못하는 은규와 잠시간의 침묵. 끝내 또 입을 여는 우진.

"아~ 진짜. 답답해서 더는 말 못 돌리겠다. 그냥 말할게. 너……."

"우진아."

그때까지도 어둡게 침묵이더니 드디어 입을 연 은규가 가만히 우진을 제지하고, 그런 둘의 사이에서 여전히 아래쪽 허공을 향해 있는 민우의 눈빛.

"너 지금 뭐 따지냐? 민우한테 왜 그러는데?"

"궁금하니까 그렇지. 나 원래 궁금한 거 있음 괜히 성질 내잖아."

"좋~은 버릇이다. 인정하는 거지, 너 괴팍한 거?"

"뭐야? 이 새끼, 너 죽는다."

"쿡쿡."

순간 두려웠던 건 왜일까. 거침없이 해대는 우진의 질문에 혹시나 민우가 예상했던 대답을 할까 봐. 그 대답으로 인해 지금의 기분이 사실이 될까 봐. 설마하고 아까부터 괜히 불안했던 게, 다 맞는 거라고 저절로 기정사실화 될까 봐. 그렇게 혜원을 영원히 잡을 수 없게 될까 봐서… 그래서… 그래서 그랬는데…

"…접었어. 지웠어, 나."

멈칫.

장난스런 눈빛을 주고받던 우진과 은규가 순간 멈칫. 놀란 빛이 역

력한 채 민우를 보는 우진과 차마 아련함을 감추지 못하는 굳은 얼굴의 은규. 접었다니… 지웠다니… 너 그럼 정말… 정말…….

"어제 알았어, 내 선생으로 들어왔다는 거. 우리 집에 있는 동안…내 선생이어야 한다는 거…….”

우진이 바라보는 민우는 많이 아픈 얼굴. 굳이 눈으로 보지 않아도 전해져 오는 민우의 느낌들. 그 슬프고 아련한 기운에 같이 아파지는 은규. 좀처럼 펴지지가 않는 굳은 얼굴.

"먼저였어. 내가 사랑한 게 먼저였어. 하지만… 내보낼 수가 없어.”

나지막하게 내뱉는 민우의 말에 조금씩 상황을 알겠다는 듯한 우진. 그리고 이미 알고 있기에 더 아픈 은규. 마치 확인사살을 맞는 것처럼 느껴지지도 않을 정도의 극심한 고통. 정말… 많이 아프다.

"원망할 테니까. 내 기분 하나 때문에… 안 그래도 힘든데 더 아프게 할까 봐 그럴 수가 없어.”

너… 이 정도였구나… 정말 그랬구나, 민우야… 민우야…….

점점 더 심해지는 가슴 저림… 그게 너무 아파서 슬퍼지는 은규. 그리고 잔뜩 굳은 얼굴로 술을 또 마시고는 허공을 향해 한숨을 내쉬는 민우. 어김없이 눈앞에 자리하는 혜원의 환영. 잡으려 다가갈 수조차 없게 멀기만 한 아픔.

"웃기지 않아? 이제야 마음을 알았는데… 이제야 다가갈 용기가 생겼는데… 나…….”

"…선생이 별거야?”

움찔.

갑작스런 우진의 말. 동시에 굳어지는 민우와 은규. 순간 가녀린 파장을 만들어내며 조금씩 일렁이기 시작하는 민우의 눈빛.

"그것도 과외 선생인데 뭐가 그리 문제야? 나이도 한 살밖에 안 많다며? 요즘 연상 연하 아무것도 아니잖아. 누나라고 생각하고 대시하면……."

"…형이 좋아해."

흠칫.

끝내 아픈 마음을 억누르며 말해 버린 민우와 예상치 못했음에 할 말을 잃어버린 우진. 역시나 믿을 수 없는 얼굴인 은규가 용기 내어 민우 쪽으로 조금 고개를 돌리고…

"그런 눈빛은 처음 봤어. 그런 적 없었던 거 너무도 잘 알아. 진심이야. 그렇게나 진심인 거야, 형은……."

너는… 너는 어떻구… 진심이잖아. 너 역시 이렇게나 진심은 처음이잖아. 민우야, 야, 임마… 너…….

뭐라고 더 말을 하고 싶은 우진이지만 차마 입이 열려주질 않는다. 너무도 아파 보이는 민우의 눈빛. 조금씩 더 심하게 흔들리는 슬픔.

"안 되잖아. 형인데… 우리 형인데… 내가 그러면 안 되는 거잖아."

가늘게 떨리기 시작하는 입술. 질끈 깨물어봐도 새어 나오는 소리 없는 흐느낌. 누구에게도 절대 간섭받지 않고 누구에게도 구속되기 싫어하는 민우가 이 세상에서 가장 믿고 의지하는 오직 한 사람, 살아가는 이유라 입버릇처럼 말해 온 유일한 존재… 수혁.

"내가 아무리 좋아한대도… 형한테는 안 되잖아… 나 그러면 정말 안 되잖아……."

"민우야……."

"그리고 선생님도… 선생님도 형을……."

욱신.

저 '선생님' 이라는 단어를 말하기까지… 저렇게 아무렇지 않게 말하게 되기까지… 정말 얼마나 힘들었던 걸까, 혼자서 얼마나 많이 울고 아파했던 걸까.

"……."

끝까지 말을 잇지 못하고 그만 고개를 떨구고 마는 민우. 동시에 볼 위로 흐르는 무엇. 이렇게나 아픈 친구의 모습을 듣고 싶지 않은 은규와 우진에게 귀가 따라울 정도로 울려대는 음악이 오늘따라 고마운 것은 지극히 당연하다. 그리고,

"아~ 이런. 오늘따라 술맛 더럽게 없네, 진짜."

일부러 시선을 돌려 버리며 짐짓 큰 소리로 말해 보는 우진과 말 없이 민우의 어깨를 가만히 몇 번 토닥여 주는 은규. 잔뜩 떨구어진 고개 너머로 잘 보이지 않는 민우의 얼굴이 좀처럼 밝아질 것 같지 않다는 너무도 불안하고 아픈 느낌.

"…후우."

문득 자신도 모르게 불쑥 내쉬어진 한숨에 깜짝 놀라고 가만히 크게 깜빡여 보는 두 눈. 시선은 손에 쥔 책에 가 있다지만 그 사이에

보이지 않는 뭔가가 가로막힌 듯 조금도 집중을 할 수가 없는 혜원.
그러다가,

　[또 여자랑 있는 거야? 엊그제 나랑 호텔에서 했으면 됐지, 그새
또 여자야?!]

　움찔.

　…나 진짜 왜 이러니.

　탁.

　보고 있던 참고서를 기어이 소리 내어 접는다. 책 위에 가만히 얹
혀진 두 손. 그 손끝이 조금씩 떨려오는 것 같은 느낌. 딱히 혼자 할
일도 없고 해서 과외할 부분을 미리 한번 훑어보던 혜원이었다. 아무
생각 없이 꽤 많이 읽었다 했더니 읽는 내내 온통 딴생각만 해서인지
내용은 하나도 기억나질 않는다. 아까부터 계속 머리 속을 떠나지 않
는 생각. 잠시도 지워지지 않을 만큼 남아버린 기억. 이렇게까지 크
게 남아 괴롭히는 건 굳이 고민할 것도 없게 다른 무엇도 아닌 바
로…

　[잘났어!! 잘났어, 정말!! 누군 눈 빠지게 기다리고 있는데, 여자랑
자느라고 전화도 안 해주고!!]

　민우… 대체 왜 이러는 건지 자신조차 이해할 수 없을 정도로 온통
낮의 그 생각뿐. 이럴 필요까지는 없는 것 같은데도, 어느새 민우에
대한 실망으로 기분이 많이 안 좋다. 낯설기에 조금도 익숙지가 못한
자신의 모습. 어찌 보면 우습기까지 한 지금의 모습에 도저히 다잡혀
지지 않는 아픈 마음에, 잠시를 더 멍하니 아픈 눈빛이던 혜원은…

[전화 한 통만 해주는 게 그렇게 힘들어?! 시간이 1분도 안 날 정도로 하루 종일 여자랑 그 짓인거야, 너?!]

서둘러 자리에서 일어나 창가 쪽으로 다가간다. 대문 쪽이 훤히 보이는 커다란 창. 어둑해진 창밖으로 희미한 가로등 불빛이 보이고, 가만히 창가 쪽에 기대어 서서는 그렇게 멍한 표정으로 밖을 바라본다. 서서히 아련해지는 눈빛. 되살아나는 가슴의 욱신거림.

나… 몰랐으니까… 그렇게 지낸다는 거 몰랐었으니까… 그래, 그냥 그것뿐일 거야. 그래서 놀란 것뿐인 거야. 솔직히 충격적인 말이긴 했잖아. 그렇지만…….

전혀 위로가 되질 않는다. 지금 왜 이렇게까지 민우를 신경 쓰는지 아무것도 알 수 없어 더욱 답답하다. 그러다 문득… 저절로 되뇌어지는 추측에 자신도 모르게 혜원은,

이거… 이거 혹시… 혹시…

[…아, 미, 미안. 내가… 무슨 짓을…….]

두근.

애써 부인하려는 듯 세차게 가로젓는 고개 너머로 눈빛은 여전히 슬픈 모습. 그럴 리 없잖아… 대체 무슨 생각인 거야, 너… 정신 차려. 민혜원… 이 바보야. 지금 이렇게 마음이 이상한 게… 자꾸만 민우 생각으로 이리도 안 좋은 기분인 게 혹시나 질투라는 감정은 아닐까 하다가… 그날 늦은 새벽에 찾아와… 술에 취해 자신을 바라보던 민우의 눈빛이 생각나고… 안 그런 척하면서 어느새 은근히 기대했던 건지, 끝내 어이없이 웃어버리는 혜원은… 정말 실수였던 거 맞구나.

갑자기 너무도 초라해지는 마음에 어두워지는 얼굴이 많이 가엾다. 괜스레 정말 뭘 기대했던 건지, 그저 자신이 못내 한심하기만 하다.

그렇구나, 너… 단지 술에 취해서 내게 실수했던 거였구나. 그래도 혹시나 했는데… 아무것도 몰랐기에 혹시나 했던 건데… 혼자 설레어했던 나와는 달리 넌… 넌 그냥…

[형하고 어떻게 알게 된 건지는 모르겠지만 나 안다고 하지 마. 만난 적 없다고 하자구. 알았지?]

욱신.

이미 다잡았던 마음이었기에 또다시 흔들리는 게 더 많이 아프다. 철저히 가르칠 학생으로만 보려고 억지로 겨우 다짐했었는데, 오늘 또 이렇게나 괜한 생각으로 흔들린 게 바보 같기만 하다. 혼란스럽다는 것, 너무도 확실한 사실을 믿고 싶지 않아 외면하려 했었다는 것… 나 이렇게까지 아픈 건 줄은 몰랐었어, 민우야…….

똑똑.

문득 들리는 노크 소리에 서둘러 표정을 수습한 혜원이 얼른 다가가 문을 연다.

"네, 아줌마."

"수혁 도련님이세요. 잠깐 바꿔달라 하시네요."

"예? 아… 예, 감사합니다."

무선 전화기를 건네준 후 나가면서 친절히 문을 닫아주는 아줌마. 잠시 더 그렇게 서 있다가 곧 전화기를 귀에 갖다 대며 가만히 침대 끝에 걸터앉는다.

"여보… 세요?"

—혜원 씨? 나 수혁이에요.

수화기 너머에서 정식으로 듣는 건 이번이 처음인 듯. 실제로 듣는 것만큼 이나 수혁의 목소리는 역시나 다정하고 부드럽기 그지없다.

"네. 갑자기 전화하셔서 놀랐어요."

—하하, 그랬어요? 놀라게 해서 미안해요. 그냥 뭐 하고 있나 궁금해서 했어요.

혹시라도 무슨 일이 있나 하는 질문은 굳이 하지 않아도 될 것 같다.

"그냥 뭐… 참고서 좀 보고 있었어요. 과외할 거 미리 봐둬야 할 것 같아서."

—그랬구나, 역시~ 근데 민우는 집에 없어요?

"네. 친구들하고 나갔어요. 과외는 제가 내일부터 하자고 했거든요."

—이런. 그럴 줄 알았으면 일찍 들어가는 건데. 혼자 있으니 심심하죠? 미안해요.

무척이나 따뜻하게 배려해 주는 수혁. 미안하단 그의 말에 괜스레 기분이 좋아지고, 짐짓 지어지는 미소를 그저 환하게 웃어보는 혜원. 어느새 수혁의 밝은 얼굴이 눈앞에 그려진다.

"수혁 씨가 왜 미안해요. 혼자서도 잘 놀고 있으니 걱정 마세요. 바쁘시죠? 일 보세요, 그만."

─…그래요. 그럴게요. 이따 봐요, 혜원 씨.

"네. 끊을게요."

귀에서 전화기를 떼어내곤 버튼을 누른다. 그러고는 가만히 전화기를 쳐다보다가 곧 일어나서 전화기를 갖다 두러 나가는 혜원. 좀처럼 밝아질 것 같지 않던 얼굴이 그래도 수혁 덕분에 웃는다.

✳

클럽에 도착한 지 20여 분째. 그리고 출입문 앞에서 서성인 지도 20여 분째. 아무렇지 않은 척하려다가도 자꾸만 망설여짐에 섣불리 들어가지를 못하고 있다.

[이민우!! 너 진짜 죽었어!!]

…죽었어란 말은 하지 말걸.

도저히 안 되겠어서 자존심이고 뭐고 다 뿌리치고 겨우 전화를 건 서은이었다. 기껏 전화를 받기는 하나 했더니 아무 말도 없어서 순간 발끈. 자신도 모르게 이성을 잃고 소리를 질러 버려서 지금 이렇게 수습이 안 되는 상황이었다. 더욱이 여자가 큰소리 내는 걸 제일 싫어하는 민우가 아까의 서은을 곱게 봐줄 리 없었기에 더욱 불안하다.

체엣, 그러게 누가 사람 약 올리래? 진작 알아서 먼저 전화해 줬으면 좋잖아. 그렇게나 비싼 티를 꼭 내야 하는 거냐구! 이 무신경, 냉혈한아.

"…흐읍… 후우."

조금 우습긴 하지만, 크게 심호흡을 한번 해보고 기어이 용기를 낸 서은이 클럽 문을 박차고 들어간다(민우가 화내면 정말 무섭단다).

어디 있지? …저기 있구나.

괜히 더 대담한 척 성큼성큼. 낯익은 모습을 찾아 다가가자 곧 서은을 맞는 우진과 은규.

"어? 이서은, 웬일이셔, 오늘 안 온다더니?"

"남이사. 신경 꺼."

장난스레 빈정대는 우진을 새치름히 째리고는 은규와 우진의 사이에 털썩 앉는다. 가뜩이나 긴장했던 터라 괜스레 느껴지는 갈증에, 앞에 놓인 맥주병부터 들어 한 모금 마시는 서은. 근데 어째 민우는 안 보인다.

"근데… 민우 오빠? 화장실 갔어?"

티를 안 내려 노력하는 흔적은 역력했지만, 서은의 표정 하나하나가 오로지 민우만 찾는다. 그런 서은을 보고 그냥 넘어가 줄 리 없는 우진이다.

"뭐? 이번엔 달라? 먼저 연락할 때까지 안 할 거라구?"

"치이, 정말 자꾸 이럴래?"

"저기 춤추고 있잖아."

우진이 녀석과 티격태격하는 게 보기 싫었던지 잠자코 있던 은규가 스테이지를 가리킨다. 가만히 고개를 돌리는 서은. 서로 엉겨 붙어 춤추고 있는 수많은 사람들 중 단연 화려하게 돋보이는 민우. 두 눈을 꼭 감은 채 현란하게 춤을 추고 있는 모습에 주책없이 설레이고 마는 마음은 서은 자신도 어쩔 수가 없다.

뭐야, 왜 그렇게 아무렇지도 않은 모습이야. 왜 그렇게까지 멋있는

모습인 거냐구, 정말. 미워할 수가 없잖아, 쳇. 나한텐 전화 한 통화
도 안 해주면서 그렇게 신나게 춤추고 놀 정신은 있는 거야?! 나빴어,
진짜.

민우에게 삐쳐 봤자 전혀 이득이 없는 걸 알기에 늘 혼자 풀어버리
는 서은이다. 언제나 먼저 다가가는 건 자신이고, 늘 마음을 보이는
것도 자신이었기에… 항상 조금도 진심을 보여주지 않는 민우였기
에… 그래도 언제까지나 기다릴 수 있을 만큼 민우를 좋아하기 때문
에…

[…젠장, 민혜원 너.]

그렇지만 이번만큼은 뭐가 이렇게도 다른 건지 모르겠다. 민우가
누구와 뭘 하고 다니든, 그저 시기 어린 눈으로만 지켜봤었다. 그만
큼 민우의 진심없는 행동을 잘 알고 있었고, 절대 누구에게도 빠지지
않는다는 걸 믿고 있었기 때문이었는데…….

"안 나가? 가서 민우랑 한번 춰줘야지. 화해의 춤~"

"…나갈 거야, 이것만 마시고."

그런데 이번엔 달랐다. 뭐라고 확실하게 단언하기는 어렵지만 하
여간에 느낌과 모든 것이 다 달랐다. 그것부터가 서은을 무척이나 불
안하게 했고, 괜히 이상하게 생각되어지는 느낌에 두려워지고… 언
제까지라도 영원히 믿고 기다릴 수 있을 것 같던 민우였는데… 정
말… 그랬었는데.

탁.

마시던 맥주병을 끝까지 다 비우고는 자리에서 일어서 스테이지로

향한다. 오직 민우만 응시하고 있는 서은의 눈빛이 오늘따라 유난히
더 반짝이는 느낌이다.

✳

"아~ 여기 사는구나~"

조심스레 잘 주차해 둔 차에서 천천히 내리는 수혁과 은주. 어디
분위기 좋은 데로 가서 2차로 간단한 칵테일이라도 하고 싶었지만,
집으로 갈 거냐고 물어오는 수혁이었다. 아무리 적극적인 은주라 하
더라도 첫 만남은 조금 빼야 한다는 생각. 일단은 차를 안 가져왔단
핑계로 수혁의 차에 함께 탔고, 수혁의 집을 눈으로 봐두고 싶어서
근처에 볼일이 있다고 거짓말도 하고… 뭐, 그보다는 집까지 바래다
주겠다는 의례적인 말이 싫기도 했다.

"집 너무 예쁘다~ 크기도 큰 듯 적당하구~"

"…원래 맞선 후엔 남자가 집까지 바래다주는 거라던데."

"근처에 볼일있다고 했잖아. 집까지 갔다가 다시 여기까지 혼자
알아서 오라는 게 더 잔인하다 뭐."

그래도 왠지 집까지 바래다주지 않아 괜히 찜찜해하는 수혁을 귀
엽게 흘기는 은주. 많이 어둑해진 게 시간이 꽤나 된 것 같다. 흐릿한
가로등 불빛이 제법 운치있게 빛난다.

"오늘… 만나서 너무 반가웠구, 즐거웠어."

가깝게 다가온 은주가 또 악수를 청한다. 어느 정도 파악된 성격이
라지만, 역시나 은주는 자신에 비해 너무나 대담하다. 조금 머뭇대다
가 살짝 손을 잡는 수혁. 여전히 어색하고 어둡게 굳어 있는 표정.

"그래, 조심해서 가."

"…그럼 다음엔 언제 볼까, 우리?"

다음?

자신도 모르게 조금 멈칫하는 수혁이 실례되지 않게 애써 태연한 척한다. 그런 수혁을 눈치 채며 편하게 웃는 은주. 먼저 챙겨주지 않음에 조금 서운한 마음이지만 그래도 수혁이기에 별것 아니게 생각되고.

"아니다. 우린 일반 맞선처럼 그런 거 정해서 만나고 하지 말자. 그냥 보고 싶을 때 전화해서 언제든 만나면 되잖아. 벌써 많이 친해졌는데. 그치?"

"……."

미처 대답 못하는 수혁이 그저 조금 웃는다. 아주 잠깐의 조용한 침묵. 따뜻하게 웃어주고만 있는 수혁이 아쉽고, 그런 수혁을 조금 더 쳐다보다가 많이 용기를 내어보는 은주는…

"……!"

수혁의 목에 팔을 두르며 가볍게 입술에 키스하는 은주. 미처 피하지 못했던 터라 잔뜩 당황한 나머지 그대로 굳어버린 수혁이다.

"굿나잇 키스 정도는 괜찮지? 그럼 나 갈게. 잘 자, 오빠."

꽤나 당황한 수혁이 귀여워 또 한 번 피식 웃고는 손을 흔들며 가는 은주.

이런, 정말 제멋대로군. 조금을 더 멍하니 서 있다가 서둘러 입술을 손등으로 닦아내며 돌아서서 집으로 들어가는 수혁. 왠지 모르게 조금씩 마음이 불안해진다.

✳

"아얏!! 이, 이것 좀 놓고 얘기해, 오빠! 응?!"

쿠당.

후문 쪽으로 걸어나온 민우가 서은을 벽 쪽에 거칠게 밀어붙인다. 꽤나 심각하게 내동댕이쳐지는 서은. 그런 서은을 싸늘하게 노려보는 민우.

"아야… 아, 아프잖아."

얼굴을 잔뜩 찡그린 채로 민우에게 잡혔던 손목을 만지작거린다. 그래도 지은 죄가 있는지라 뭐라고 더 큰소리는 못 친다. 클럽 안쪽의 음악이 간간이 새어 나오고 둘 사이엔 무거운 침묵이 잠깐. 가만히 눈치만 보던 서은이 매도 먼저 맞는 게 낫겠다 싶어서 얼른,

"미, 미안해. 미안하다 뭐."

무대에서 신나게 춤을 추고 있던 민우. 슬쩍 다가온 누군가가 서은이란 걸 알고는 바로 심각하게 굳은 얼굴이 되어버렸다. 척 보기에도 많이 화난 얼굴로 서은의 손목을 잡아끌던 민우. 민우의 힘에 못 이겨 끌려 나오는 내내 뭐라고 말해야 할지 난감해하던 서은이다.

"소리 지른 건 잘못했지만… 그치만 아무리 기다려도 전화 안 해 주니까."

"너……."

[전화가 왔었는데, 모르고 받았어. 서은… 인가 하던데. 전화해 봐. 많이 기다리나 봐.]

…젠장.

순간 떠오르는 혜원의 목소리에 고개를 조금 떨구고 만다. 아직 자세한 건 모르는 민우. 그저 혜원이 서은을 알았다는 것만으로 이렇게도 화가 나는 자신을 어쩔 수가 없다. 그리고 뚫어질 듯 노려보는 민우의 눈빛에 잔뜩 쫄아서는 눈만 깜빡이는 서은.

곧 민우의 입에서 나올 말이 이렇게나 두렵다니. 제발 살려만 줘, 오빠.

"…아까 뭐라고 했어? 전화해서… 뭐라고 한 거야, 너?"

움찔.

어라? 이, 이상한걸? 혹시?

다그치며 묻는 민우가 어쩐지 모르는 눈치. 쫄은 와중에도 여우 같은 서은은 슬금슬금 상황파악이 되어버린다.

오빠 혹시? 잠결에 받은 거구나. 다행이야, 정말.

조금씩 머리를 굴리는 서은을 여전히 차갑게 쳐다보는 민우의 날카롭게 빛나는 눈빛.

"말 안 해? 아까 전화해서 뭐라 그런 거냐구 묻잖아!"

"아, 뭐, 그냥……."

오빠, 미안. '죽었어' 라고 말한 건 잠시 삭제할게.

"아, 아무 말도 안 했다 뭐. 그냥 왜 전화 안 하냐구……."

"그게 다야?"

얼버무리는 서은을 또 다그치는 민우다. 아무리 좋아한다지만 이렇게까지 차가운 눈빛은 정말 서은으로서도 너무나 무섭다.

"…그래. 기다리고 있었는데 전화 안 해주니까 순간 화가 나서 소리 좀 질렀어. 그게 뭐!"

이제는 괜히 아무 잘못 없다는 듯 으레 큰 소리도 좀 내보는 서은(주객전도). 그런 서은을 쳐다보는 민우의 눈빛이 조금씩 누그러지고,

그게… 다야? 정말 그게 다였어? 설마 너, 전화기에다 무슨 헛소리는 안 한 거지? 아님 됐구.

조금 더 화난 표정으로 있던 민우가 됐다는 듯 고개를 돌린다. 그리고는 서은에게서 조금 떨어져 서며 주머니를 뒤져 담배를 찾는다. 그런 민우를 가만히 바라보다가 슬쩍 입을 여는 서은. 그래도 아직 눈치를 보게 되는 건 여전.

"근데 아까 자느라고 전화 못 받은거야? 집… 이었어?"

담배를 꺼내 물며 대충 고개를 끄덕여 성의없이 대답하는 민우. 괜스레 안심하는 서은. 모르긴 몰라도 집에서는 그다지 심각하게 일(?)을 벌리지 않았을 거라는 생각.

"후우……."

짧은 침묵, 민우의 입에서 뿜어진 담배 연기가 서은과의 사이에 흐릿한 벽을 만든다.

"…정말 안 하려고 했어. 전화해 줄 때까지 이번엔 정말 기다릴 작정이었어, 나."

금세 예전으로 돌아간 모습. 그렇게 민우에게 귀엽게 또 투정을 부린다. 어쩐지 조금 내리깐 서은의 눈빛이 아주 많이 일렁이는 듯하다.

"그러다 전화 안 오면… 정말 다시는 얼굴 안 보려고 했어. 진짜

그랬어, 나."

"근데 왜 했어?"

아무 감정 없는 싸늘한 말투. 언제나 이런 식. 언제나 마음 졸이고 다가가는 건 자신, 그렇게 민우는 항상 차갑고 아무렇지 않은 얼굴. 늘 그래 왔었기에, 익숙하기에 더 아픈 마음인 서은의 눈빛이 그저 처연하다.

"…몰라서 묻는 거 아니지? 내가 왜 못 참고 전화했는지 모르는 거 아니잖아."

"이서은."

"아무것도 아니겠지만… 그래, 하루쯤 안 보는 거 오빠 아무렇지 않겠지만 난……."

"그만 해라. 너 진짜……."

와락.

어느새 울먹이고 만 서은은 여자가 칭얼대는 건 질색이라 또 짜증 내려던 민우를, 늘 가까이 있어도 잡히지 않는 민우를, 오늘따라 너무도 멀어 보이기만 한 민우를 그렇게 가슴 가득 안고 민우의 가슴에 깊숙이 얼굴을 파묻어 버린다.

아파. 나 이렇게나 아파, 오빠. 항상 아무렇지 않은 척 자신있었는데 요즘 들어 너무 힘들어, 나. 그런데 왜 더 멀어지려 해. 안 그래도 잡히지 않아 죽겠는데 왜 자꾸 멀리 가. 그냥 이대로 가만히 있는 것도 힘들어? 이렇게 모습을 보여주기만 하는 건데도?

"안 어울리게 울고 지랄이야. 안 떨어져?"

"치잇, 비싸게 굴지 좀 마. 치사해."

이내 고개를 조금 돌리며 서은을 밀어낸다. 괜스레 서은이 측은해 보이는 건 민우로서도 이번이 처음이다. 항상 자신 앞에서 자신있던 서은이었기에 이렇게 우는 모습은 한 번도 없었다. 그래서 조금 안고 있는 걸 허락해 줄까도 하다가 내내 떠오르는 혜원 때문에 안 그래도 미칠 지경이어서… 민… 혜원.

"괴물 같다. 마스카라 번진 거 정리나 하고 들어와."

"…진짜. 하는 말마다 미워죽겠어."

담배를 저만치 앞쪽으로 멀리 던져 버리고는 혼자 클럽 안으로 들어가는 민우. 민우를 가만히 응시하는 서은은 여전히 멀기만 한 민우의 모습에… 겨우 그친 것 같던 눈물이 문득 민우의 뒷모습에 또 흐르고 만다.

✳

똑똑.

"네."

읽고 있던 책을 덮고는 가만히 고개를 돌리는 혜원.

달칵.

조심스럽게 열리는 문으로 천천히 얼굴을 내미는 수혁. 따스하게 미소 짓는 눈빛.

"바쁘세요, 선생님?"

"쿡. 아니요. 들어오세요."

수혁의 '선생님' 소리에 살짝 웃고 마는 혜원. 안 그래도 전혀 책에 집중 못하던 참이라 방해해 준 수혁이 오히려 반갑다.

"책 읽고 있었어요? 괜히 들어왔나."

"괜찮아요. 안 그래도 너무 지루해서 다른 책으로 바꾸려던 참인데요 뭐."

"어디. 아, 이 책 진짜 재미없는데. 내가 재미있는 거 골라줄까요? 보자~"

솔직히 딴생각으로 아무거나 집어 들었었기에, 그래서 더 집중 못한 건 당연했다. 혜원이 읽던 책을 살펴본 수혁이 가만히 책장 쪽으로 다가간다. 손님방에 마련된 커다란 책장 가득한 책들. 그 앞을 아주 정성껏 서성이는 수혁과 그런 수혁을 가만히 쳐다보는 혜원.

"어떤 거 좋아해요? 추리소설? 아니면… 로맨스?"

"아무거나 괜찮아요."

미안해요, 수혁 씨… 일부러 보려던 건 정말 아니었어요.

시간 가는 것도 모르고 한참이나 창가를 서성이던 혜원이었다. 조금씩 더 어두워져 가는 하늘을 보며 뭐라고 설명할 수 없는 자신의 마음을 느끼면서 그렇게 생각을 정리하고 있었던 것뿐인데. 단지 그러던 것뿐이었는데. 그랬는데…….

"아, 이거 약간 슬픈 로맨스 소설인데, 재미있어요. 밤새 읽었던 기억이 나네요."

어디선가 들려오던 차 소리에 시선을 고정. 그리고 그 차에서 내리던 수혁에게 또 시선 고정. 같이 내린 여자는 누굴까 하던 생각은 그녀와의 갑작스런 키스 장면에 당황하여 모조리 잊어버리고…

"…그래요? 그럼 저도 오늘 밤새 읽어야겠네요."

"재미있을 거예요. 실은, 제가 좀 여성 취향이라."

아무렇지 않게 웃고 있는 얼굴과는 달리 괜히 수혁을 처연하게 바라보게 되는 눈빛.

좋아 보였어요. 아주 잘 어울리던걸요. 누군지는 모르겠지만 가까운 사이인 건 맞는 거잖아요. 정말 잘 어울려 보였어요. 그랬어요, 수혁 씨.

뭔지 확실히는 모르겠지만 느껴지는 감정이 아쉬움은 아닌 듯했다. 너무도 대단한 수혁이라는 걸 알고 있기에 아쉬운 마음은 감히 가질 수가 없었다. 그저 좋아 보인다는 생각. 행복한 모습이 많이 부럽다는 느낌. 근사한 수혁의 곁에 세련된 그녀의 모습이 그렇게 자신과는 너무도 거리가 멀어 보이면서…….

"…혜원 씨?"

움찔.

어느새 가까이 다가온 수혁의 얼굴에 문득 깜짝 놀라고 마는 혜원.

"예, 예?"

"맘에 안 드는 거예요? 다른 책으로 골라줄까요?"

"아, 아니요. 아니에요, 주세요. 잘 읽을게요."

얼른 책을 받아 드는 혜원의 모습을 그새 또 수혁은 눈 속에 담아 둔다. 혜원은 수혁이 준 책을 책상 위에 놓고는 읽던 책을 가져다 책장에 꽂는다. 그런 혜원의 모습을 또 가만히 지켜보다가 조금 망설이는 듯하던 수혁이 입을 연다.

"내일 저녁때 밖으로 나올래요?"

예상치 못한 갑작스런 말에 혜원이 놀라는 건 당연. 말없이 눈을 크게 뜨는 혜원에게 수혁은 다시 말을 잇는다.

"집에만 있으면 심심하잖아요. 같이 갈 데도 있으니 나와요. 괜찮죠?"

따뜻한 목소리. 늘 그렇듯 너무도 따스한 배려. 그저 고맙기만 한 수혁의 모습에 또다시 벅차오르는 혜원의 가슴.

"전화할게요. 퇴근 시간 맞춰서 5시쯤으로 알고 있어요. 과외는 모레 해도 되고, 아님 조금 늦은저녁때 해도 되니까."

"전 괜찮은데…."

"시간 빼앗아서 미안해요. 그럼 쉬어요."

"……."

혹시나 혜원히 거절할까 얼른 나가 버리는 수혁. 한참이나 가만히 서 있는 혜원의 얼굴이 그렇게 조금 흐뭇하게 웃어본다.

내가… 안 되보였어요? 하루 종일 집에만 있는 내가 그래 보였어요? 고맙네요, 너무 고마워요, 수혁 씨. 이렇게나 잘해주시는데, 이렇게나 고맙게 해주시는데 난…….

다시금 마음을 다잡는다. 자신을 믿어주는 수혁을 떠올리며 흔들리려는 마음을 다잡는 혜원. 수혁의 고마움을 위해서라도 정말 민우에게 열심히 잘해야겠다는 다짐이다. 괜한 사심이나 감정 따위는 그만둬야 한다는 건 지극히 당연한 것이 기에 더 아픈 사실.

"뭐야. 언제 이렇게 마신 거야?"

"우웅… 쩝……."

평소 땐 알아서 적당히 마시던 은규이기에 민우나 우진 모두 신경 끄고 잘들 놀았는데 오늘따라 그는 조절을 못하고 있었다.

"몰라. 이 녀석 진짜 오늘 왜 이러지? 오늘따라 술발이 땡겼나?"

춤추느라 정신없던 민우가 자리로 돌아와 보니 잔뜩 취해 엉망으로 널브러져 있는 은규다.

어디를 갔다 오는 건지 마침 우진에게 물어보지만 나름대로 째끈한 여자들과 열심히 작업 중이던 우진도 모른다고 하고(;;). 민우 곁에 달라붙어서 같이 춤추던 서은 역시 정황을 모르긴 마찬가지였다.

"이야~ 엄청 마셨다. 은규 오빠 이러는 거 첨 봐, 나."

"안 되겠다. 우진아, 은규 나한테 업혀라."

"응."

좀처럼 몸을 가누지 못하는 은규를 우진의 부축으로 민우가 업는다. 기분이 좋아서 다같이 술을 마실 때도 그저 알아서 취하지 않을 정도만 마시던 녀석인데, 평소와 다른 은규의 모습이 서은도 꽤나 신기한 눈치다.

"오늘은 그만 접자. 집으로들 갈 거지?"

"은규 녀석 데려다 줄 거잖아. 귀찮은데 그냥 거기 가서 자자."

앞장서던 민우가 우진의 말에 조금 머뭇한다. 괜히 신난 서은이 한마디 거들고,

"그래~ 집에 들어가 봤자 아버지밖에 더 보니? 은규 오빠네 호텔

에 가서 자자. 그러자, 오빠~”

집에… 집에 들어가 봤자 형이랑 선생님이랑… 젠장.

“우선 가자. 우진이 너, 은규 짐 좀 챙겨 들어.”

“OK~”

서둘러 클럽을 나서는 민우를 보며 서은이 소리없이 미소 짓는다. 좀처럼 술에 취하지 않은 민우. 어쩌면 오늘은 처음으로 제정신인 민우를 안을 수 있을지도 모른다.

✳

“그렇게 말했나? 하하. 그것 참 다행일세.”

고즈넉한 분위기의 서재. 보기만 해도 편안해 보이는 안락의자에 앉아서 꽤나 기분 좋은 얼굴로 통화를 하고 있는 지 회장.

─그럼요. 다행이고말고요. 회사 일에 치이느라 하나뿐인 딸자식의 혼사가 걱정거리였는데, 지 회장님이 신경 써주시니 몸 둘 바를 모르겠습니다. 하하.

“나야말로 아들놈 처리하느라 맘고생이 말이 아니었다네. 아무튼 은주 양이 그렇게 말했다니 맘이 놓이는구먼. 허허허.”

후계자 위임식 이후로 오로지 신경 쓰이는 일이라면 다름 아닌 수혁의 혼사. 사업적으로도 절대적인 동반자인 우주그룹은 사돈 맺기에 더할 나위 없이 훌륭한 집안이다. 막강한 도움을 주고받는 공생 관계 격인 이 두 그룹이 사돈으로 맺어진다면, 각 계열의 합병과 인수 차원이 아니라 재정면에서도 세계를 내다볼 수준이 된다. 처음 사업 쪽으로 뛰어들었을 때부터 가져왔던 꿈. 절대자의 존재는 단 하나

여야 한다는… 뭐, 지금으로서도 충분하다고들 하지만, 초일류 최강의 세력그룹이 바로 눈앞에 있다.

"내 생각엔 그렇네. 길게 끌 거 뭐 있겠나? 다음주쯤에 약혼시키고, 이달 안으로 결혼 진행하지."

벌써 머리 속으로 모든 계산을 마친 지 회장. 그저 흐뭇하기만 한 눈빛이 왠지 좀 섬뜩하기가지 하다.

─역시, 어쩜 그리 저랑 같은 생각이신지 존경스럽다니까요. 지 회장님과 사돈 되는 영광을 주신다면 정말 감사하죠.

"이 사람, 자네 아부는 역시 최강이란 말이야."

─하하하! 회장님도, 참.

지 회장이나 김 회장 모두에게 이번 혼사는 단순히 자식의 일이 아닌, 자신들 미래의 한 부분이다. 그만큼 중요하고 무시 못할 정도의 것, 현실적으로 따져 봐도 서로에게 충분한 이익, 아니, 오히려 다른 사람과의 혼사가 진행된다면 불 보듯 뻔히 손해를 입게 되는 격이었다. 이런 상황에서 자식들이 좋다고 따라준다면 더 이상 필요한 건 아무것도 없는 것인데, 다행히도 정황을 살피기 위해 김 회장에게 전화를 넣었을 때 마침 돌아왔다던 은주는 매우 만족스럽다고 얘기를 했단다.

─근데, 수혁 도련님은 별말씀없으시구요?

"그 녀석이야, 워낙 표현을 안 하니까 그러려니 해야지. 아비 말을 잘 듣는 녀석이니까 신경 쓸 것 없네."

절대 억지가 아니었다. 한 번도 자신의 말을 거역한 적이 없는 수혁. 기대에 못 미치는 모습은 한 번도 없던 아들. 세상에 하나뿐인 아들, 아니, …자신이 유일하게 아들로 인정하는 수혁.

─예, 예. 아무튼 조만간 식사나 한번 하시죠. 애들 약혼식 일정도 짜고 하십시다.

"그래, 그러세. 내가 스케줄 봐서 연락함세."

─예. 들어가십시오.

매우 흐뭇한 얼굴로 전화기를 내려놓는 지 회장. 수혁의 결혼을 하루라도 빨리 서두르려는 이유, 물론 사업하는 수혁에게 도움을 주려는 것도 있지만 그것보단 더욱 절실한 이유라면, 자식을 가진 부모의 입장이라면 누구나 그렇듯 자신이 눈감기 전에 며느리를 보고 싶은 솔직함 때문일 듯.

[…내가 너무 오래 살았냐? 손은규가 떡된 모습도 다 보구.]

여전히 몸을 제대로 못 가두는 은규를 우진의 부축으로 침대에 눕히는 민우. 워낙 없던 일이라 프런트에 있던 성훈은 세상에 별일 다 보겠다는 표정이 역력했다. 우진에게서 넘겨받은 은규의 옷과 가방을 테이블 쪽 의자에 내려놓는 서은도 역시나 걱정스런 얼굴은 마찬가지. 어느새 방 안 가득 술 냄새가 진동을 한다.

"무슨 얘기 못 들었어? 이렇게까지 마셔댈 녀석이 아니잖아."

"그러니까 모르겠단 소리야. 별 얘기 안 했었는데."

옷을 좀 느슨하게 풀어주고 이불까지 덮어주고는 숨을 고르며 민우가 묻지만 모르겠다는 우진이다. 잔뜩 취해서 잠이 들었다지만, 간

혹 눈부셔 할까 봐 스탠드만 은은하게 켜주고, 혹시라도 무슨 일이 있는 건 아닐까 걱정되는 마음에 좀처럼 은규에게서 눈을 떼지 못하는 민우와 우진이다. 아무래도 뭐가 있긴 있는 것 같은데… 그래도 부디 아프거나 힘든 일은 아니었으면 하는 바람뿐.

"잠든 것 같은데, 그만 나가자."

조금을 더 그렇게 있다가 슬쩍 밖으로 나가자는 우진. 따라서 나가려다가 문득 서은을 보고는 멈칫하는 민우. 오늘은… 정신이 너무 멀쩡한데, 나. …혜원.

"올라가. 나 여기서 은규랑 잘게."

움찔.

의아스런 우진의 얼굴보다 더욱 심하게 굳어지는 서은. 왠지 서은의 시선을 피하는 것 같은 민우. 마주쳐 주지 않는 시선.

"저 자식, 자다가 혹시 속 뒤집혀 깨면 어쩌냐. 같이 있다가 내가 봐주면 좋잖아. 올라들가라."

"…너, 혹시."

굳은 듯 아무 말도 못하는 서은과 가늘게 눈을 뜨며 입을 여는 우진. 왠지 눈빛이 적잖이 장난스럽다 했더니…

"지금 커밍아웃 하는 거냐?"

자식아, 나 진짜 너랑 친구 안 하련다.

"그리고 그 상대가 은규인 거야? 그런 거야, 너? 허, 허걱!"

"김우진, 한마디만 더 하면 주먹 나간다."

사악하게 째리는 민우의 눈빛에 장난스럽게 또 입을 열려던 우진

이 멈칫. 그런 우진을 밀며 내보내려는 민우에게 서은은,

“올라가자. 은규 오빠 혼자 둬도 별일없을 거야.”

“아니. 나 그냥 여기서 잘게.”

“나 할 얘기 있어, 오빠. 같이 올라가.”

“…….”

사뭇 진지한 눈빛의 서은. 마땅한 핑계가 없어 조금 더 머뭇거리는 민우. 마치 조금씩 죄여오는 것 같은 방 안 공기. 괜히 혼자 난감해하는 우진.

“아, 뭐 알아서들 해결해라. 난 올라가서 자련다. 아침에 깨워줘~”

슬금슬금 둘의 눈치를 보던 우진은 조용히 방을 나가 버리고 새근새근 곤히 잠든 은규와 아무 말 없이 서 있는 민우와 서은. 잠시 동안의 허전한 침묵. 그리고……

"단 한 발자국조차 내디딜 수도, 물러설 수도 없게 갇혀 버린 기분.

그 안에서 사방 어느 곳을 둘러봐도 늘 그렇듯 어디서나 너는 존재한다.

가슴이 시려올 만큼 네가 필요하다는 그 간단한 한마디 말을…….

손을 뻗어 던져 보기도 전에 미처 소리되지 못하고 돌아오기를 이미 오래.

무엇 때문이냐는 질문이 내게 있어 얼마나 부질없는 짓이란 걸 굳이 말 안 해도…….

나로 하여금 다시 말하게 한다는 건 정말 잔인한 일이란 것만 알아줬으면……."

"……."

서은은 아무 말이 없었다. 막상 할 얘기가 있다고 불러낸 건 서은이었건만.

끼익— 탕.

방 안에 있는 냉장고를 열어 맥주 캔 하나를 꺼내어 따는 민우가 털썩 침대 끝에 걸터앉는다.

벌컥.

민우가 한 모금 크게 들이마시고는 가만히 자신을 쳐다볼 때까지 그렇게 아무 말이 없던 서은이다. 조금을 더 침묵으로 응수하다가 안 되겠는지 먼저 입을 여는 건 민우.

"뭐냐? 어디 할 말 좀 들어보자, 이서은."

저렇게까지 심각한 표정으로 할 얘기라니, 솔직히 대답하지 않길 바랬는지도 모른다. 짐짓 따져 묻듯 툭 내던져 보긴 했지만 여전히 말이 없는 서은. 그러더니 불현듯 갑자기 아까 눈물을 보이던 서은의 모습이 떠올라 됐다는 얼굴로 고개를 몇 번 주억거리고는 맥주를 크게 한 모금 더 들이마시고 테이블 위에 소리 내어 올려놓는 민우.

간만에 내려앉은 어색하고 무거운 침묵에 아주 천천히 창가 쪽으로 다가가는 민우를 보며 끝내…….

"…좋아해."

멈칫.

창밖으로 펼쳐져 있는 멋진 야경이 그대로 일시정지되듯 흔들림이 없다. 굳은 듯 그대로 캄캄한 밖을 내려다보는 민우. 그렇게 서은에게서 등을 돌리고 굳은 듯 가만히 서 있는 모습.

"좋아해. 많이 좋아해, 오빠."

왜 자꾸만 서은의 목소리가 떨리는 것 같은 착각이 드는 건지. 그저 평소와 같은 차갑고 무뚝뚝한 말투이건 왜 자꾸 희미하게나마 울먹이는 것 같은 느낌인 건지.

"…할 얘기가 그거냐? 너무 많이 들어서 지겹다, 이젠."

굳이 뒤를 돌아볼 필요는 없을 것 같았다. 주머니에 두 손을 꽂은 채로 삐딱하게 선 자세인 민우. 입가심으로 방금 넘긴 맥주가 아주 약간 취기를 돌게 하는 듯. 조금은 장난스런 움직임으로 고개를 이리저리 갸우뚱거리고는 이만 은규 방으로 가서 잘까 하는 생각에 막 돌

아서려던 민우는,

"……!"

거의 반만 돌아본 상태로 굳어버렸다. 아주 태연한 표정으로 서은이 조금씩 옷을 벗고 있었다. 갑작스런 서은의 행동에 민우가 당황한 건 당연한 일.

"…뭐, 뭐야? 뭐야, 이서은?!"

꼭 다문 입술이 너무도 단호해 보이고 빠르게 단추를 풀러 웃옷을 벗어버리고는 속옷의 끈도 풀어버리는 서은이다. 차갑게 내리깔린 시선. 곧 치마 쪽으로 손을 가져가는 거침없는 서은의 손길.

"뭐 하는 짓이냐고 묻잖아!!"

멈칫.

화를 이기지 못한 민우가 그만 버럭 소리를 지르지만 조금 움찔하는 것 같던 서은이 곧 다시 태연하게 치마를 벗으려하자 성큼성큼 다가간 민우가 거칠게 서은의 손목을 낚아챈다.

"너 그만 못해?!"

움찔.

아주 잠깐 민우와 시선이 마주치자 얼른 눈길을 아래로 떨구어 버리고 마는 서은. 조금씩 더욱 심하게 흔들리기 시작하는 서은의 눈빛.

"…놔. 놔, 이거."

"미쳤어? 갑자기 무슨 짓이야?!"

너무 세게 잡힌 손목을 뿌리치려 이리저리 휘둘러 보지만 역부족이다. 이미 화가 날 대로 나버린 민우가 차가운 눈빛으로 서은을 노려본다.

"보면 몰라? 옷 벗잖아."

"누가 그걸 물어? 얘기하다 말고 왜 이래? 뭐가 문제야, 너?"

"……."

뭐가… 뭐가 문제냐고? 좋아한다는데… 이렇게나 좋아한다는데 뭐가 문제인 거냐고? 바로 그게 문제야. 너무 많이 좋아하는 게, 그게 문제라구. 나 어떡해. 어떡해, 오빠. 너무 힘들어서 정말 금방이라도 죽을 것만 같아.

여전히 시선을 피하는 서은. 입술을 질끈 깨물고는 힘껏 손을 뿌리쳐 빼고서 다시 옷을 벗으려는데…

"나중에 얘기하자. 그만 자."

오빠…….

도저히 안 되겠는지 나가려는 민우. 그런 민우의 뒷모습에… 멀기만 한 안타까운 모습에… 자꾸만 흐려지려는 눈앞을 느끼며 다가간 서은은…

"…가져."

우뚝.

문 쪽으로 다가가던 걸음이 문득 멈춰진다. 힘 주어 세게 뒤쪽에서 안고 있는 서은. 잔뜩 굳은 얼굴로 가만히 있는 민우.

"…가져. 날 가져 줘, 오빠."

"……."

거침없는 서은의 말에 눈을 감아버리는 민우. 정말 여자가 이러는 건 딱 질색이다.

"나 오빠 좋아해. 오빤 여자면 다 되잖아. 그러니까 가져. 날 안으라구."

"…이서은."

"안 되니?"

"……."

안 되니? 난 안 되니? 그냥 눈 딱 감고 받아주는 거… 그게 그렇게 어렵고 안 되는 일이야? 특히 오늘따라 더… 딴 날은 아무렇지 않게 끌려와 줘놓고… 단지 술에 많이 취하지 않았다는 이유로? 그런… 이유로?

"취했구나. 몰랐는데 취했어, 너. 좋은 말 할 때 그쯤 해둬."

"왜? 왜 안 되는데? 오늘따라 왜 그렇게 빼는 건데?"

"그만 하고 자. 더 추해지기 전에."

"…민혜원이 누구니."

움찔.

순간 눈에 띄게 경직되어 버리는 민우를 서은은 차마 바로 보질 못하고…

"누구니, 말해 봐. 민혜원이 누구야."

"……."

좀처럼 말을 못하는 민우. 굳이 보지 않아도 알 수 있는 굳은 그의 표정. 얼핏 눈에 띄는, 힘 주어 쥐는 그의 주먹에 서은은 그만 입술을 질끈 깨물어 버리고 만다.

말해… 어서 말해… 아무 사이 아니라고… 아무 관계 아닌 거라고 어서 말해. 차라리 모르는 이름이라고 화를 내버려. 어디서 주워들은 거냐고, 왜 묻냐고 무슨 말이라도 하란 말야. 왜… 왜 아무 말이 없니. 왜 그렇게 아무 말도 못하니. 설마… 그럼 오빠 정말… 설…마…….

"니 친구 아냐. 이름 막 부르지 마."

또르르.

결국 두 눈 가득 차 올라 그만 볼 위로 흘러내린 눈물과 아무리 깨물어도 떨려오는 입술. 조금씩 가슴속을 후벼 파기 시작하는데…….

아니지? 오빠, 아닌 거지? 그럴 리 없잖아. 천하의 이민우가 무슨 사랑이야. 그런 거 모르잖아. 해본 적도 없고 관심도 없잖아. 근데 지금 왜 이래. 도대체 지금 왜 이러는 거야. 오빠… 오빠…….

"누군진 굳이 알 거 없잖아. 쓸데없는 관심 꺼. 귀찮아."

철렁.

겨우 고개를 들어 민우를 주시하지만 믿을 수가 없다. 저렇게까지 아련한 눈빛이라니, 처음 보는 저런 눈빛을 하고 있다니… 정신 차려, 이민우. 이렇게 바로 눈앞에서 죽어가는 내가 안 보이는 거야?!

"이제 진짜 그만 하고 자. 불 꺼줄게. 간다."

"……."

탁.

민우는 미리 켜져 있던 스탠드 불빛만 남겨둔 채 그렇게 방을 나가 버렸다. 얼어붙은 듯 우두커니 서서는 한참이나 멍한 표정인 서은. 자꾸만 불길해지는 마음. 이미 어느 정도는 확인된 건지도 모르는… 그런데도 차마 인정하고 싶지 않은 절박한 이 느낌. 하지만…….

질끈.

조금 떨구어지는 고개 너머로 두 눈을 크게 한 번 감았다 뜬다. 잠시도 사라지지 않는 민우의 모습과 다시금 토해지는 아픈 눈물과 숨조차 제대로 못 쉬게 아려오는 마음이 느껴짐에, 그렇게 또 조금씩 죽어가는 서은이다.

＊

벌써 몇 번째인지도 모르게 다시 한 번 시계를 쳐다본다. 12시가 조금 안 된 시간. 꽤나 어두워진 창밖으로 어스름히 별빛이 보인다.

…아직도 안 들어오고 어디 있는 거니.

태연한 척 다시 책으로 시선을 둬보지만 좀처럼 집중이 안 되는 건 마찬가지이다.

[또 여자랑 있는 거야? 엊그제 나랑 호텔에서 했으면 됐지, 그새 또 여자야?!]

욱신.

민우야…….

도저히 뭐라 설명할 수 없는 복잡함. 자신이 지금 왜 이렇게까지 신경을 쓰고 있는 건지, 아무리 생각해도 이유를 알 수 없는 혜원은 답답하다. 자신과는 상관없는 일이라고 되뇌어 봐도 어느새 혜원의 시선은 민우를 쫓고 있다.

역시… 그런 거니? 여자랑 호텔에서… 민우, 너…….

"하아……."

작게 새어 나오는 한숨 가득 애틋한 기운이 감도는 눈빛.

그냥 단순한 걱정인 걸까? 동생처럼 생각하기로 한 민우가 혹시라도 탈선할까 봐 걱정이 되는 걸까? 그래서 이렇게도 안절부절못하고 마는 건가. 단지 그것뿐인 건가, 나? 아니면… 그런 게 아니라면… 나…….

툭.

순간 갑작스런 소리에 조금 놀라는 혜원. 어디서 들려온 소리인지 잠시 두리번거려 보는데… 혹시라도 잘못 들은 건 아닌가 할 쯤.

툭.

또다시 들려온 소리에 혜원이 자리에서 일어선다. 그리고는 아주 천천히 창가 쪽으로 다가가 보는데…….

툭.

유리창에 부딪쳐 오는 무언가에 조금 움찔하는 혜원. 아주 작은 돌멩이임을 확인하고는 조심스럽게 창문을 열어보는 손끝이 떨려오고…

"…아직 안 자고 있었네요?"

…민우야.

컴컴하기만 한 창밖. 그 가운데 켜져 있는 가로등 불빛 덕에 희미하게나마 알아볼 수 있는 민우. 아니, 누구라고 의심해 볼 것도 없이 한눈에 알아차릴 수 있는 민우의 모습.

"다행이다. 자는 거 깨운 건 아니죠?"

주머니에 아무렇게나 꽂은 두 손. 힘없이 벽에 기대어 서서는 은빛 머리가 흐르도록 약간 비스듬히 꺾은 고개. 자세히 알 수 없는 표정을 한 민우의 모습.

"다행이다. 다행이에요. 정말 다행이에요."

뭐가 그렇게 다행이라는 건지… 조금씩 목소리가 작아지는 것도 같더니 왠지 모르게 슬픈 빛이 가득한 민우의 모습. 그렇게 점점 더 분명하게 보여지는 어두운 민우의 얼굴에…

"……!"

갑자기 쓰러질 듯 주저앉아 버리는 민우를 보고는 서둘러 방을 뛰쳐나가는 혜원. 앉는 동작과 동시에 떨구어지는 고개 너머로 한없이 슬퍼 보이는 민우의 눈빛.

끼릭. 끼릭.

어두운 만큼 조용하기만 한 놀이터. 마치 메아리처럼 울려 퍼지는 지금 저 소리는 움직임없이 가만히 앉아 있기만 한 혜원의 그네에서 나는 소리는 아니었다.

[…나 지금 집에 들어가기 싫은데 잠깐만 나랑 있을래요?]

…민우야.

미끄럼틀 위쪽에 있는 흔들다리. 벌써 20여 분째 그 위를 왔다 갔다 하고 있는 민우. 별다른 표정이 없는 어두운 얼굴과 술에 취해서인지 슬플 정도로 느린 그 움직임. 왠지 모르게 저 느릿한 움직임만으로도 빠르게 슬퍼지는 듯한 불안한 마음이 든다.

"…너무 늦었는데."

멈칫.

안 그래도 많이 취해 보이는데, 혹시라도 발을 헛디디진 않을까 걱정스런 눈으로 쳐다보던 혜원. 조심스레 건네본 혜원의 말에 순간 멈춰 서는 민우였다. 그와 동시에 조용해지는 놀이터. 달빛이 젖어든 듯 조금은 축축한 밤공기. 아무래도 정말 시간이 많이 늦은 것 같다.

"민우야, 이제 그만……."

"한 번만."

움찔.

그만 들어가자고 말하려던 참이었다. 많이 취한 것 같은 민우가 더욱 쌀쌀해지는 밤공기에 혹시 감기라도 걸리면 안 되니까. 그네에서 일어난 그대로 멈춰 선 혜원은 갑자기 그렇게 자신의 말을 끊은 민우를 여전히 걱정스런 눈빛으로 바라본다.

"한 번…만…불러보면 안… 돼요?"

나지막이 읊조리는 슬픈 말투에 그렇게 한없이 무너져 내리는 혜원의 마음. 왜 이렇게 아까부터 자꾸만 가슴 한구석이 뻥 뚫린 것만 같은 건지. 민우야… 민우… 야.

무슨 일이 있기라도 한 건지 오늘따라 더욱 아련하기만 한 민우. 고개를 떨군 채 멈춰 선 아픈 민우의 모습에 아주 천천히 다가서는 혜원.

"…딱 한 번만… 선생님… 이름… 한 번… 만……."

띄엄띄엄 그렇게 이어지는 목소리가 희미하기 때문에 그래서 더욱 슬퍼 보이는 건지도 모른다. 아주 흐릿하게 깔려 있는 그리움과 애틋함이 묻어나와서, 그렇기 때문에 더욱 안타깝고 서글프게 들려오는 듯.

"…정말 딱 한 번… 만 불러보면… 안 되나요? 안… 돼요?"

사랑하는데… 이렇게나 사랑해 버렸는데… 가슴이 아플 정도로 이렇게나… 벌써 너무 많이 그립도록 사랑하고 있는데… 너무도 많이 와버렸는데 어떡해. 어쩌지 못할 정도로 커버린 마음인데 어떻게 해.

말해 봐. 내가 어떻게 해야 하는지 말해 줘봐. 제발… 내가 어떻게 하면 좋은 건지 말 좀 해줘, 혜원아.

"……."

민우의 바로 앞까지 다가간 혜원이 가만히 민우를 바라본다. 잠깐 동안의 침묵. 여전히 고개가 떨구어진 채 움직임이 없는 민우. 아주 가늘게 떨리는 입술이 망설임 끝에… 조금 벌어지는 듯하더니… 곧…

"…혜원아."

철렁.

힘겹게 쌓아뒀던 무언가가 그렇게 소리없이 가슴속에서 무너져 내린다. 어둡게 내리깔려 흔들리는 눈빛을 견디기 힘들어 지그시 감아버리는 민우의 슬픔.

잊을게. 지워볼게, 나. 지금 이렇게 딱 한 번만 널 불러보는 걸로… 그렇게 완벽하게 다 그만둘게.

여전히 굳은 듯 멈추어 서서는 조금도 움직이지 않는 혜원과 보이지 않게 조금 미소를 짓고는 뒤쪽 계단을 통해 내려오는 민우.

안 되는 거 알아. 앞으로는 절대 이러면 안 되는 거 잘 알아. 그러니까 마지막이라고 하잖아. 정말 딱 한 번만이라고 내가 그러잖아. 다른 건 몰라도 약속은 지키는 놈이야, 나. 정말 다시는 널 이렇게 부르는 일 없을 거라구.

근데… 근데 널 사랑하지 않겠다는 약속은… 왠지…….

"…가요. 추운데 기다리느라 고생했죠?"

"……."

아무 말도 할 수가 없는 혜원에게 일부러 더 환하게 웃어 보이는 민우. 그러면서도 조금씩 죽어가는 민우의 아픈 마음.

"이런, 얼굴에 닭살 돋은 것 좀 봐. 혹시 닭띠예요?"

"……."

웃기지도 않은 우스갯소리에 혼자 웃고, 혹시라도 흔들릴까 시선을 제대로 맞추지도 못하고 춥다며 빨리 집에 가자고 이끄는 무척이나 어색한 동작을 부디 혜원이 눈치 채지 못하기만을 바랄 뿐이다.

"…민우야."

욱신.

가만히 자신을 불러주는 혜원의 목소리에 잠시 아련한 기억 같은 착각을 해보는 민우.

아까 내가 그랬지, 다행이라고. 정말 다행이라고. 형이라서 다행이란 말이었어. 네가 사랑하는 사람이 형이라서 다행이라구. 우리 형이라서 정말 다행이야. 정말… 다행… 이… 야.

"으아~ 춥다. 봄이라더니 아직도 이렇게 춥네. 그쵸?"

"……."

괜히 이리저리 시선을 돌리는 민우를 모르는 척 조용히 따라가는 혜원. 태연하려 하는 그의 모습이 더욱 아프게만 보이는 건 왜인지. 혹시라도 무슨 일이 있는 건 아니었으면 좋겠다는 바람을 아주 조용히 마음속으로 빌어보는 혜원이다.

"일어났어요?"

햇살이 밝게 내리쬐는 아침. 계단을 내려온 혜원이 부엌으로 들어서자 식탁에 앉아 있던 수혁이 맞아준다.

"오늘은 일찍 일어났네요?"

"놀리지 마세요. 원래 이렇게 일어나요."

"하하. 놀리긴요, 아침 식사 함께 해서 반갑단 뜻인데요."

엊그제 새벽에 잠든 탓에 어제 늦잠 잔 걸 놀리는 수혁. 새치름한 혜원의 눈빛에 기분 좋게 크게 웃는다. 마주 보며 같이 웃는 혜원이 수혁의 앞자리에 앉는다. 때맞춰 밥을 퍼주는 아줌마도 혜원에게 아침 인사를 건넨다.

"아버님은 식사 같이 안 하세요?"

"거의 같이 못하세요. 친구 분들과 아침 일찍 골프를 치시거든요. 요즘 건강이 좀 안 좋아지셔서 운동 겸 하시는 거죠. 회사 일에도 거의 손을 떼셨구요."

보글보글 맛있게 끓는 찌개를 식탁에 놓고 뚜껑을 열어주는 아줌마. 한상 가득 차려진 게 꽤나 맛깔스럽다.

"…민우는요?"

"좀 있음 내려올 거예요. 아까 준비하고 있는 것 같던데."

"아, 예."

[…혜원아.]

두근.

문득 어제의 민우 모습이 떠오르고 갑작스레 반응하는 심장에 괜히 당황하는 혜원. 혹시나 수혁이 알아채진 않을까 서둘러 다른 화젯거리를 찾아본다.

"참, 저 할 말이 있는데."

"뭔데요?"

마침 수저를 들려다 말고 혜원을 응시하는 수혁의 너그럽게 봐주는 눈빛이 꽤나 정성스럽다.

"별일은 아니구, 낮에 시간이 많이 남잖아요. 그래서… 그 시간에 다른 걸 좀 할까 하구요."

"음~ 다른 거요? 어떤?"

"아르바이트를 하나 더 할까 하구요. 시간도 아깝구, 또 빨리 벌어야 조금이라도 신세를 덜 지죠."

"……."

아무렇지 않게 내뱉는 혜원의 말에 수혁의 얼굴이 조금 어두워지고 만다.

조금이라도… 빨리 나가려구요? 난 조금이라도 더 혜원 씨를… 지금처럼 매일 보며 살고 싶은데… 혜원 씨는 아닌가요? 혜원 씨는… 전혀 아니에요? …그런 건가요? 그래요, 혜원 씨?

"아니면 혹시 제가 할 일 있으면 말씀해 주세요. 없다는 전제 하에 다른 일자리 구하려는 거니까요."

"…안 하면 안 되죠?"

멈칫.

조용하게 내뱉는 수혁의 말에 무슨 뜻이냐는 혜원의 표정.

"그냥 편하게 집에서 쉬라고 한다면 너무 집주인다운 억지인가요?"

"…수혁 씨."

"낮에 일하다 와서 과외하려면 피곤하잖아요. 피곤하다고 우리 민우, 대충 가르치면 안 되는데."

지금도 이렇게 아쉬운데… 낮에 잠깐 떨어져 있는 시간도 아까워 죽겠는데… 하루하루 혜원 씨 얼굴을 보게 된 것 감사하고 있는데… 어떻게 하면 한 번이라도 더 마주칠까 고민하는 나인데… 조금이라도 빨리 나간다는 말… 그게 나한테 얼마나 잔인한 말인지 모르고 있군요. 그렇군요, 혜원 씨는… 혜원 씨는…….

태연하게 우스갯소리를 둘러댄 수혁을 많이 웃는 얼굴로 보는 혜원이다.

"그런 말이 어딨어요? 무엇보다 중요한 게 민우 과외인데. 혹시라도 그럴 염려라면 말을 꺼내지도 않았을 거예요."

"…알아요. 실은 혜원 씨가 힘들까 봐 해본 말이에요."

힘들까 봐요. 혜원 씨가 많이 힘들까 봐 그래요. 솔직히 민우보다도, 이젠 혜원 씨가 더 걱정이에요. 혹시라도 민우 녀석이 혜원 씨 속 썩일까 얼마나 불안한데요. 잠시라도 안 보고 있으면 혜원 씨가 걱정돼요. 몰랐죠, 내가 이렇게까지 혜원 씨 생각한다는 거? …실은 저도 이 정도일 줄은 몰랐는걸요.

"괜찮아요. 오히려 매일 노는 게 더 힘들 것 같아요."

"뭐, 정 그렇담 좋을 대로 해요. 대신, 안 힘든 일로 해야 해요. 알았죠?"

"네, 그럴게요. 감사합니다."

부드럽게 눈을 맞춰 웃으며 함께 수저를 드는 두 사람. 그러다가 문득…

"그럼, 이렇게 하면 어때요?"

많이 들뜬 수혁의 목소리에 또다시 의아한 눈빛인 혜원.

"내일부터 해요. 나한테 좋은 생각이 있어요."

"무슨?"

"쉬운 일. 시간도 낭비 않고, 힘들지도 않은 일. 알았죠?"

"무슨 일인데 그러세요?"

"있어요, 좋~은 일. 자, 얼른 먹읍시다. 저 늦겠어요."

"……."

혼자 신이 난 수혁이 많이 의아스런 혜원. 그런 수혁을 조금 더 쳐다보다가 이내 수저를 들던 움직임이 또 문득.

"어, 민우야. 얼른 와서 밥 먹어."

언제부터 있었던 건지, 민우를 눈치 챈 수혁이 손짓을 한다. 아주 잠깐 눈이 마주침과 동시에 움직임을 멈출 수밖에 없던 혜원. 계단을 마저 내려오는 민우의 얼굴이 왠지 모르게 많이 어둡다는 느낌이다.

도저히… 내가 끼어들 틈이 없구나. 즐겁게만 보이는 수혁과 혜원의 모습에 자신도 모르게 심술이 난 건지도 모른다. 너무도 잘 어울리는, 눈부시도록 아름다운 둘의 모습. 마치 넌 절대 끼어들 수 없다고 말해 주는 것만 같은… 너무도 좋아 보이는 둘의 모습… 그리고 정말 이제는… 이렇게 멀리서 바라볼 수밖에 없다는 사실에 민우는… 젠장.

"야, 이민우. 밥 안 먹어?"

"미안. 속이 좀 안 좋아. 맛있게 드세요. 형님, 선생님."

"임마, 그래도 한 숟가락이라도 들고 가."

“생각없어. 나 갔다 올게. 출근 잘해, 형.”

탁.

왠지 모르게 서두른다는 느낌. 좀처럼 눈도 잘 맞추지 못하고서, 그렇게 얼른 나가 버리는 민우. 지금 민우가 저러는 게 꼭 자신의 탓인 것만 같은 건 왜인지… 다시금 수저를 드는 혜원의 눈빛이 무척이나 어둡기만 하다.

✻

“일어나. 일어나 봐.”

우웅. 뭔 소리야.

“임마, 일어나라니까.”

죽을 때가 다 됐나. 어디서 이렇게 환청이 들리는 거지? 난 귀신은 무서운데.

“어쭈~ 안 일어나지? 지금 개기는 거지, 너?”

근데 귀신치고는 넘 싸가지가 없다. 에이, 젠장에 쌈 싸먹을 놈. 죽어라, 죽어라. 훠어어어어이이이~

“김.우.진. 임.마. 너. 죽.인.다—!!”

깜짝.

이… 이 목소리는… 젠장, 젠장.

그제야 잠이 확 깬 우진. 설마했던 예감은, 잔뜩 골이 난 채로 노려보는 은규로 인해 보기 좋게 적중. 보나마나 또 자신의 귀에다가 버럭버럭 소리를 질러댄 듯 아직도 귀가 멍멍하다. 하여간에 저놈 자식, 학교에 무슨 꿀단지를 숨겨놨나. 내가 죽기 전에 꼭 너 해부해 보고 말 거야.

"자식아, 벌써 8시 반이야. 세수만 하고 빨랑 나와."

"…왜."

물론 학교에 가자는 말인 건 아주 잘 알고 있지만, 무작정 늘어지게 자고만 싶은 우진은 괜히 토를 달려다가 은규의 눈빛에 움찔한다.

"왜? 몰라서 묻냐? 설명해 줘?"

팔짱을 끼고는 꽤나 사악한 눈빛으로 슬금슬금 다가서는 은규. 잔뜩 쫄아서는 차마 어쩌지 못하고 천천히 욕실 쪽으로 뒷걸음치는 우진이다.

알았어, 알았어. 간다, 가. 가면 되잖아. 그렇게 술 처먹고도 지금 저리도 멀쩡한 얼굴이라니… 괴물 같은 놈. 너도 인간이니?

쏴아아.

"근데 민우랑 서은이는? 일어났어?"

물소리와 함께 큰 소리로 묻는 우진에게 침대에 살짝 걸터앉으며 대답하는 은규.

"민우는 어제 집에 갔대. 서은이가 전화해 보고 같이 오겠단다."

"자식. 귀찮다고 그냥 자랬더니, 기어이 집에 들어갔군."

[…접었어. 지웠어, 나.]

문득 떠오르는 민우의 슬픈 눈빛. 어느새 많이 처연한 표정이 되어버리는 은규. 견디기 힘든 상처를 안고 살았기에 한 번도 진심 어린 웃음을 웃지 않던 녀석에게 생겨난… 아주 많이 특별하고 소중하다던 존재. 그리고,

[친구들이야?]

그것보다 더 잔인하고 괴로웠던 건, 너무도 가혹해서 숨이 막힐 정도로 슬퍼지던 건 민우가 아파하던 이유가 바로… 다른 누구도 아닌… 혜원이었다는 사실.

[형이 좋아해.]

생각도 못했는데… 우진이 녀석이 이름을 말했을 때도 설마했었는데… 생전 처음 느껴본 낯설지만 가슴 벅찬 이 마음을 미처 꺼내보지도 못하고 접어버려야만 할 줄은 몰랐는데, 나.

[그리고 선생님도… 선생님도 형을…….]

얼마나 힘들었을까. 아직도 쉽사리 가라앉지 않는 마음에 얼마나 아파하고 있을까. 내가 녀석에게 느끼고 있는 이 괴로움보다도 녀석은 지금쯤 얼마나 비참하게 죽어가고 있는 걸까, 민우… 야.

"미친놈. 아침부터 무슨 궁상이냐."

움찔.

언제 다 씻고 나왔는지 얼굴을 바싹 들이대는 우진. 멍하니 생각에 잠겨 있던 은규가 비상하게 째리는 우진 탓에 멈칫한다.

"늦었다고 지랄할 때는 언제고 표정으로 소설 쓰고 앉았네, 얘가."

"시끄러. 다 씻었으면 가자, 얼른."

"새끼, 말 돌리는 거 하고는."

짐짓 태연해진 은규를 한 대 툭 치며 우진이 먼저 앞장선다. 왠지모르게 금방이라도 울 것 같던 은규. 친구가 된 이래로 처음 보는 심각한 눈빛에 마음 한구석까지 불안해져 오는 게 느껴졌던 순간. 정말요즘 들어 민우나 은규나 왜들 저러는지… 알 수 없는 무언가로, 우진도 좀처럼 안심을 할 수가 없다.

✱

"부르셨습니까, 사장님."

회의 시간까지는 적어도 30분가량이 남아 있었다. 10분이면 충분히 준비하던 습관을 오늘따라 서두르는 수혁이다.

"너무 일찍 불렀죠, 내가."

"아닙니다. 거의 준비됐습니다, 사장님."

"저기, 김 실장님, …실은요."

바로 회의에 들어갈 거라 생각하고 조금 더 서두르려던 김 실장을 수혁이 나지막이 붙잡는다.

"나, 뭐 좀 부탁드릴게 있는데… 괜찮을까요?"

사장이라는 직책은 대개 부탁을 하지 않는다. 일방적이라기보다는 거의 수직적으로 분부가 내려지는 게 회사 내의 현상일 텐데, 지금 수혁은 밝은 얼굴로 부탁을 한다. 김 실장은 그만큼 자신이 편하기도 하고, 말하려는 게 무엇보다 중요한 일일 거라는 예상을 한다. 벌써 수혁의 눈빛을 읽은 김 실장이 꽤나 편안하게 표정을 풀어주며 수혁에게 웃어 보인다. 그런 김 실장을 의식하며 조금 더 머뭇거리던 수혁이 곧,

"비서실에 사람 더 들일 수 있나요?"

…네?

특별한 인재채용 외에는 일체 간섭 않던 수혁. 사업 쪽으로 긴히 필요한 부서라면 또 모르지만, 원래 능력 위주로 사원들을 평가하는 탓에 알아서 효율적으로 운영되는 인사 이동에는 따로 관심을 두지 않아

온 그였다. 가뜩이나 비서실이라니… 스케줄을 체크해 주는 것 말고는 비서들의 이름조차 제대로 모르는 수혁이 비서실에 채용 가능 여부를 물어오다니… 확실히 낯설면서도 생소한 모습이 아닐 수 없다.

"다른 부서 말고 내 비서실에… 한 자리만 비워주실 수 없을까요?"

부탁이라는 그럴듯한 표현으로… 저렇게나 간절한 눈빛을 보내는 수혁. 차마 명령이라고 단정 짓고 싶지 않은 건… 그러고는 싶지만 상대가 김 실장이라서 일 듯. 어느 정도 이해는 하지만 그래도 모르겠다는 표정으로 김 실장이 수혁을 바라보며 입을 연다.

"꼭… 비서실이라야 할까요?"

단호한 눈빛으로 고개를 끄덕끄덕. 사실 사장인 수혁의 담당비서는 중요한 위치인만큼 적어도 1년 이상은 경험이 있는 자여야 했다. 현재 주 담당비서도 2년 6개월의 경력을 지닌 상태고, 1년 남짓의 비서 두 명이 함께 보좌를 하고 있었다. 각 부서별로 따로 자리하고는 있다지만, 최고참인 사장실의 비서는 결코 낙하산 따위가 허용되지 못하는 게 현실. 충분한 신원조회와 경력파악 후에야 채용 가능한 것을 지금 수혁은 저렇게까지 간절한 눈빛으로 부탁하는 것이다.

"부탁드릴게요. 부탁드려요, 김 실장님."

"…내일부터 출근하는 걸로 하면 될까요, 사장님?"

부드럽게 웃어주는 김 실장을 보며 정말 기쁜 얼굴로 환하게 미소 짓는 수혁. 그런 수혁의 낯설지만 좋아 보이는 모습에 그저 흐뭇하게만 느껴지는 마음인데…

아시죠, 그런 모습 정말 처음이라는 거. 며칠 전부터 정말 놀랍도록 환한 얼굴이시라는 거. 그 이유가 혹시… 혹시 말이죠…

"늦겠어요, 어서 가죠. 우리 이~쁜 김 실장님."

책상 위의 주요 서류들을 챙겨 들고는 신이 난 듯 김 실장을 이끄는 수혁. 왠지 모르게 가슴 가득 따뜻해지는 느낌에 한참이나 그렇게 더 웃는 얼굴이던 김 실장.

✳

달칵.

조심스레 민우의 방문을 열고 안으로 들어가는 혜원이 들고 온 문제지와 참고서를 책상 위에 가지런히 놓아둔다. 사 온 건 어제였지만, 먼저 쭉 읽어보고는 주요 부분들을 꼼꼼히 체크해 준 혜원이었다. 마치 소중한 걸 다루듯이 그렇게 순서대로 가지런하게 놓아두는 혜원이다.

[…아직 안 자고 있었네요?]

…민우야.

대답없는 민우를 밤새 불러댔다. 왜 그렇게 아픈 눈빛이었는지… 뭐가 그렇게 힘들다는 얼굴이었던 건지… 울먹임을 삼키려고 애를 쓰는 게 다 보일 만큼 도대체 뭐가 널 그렇게 괴롭히는 거냐고…….

[…다행이다. 다행이에요. 정말 다행이에요.]

뭐가… 뭐가 그렇게 다행이라는 거야. 억지로 웃고 있었잖아. 너 힘겹게 눈물 삼키고 있었던 거잖아. 자꾸만 흔들리는 눈빛에 혹시라도 눈물이 떨구어질까 봐… 그렇게 얼굴은 웃는데 속으로는 울었던 거잖아. 그랬던 거였잖아, 너.

문득 느껴지는 통증에 살짝 가슴을 움켜쥔다. 아련함. 뭐라고 말로 표현하기 힘들 정도의 가슴 아림. 그저 누군가를 떠올리는 것만으로 이렇게까지 마음이 아플 수 있는 건지… 아주 천천히 민우의 침대 쪽으로 다가간 혜원이 끝에 살짝 걸터앉는다. 그리고는 방을 크게 한번 둘러보고 나서 손으로 침대를 가만히 쓰다듬어 본다. 순간 떠오르는 기억. 왠지 오래된 것만 같은 흐릿하기까지 한 느낌.

[…정신이 좀 들어?]

짐짓 아무렇게나 내뱉던 말투. 차갑고도 냉정한 표정에 괜히 서운하던… 낯설면서도 전혀 싫지 않던 느낌의 민우.

[뭘, 오는 길에 주워온 것뿐인데. 너무 감동하진 마.]

"쿡."

작게 소리 내어 웃고 마는 혜원. 그러면서 또 마음속으로 민우를 불러본다.

민우야, 무슨 일 있니? 혹시라도 무슨 일이 있는 거야? 뭐가 그렇게 널 힘들게 하는 거니. 무엇 때문에 네가 그렇게까지 아파하는 거야. 아무것도 모르니 도울 수가 없잖아. 혼자 아파하지 말라고 말해 주고 싶은데 그럴 수가 없잖아.

잔뜩 물기 어린 눈이 되어버리는 혜원. 어느새 소리없이 커져 가는 아련함.

말해 주고 싶은데… 나한테 잠시 기대어도 좋다고, 힘들지 않을 정도만이라도 그렇게 내게 기대라고, 그래 달라고… 아무것도 모르면서 그런 말 할 수는 없잖아. 내가 감히 뭐라고 너한테 그런말을 하겠어. 아무것도 아닌 내가 어떻게 너에게, 어떻게… 너에게.

[…혜원아.]

두근.

갑작스런 설레임. 가늘게 떨려오는 손끝. 여리디여린 움직임으로 일렁이는 눈빛. 그리고 이유를 알 수 없어 더욱 불안해지는 마음에 불현듯 혼란스러워지는 혜원.

뭐가 방금 뭔지는 모르겠지만 지금… 나… 혹… 시…

Rrrrrrrrrrrrrr.

마침 울려대는 전화 벨소리에 조금 움찔하는 혜원. 주위를 둘러보다가 문득 침대 옆 테이블에 놓인 민우의 핸드폰을 발견한다.

Rrrrrrrrrrrrrr.

아침에 깜빡 잊고 놔두고 간 모양이다. 그와 동시에 떠오르는… 괜스레 멀어 보이던 아침의 민우. 어찌할까 잠시 고민하다가 손을 뻗어 핸드폰을 집어 드는 혜원.

서은.

그러나 곧 액정에 씌여진 이름을 보고는 자신도 모르게 멈칫하고 만다. 그리고 또 불현듯 생각나 버리는 어제의 일.

[또 여자랑 있는 거야? 엊그제 나랑 호텔에서 했으면 됐지, 그새 또 여자야?!]

"……."

혼란스러움. 또다시 어제처럼 복잡해지고 마는 마음. 그러면서 생겨나는 묘한 감정을 차마 뭐라고 단정 지을 수도 없는 기분인 혜원.

Rrrrrrrrrrrrrr.

여전히 울려대는 핸드폰을 손에 쥔 채로 혜원은 어쩌지를 못하고 있다. 그런 혜원의 머리 속에서 사라지지 않는 건 전화가 끊기기 전에 받아줘야 한다는 생각도, 주인이 아니니 그냥 놔두는 게 더 나을 거라는 생각도 아닌 민우와 어떤 사이인 걸까 하는 호기심이다. 자신도 모르게 갖게 되는 묘한 궁금증. 그리고 이내, 여자 친구… 구나. 하아.

짐짓 나름대로 결론을 내어버린 혜원. 때마침 끊어진 핸드폰을 가만히 들여다본다. 민우의 여자 친구. 어제의 그 대화로 미리 눈치 챘어야 했는데 왜 그 당연한 걸 알아채지 못했던 건지. 자신이 너무나 한심하다는 생각이 든다. 어제 민우의 그 힘겨워 보이던 눈빛과 모습 모두, 어쩌면 서은이라는 아이 때문이 아니었을까? 그렇게 사실인 것만 같은 추측까지 되어서는… 너랑 상관없잖아, 민혜원.

문득 피식하고 웃어버린다. 설마하던 느낌이 괜스레 더 불안하다. 민우를 신경 쓰는 것… 민우의 여자 친구를 신경 쓰고 있는 것… 설마.

서둘러 일어서서 민우의 방을 빠져나오는 혜원의 얼굴이 적잖이 심각하게 어두워져 있다. 애써 아무렇지 않아하려는 가슴 한 켠이 조용히 불안함으로 물든다.

〈2권에 계속…〉